EU TE ODEIO!

COREY TAYLOR

EU TE ODEIO!

POR QUE A MODA, OS *REALITY SHOWS*, A FAMÍLIA, A ESCOLA, OS *SHOPPING CENTERS* E ATÉ A MÚSICA SÃO GRANDES BABAQUICES

Tradução
Renato Rezende

Planeta

Título original: *You're making me hate you*

Preparação: Elisa Nogueira
Revisão: Alessandra Miranda de Sá e Maria Luiza Almeida
Diagramação: Vivian Oliveira
Capa: Adaptada do projeto gráfico original de Jonathan Sainsbury
Imagem de capa: Strati Hovartos

CIP-BRASIL. CATALOGAÇÃO NA PUBLICAÇÃO
SINDICATO NACIONAL DOS EDITORES DE LIVROS, RJ

T24e
Taylor, Corey, 1973-
Eu te odeio! / Corey Taylor; tradução Renato Rezende. – 1. ed. – São Paulo: Planeta, 2016.

Tradução de: You're making me hate you
ISBN 978-85-422-0694-4

1. Corey Taylor, 1973 -. 2. Música - História e crítica. I. Rezende, Renato. II. Título.

16-31597 CDD: 780.9
CDU: 78(09)

EDITORA PLANETA DO BRASIL LTDA.
Rua Padre João Manuel, 100 – 21º andar
Ed. Horsa II – Cerqueira César
01411-000 – São Paulo-SP
www.planetadelivros.com.br
atendimento@editoraplaneta.com.br

Para Ryan e Griffin, Haven e Lawson, Angeline e Aravis...
Amo vocês com todo o meu coração...
Espero apenas que cresçam e sejam melhores que eu.

CT

A diferença entre estupidez e genialidade é
que a genialidade tem seus limites.
Albert Einstein

•

Tenho tentado saber absolutamente nada sobre
muitas coisas, e tenho tido razoável sucesso.
Robert Benchley

O inferno são os outros.
Jean-Paul Sarte, *Sem saída*

Qual dessas palavras encontra apenas sua incompreensão?
Falar com você é como bater palmas com uma só mão!
Anthrax, "Caught in a mosh", *Among the living.*

SUMÁRIO

CAPÍTULO 1

Pouco antes da tempestade

Advertência quanto a uma falsa isenção de responsabilidade: ao ler este livro e posteriormente promover seu conteúdo, quer em conversa presencial ou em forma digital, o leitor entra em um acordo contratual com o autor, Corey Taylor – conhecido a partir deste momento como "Pescoço". Esse acordo verbal, reconhecido semilegalmente em vários estados e países (incluindo Guam), dá ao "Pescoço" permissão para acertar qualquer leitor no rosto, com um taco de beisebol de plástico, se e quando o leitor cometer alguma das atrocidades ridiculamente idiotas a serem descritas neste tomo que você tem em mãos. Não haverá alertas ou avisos de primeira infração em relação à violação desse assim chamado "Acordo Idiota", e a punição resultante provavelmente ocorrerá quando o leitor menos esperar, conforme a conveniência do autor, dependendo do calendário de sua liga de squash *amador e de outros interesses. Se esses termos não estiverem de acordo com sua "boa consciência", você está convidado a parar de ler este livro imediatamente ou, melhor ainda, passá-lo para alguém que esteja convicto de ser suscetível a quebrar este acordo, montando o cenário para uma vingança. Você então será convocado a auxiliar o "Pescoço" a localizar a residência do transgressor e terá um assento na primeira fileira para assistir à "violência plástica" em primeira mão. Obrigado.*

Foi uma noite estranha, de embriaguez e assombro, doze anos atrás.

Adoraria dizer que me lembro bem do que aconteceu, mas a verdade é que meu velho amigo Jack Daniel's e eu disputamos uma batalha naquela noite. Jack ganhou. Assim, o que posso extrair desse banco de memórias, mais fodido que um alojamento de faculdade de merda, é confuso, ao menos durante a primeira metade da noite. Por culpa exclusivamente minha, escorreu merda por toda a minha perna. Isso é o máximo que farei em termos de adiantar os acontecimentos, porque aquilo de que *realmente* me lembro é precariamente próximo do tipo de coisa que se ouve quando alguém manda você se sentar para contar uma história terrível sobre drogas, bebedeiras e um monte de babaquices. Sendo assim, finja por um momento que eu sou o pai e você é o filho. Acho desnecessário dizer que seu riso abafado e suas insignificantes tentativas de silenciá-lo não são apreciados, mas eu entendo. É mesmo um grande esforço imaginar este que vos escreve como a voz da razão. Afinal de contas, eu sou o cara que enfiou o pau numa laranja em uma conferência para ganhar 26,10 dólares... em moedas. Por favor, aguente aí, se puder suportar a tensão. Prometo que a próxima história não apenas preparará o cenário deste livro de uma forma única como também, assim espero, fará você rir, gargalhar e bufar. Quem sabe você até possa aprender alguma coisa, embora eu espere que não. Tenho sérias dúvidas quanto a essa última previsão.

Se você leu algum dos meus outros fascículos de tormentos, naturalmente entenderá que há doze anos eu estava em minha notória corrida épica para a produção do disco *Vol. 3: The Subliminal Verses*. Sinceramente, eu poderia explorar infinitamente esse período da minha vida, por todo o tempo que estivesse disposto a buscar inspiração de momentos de dor, mas este livro é muito mais sobre o presente e o futuro. Assim, mergulharei nesse tinteiro apenas por um breve momento, pois ele contém alguns *insights* sobre o assunto em questão, que envolve álcool, várias drogas nefastas, uma festa, uma garota ruiva, e um homem com uma bandana que lhe caía mal e calças de couro. Nem sequer me lembro dos seus nomes, provavelmente porque não me dei ao trabalho de descobrir. Sendo assim, não é por desrespeito que dou a eles nomes que provavelmente não são aqueles com os quais foram abençoados. É porque simplesmente não me importo com eles. Na verdade, não me importarei se lerem isso e ficarem ofendidos. Eles já deram vexames demais, então que se fodam.

Este livro será assim. É melhor apertarem a merda do cinto.

Então...

Comecei a tal noite no buraco dos buracos, no paraíso do inferno, The Rainbow Bar and Grill. Eu sei... Esse lugar aparece tanto nos meus textos que eu precisaria colocá-lo no elenco como uma pessoa real se fosse feito algum filme sobre a minha vida, mas ele é sempre uma bela e gigante pepita na mina de ouro dos meus absurdos. Ainda bem que essa história não é um holofote em cima das *minhas* merdas; sou meramente alguém que teve de testemunhar a putaria. De qualquer forma, toda história começa em algum lugar. O tiro de largada soou na área externa do bar, onde pessoas respeitáveis ainda podiam apagar um cigarro em superfícies de mogno polido enquanto se entregavam a bebidas. Eis aí outro exemplo de grande "inteligência": "Ei, vou entrar nesse bar, afogar meu cérebro em álcool e matar meus neurônios e as células do meu fígado enquanto também danifico outros órgãos vitais. Posso até dar uma cheirada no banheiro. Mas é melhor que esses outros desgraçados saiam para *fumar*!" Porra de selvagens...

Eu estava com um amigo que me convidara para uma festa em Silver Lake, uma parte de Los Angeles não muito distante do Rainbow. Bem, estou dizendo que não era muito distante, mas eu não sabia exatamente a distância. Não estava dirigindo. Só me lembro de ter entrado no sedã do meu amigo e abaixado o vidro para deixar o ar frio dar um fim à minha sensação de ver tudo girando. Acho que houve uma discussão calorosa sobre passarmos ou não pelo *drive-thru* do Del Taco para pegar comida barata. Agora que estou pensando sobre isso, acho que mijei atrás de uma lixeira no estacionamento enquanto conversava com um simpático cavalheiro que não parecia muito satisfeito, talvez porque eu estava cantando "And we danced", da banda The Hooters, como se estivesse num show. As pessoas na fila do *drive-thru* não podiam ser ouvidas pelo interfone. Acho que eu estava chamando muita atenção para aquelas lixeiras gigantes em busca de sabe-se lá o quê. Assim que retornei ao carro cheio de cerveja e *fast-food*, ganhamos a rua. Então, antes que eu percebesse, estávamos na festa.

Em retrospectiva, mal posso me referir àquilo como uma festa. Sendo completamente franco, já tive movimentos intestinais mais loucos do que aquilo. Primeiro, havia muitos idiotas e poucas substâncias químicas. Em outras palavras, não havia "alegria" suficiente para ficar ali. Segundo, os homens e as mulheres entrincheirados naquele lugar fariam os universitários mais burros e mais babacas do mundo parecerem membros da Mensa.[1] É o mesmo problema que encontrei em outras festas que frequentei em Hollywood: muita pose e pouca *festa*. Você precisa se lembrar do tipo de gente com quem eu estava habituado a andar. Estava acostumado com maníacos que pulavam de telhados e ateavam fogo nas paredes quando cansavam de cheirar gasolina. Basicamente, essas pessoas eram um bando de idiotas andando por uma casa de dois quartos em estilo de rancho numa rua isolada dos subúrbios da Califórnia, tentando parecer bacanas e ficar chapados antes que a cerveja e os comprimidos acabassem. Eles não eram exatamente meu tipo de gente.

Então, eu estava sentado no chão de um quarto, cercado por idiotas atávicos, com uma ruiva que usava opiáceos e estava convicta de que podia ler meus pensamentos e ver meu futuro. Isso não era difícil: no futuro eu estaria tentando escapar daquela "festa" terrível. A ruiva, a quem chamaremos de Janice, era igualmente pretensiosa, inócua e só falava merda. Janice era atriz (uma atriz em L.A... Quais eram as chances?) que tentava conseguir um papel num comercial de comida saudável. A julgar por sua forma física, eu poderia dizer a ela que possuía uma chance em um milhão. Ela era mais parecida com Wynonna Judd do que com Julianne Moore, com o rosto de um Clint Eastwood de cabelos compridos apertando os olhos sob o sol do deserto. Mas, sendo um babaca respeitoso, guardei isso para mim mesmo, gentilmente desejei-lhe sorte em suas empreitadas e segui meu rumo, abrindo a porta com uma das mãos enquanto liga-

1. Sociedade internacional que reúne indivíduos com alto QI. (N. E.)

va para um táxi com a outra. Infelizmente, Janice não estava pronta para me deixar, para minha grande aflição. Eu expliquei que estava indo embora, e ela me pediu uma carona até seu apartamento. Sabendo perfeitamente que *nada* aconteceria com essa pessoa, eu disse que sim.

Foi assim que Janice fodeu minha noite completamente.

Ela disse: "Ótimo! Meu amigo Charles pode ir também?"

Charles?

Foi então que Charles apareceu, tropeçando em toda a sua constrangedora glória. Eu o vira circulando pela "festa" como uma espécie de ator de filmes baratos, esforçando-se para interpretar um vampiro do rock. Imagine uma mistura de Ed Wood com Jim Morrison e tudo começará tragicamente a fazer sentido. Ele usava calças de couro em uma quinta-feira. Até eu sei que não era fingimento; se ele estivesse tentando ser irônico, eu poderia ter dado uma trégua, mas acho que Charles não conseguiria sequer soletrar a palavra "irônico". Para completar o conjunto, ele usava uma regata da banda Ratt, um paletó preto, tênis de cano curto e uma bandana azul que estava mais para Bret Michaels do que para Axl Rose. Basicamente, ele tentava usar um figurino Izzy Stradlin sem ser tão descolado quanto Izzy Stradlin. Tudo bem que eu não posso falar muito sobre moda, porque tenho uma tendência a escolher roupas boas e tomar decisões ruins com elas, mas, mesmo comparado com meus desastres, esse cara parecia um idiota mergulhado em água-de-colônia.

Seu comportamento também não estava ajudando em nada. Ele tentava iniciar conversas com quase todo mundo, mas, uma vez que se juntava a um grupo, não dizia mais nada. Apenas ficava lá, chegando um pouco perto demais, olhando alternadamente para seus olhos e seu peito e deixando o restante das pessoas diante de seu silêncio desconfortável e seu mau hálito. Quando ele enfim dizia algo, era para tentar vender sua banda, mas tudo soava ininteligível, entre sons vocálicos e gestos manuais. Era como se um mímico amador quisesse entregar uma fita demo. Naquele instante, eu não sabia que ele estava sob efeito de heroína. Achei que ele estivesse chapado, que talvez tivesse até apelado para a inalação de água sanitária no banheiro quando tudo o que tinha chegou ao fim. Só descobri sobre a heroína quando Janice me contou mais tarde, mas nós chegaremos lá. Naquele momento, eu simplesmente não estava impressionado. E, é claro, não estava muito empolgado com a ideia de levá-lo a qualquer lugar. Mas ainda estava chapado o suficiente para ser induzido a merdas piores do que aquela, então eu disse que tudo bem. O táxi chegou. Eu os empurrei para o banco traseiro e sentei no banco da frente. Nós estávamos indo para lugares diferentes, mas garanti ao motorista que eu dispunha de recursos amplos e que ele seria recompensado.

Havíamos rodado por mais ou menos um quilômetro e meio quando Charles começou a passar mal.

Tive minha cota de momentos satânicos em táxis. Não duvido de que haja panfletos com meu rosto pregados na maioria dos pontos de táxi ao redor do mundo, mas aquilo foi angustiante. Charles estava praticamente em cima de Janice, reclamando e apertando a barriga como se sua bolsa gestacional tivesse estourado. Uma confusão se formou dentro do carro. Então, ele chutou meu banco. Olhei para o motorista, que indubitavelmente revia sua decisão sobre aquela corrida em particular. Ele continuava olhando para o retrovisor e murmurando algo sobre "esses drogados filhos da puta". Essa obviamente não era sua primeira experiência com viciados em heroína, mas aquilo era novo para mim e recusei-me a ser sutil. Eu me virei e encarei a divisória plástica que todos nós conhecemos e amamos nos táxis[2]. Era como um episódio de *Cop Rock*, tão ruim que você não consegue desviar os olhos. E era uma sensação nova, porque normalmente era eu que abusava um pouco demais do carma e era inevitavelmente pego com o pau na mão. Dessa vez não era eu. Deveria aproveitar aquilo... Ou pelo menos foi o que pensei.

Aí, os peidos começaram.

Inicialmente, apenas ri como uma hiena. Peidos me fazem rir mais do que um país inteiro num espetáculo do George Carlin. Talvez seja porque, como acontece com a maioria dos homens, meu senso

2. Nos táxis norte-americanos há uma divisória de plástico entre o motorista e o passageiro. (N. E.)

de humor não evoluiu mais depois que descobri que peidos formam bolhas na banheira. Por qualquer que tenha sido o motivo, comecei a *uivar*. Janice não gostou e deu um sermão *hippie* passivo-agressivo: "Não é engraçado rir da dor de outra pessoa, Corey. O efeito da heroína está passando, então seu organismo está totalmente bagunçado. Você poderia tentar ser um pouco mais compreensivo". Ah, que se foda, aquilo era incrível! Eu não estava rindo da crise de abstinência de heroína. Estava rindo dos peidos. Eu não só estava dando carona a dois desperdícios de dignidade como um deles estava tendo espasmos com um ataque de cocô invisível. Pode me chamar de imbecil se quiser. Essa merda é hilária! Ainda bem que estávamos na Califórnia, onde você pode confiar no clima, porque o motorista abriu as quatro janelas de uma vez, deixando o ar fresco substituir o odor acre que invadia nosso território. Por mais que estivesse gostando daquele terrível *reality show*, a situação começava a ficar fora de controle.

Charles soltou um uivo que soou como: "Preciso parar e vomitar!". Contudo, eu não tinha certeza de que era uma boa ideia. Nós estávamos nas profundezas dos subúrbios de Los Angeles, de modo que não havia lugar nenhum para Charles fazer o que tinha de fazer. Mas, entre os protestos irritantes de Janice e as súplicas inaudíveis de Charles, mandei o motorista estacionar em uma rua de fundos em frente a um conjunto de casas. Eram três horas da manhã. Tudo estava intensamente quieto. Estava tão escuro quanto poderia estar. Era o único lugar que achei apropriado para a situação, então pisamos no freio. Janice me pediu para ir com Charles, querendo ter certeza de que ele ficaria bem. Eu não queria ir. Odeio pessoas. Só concordei porque sabia que um dia precisaria do mesmo tipo de ajuda de um infeliz estranho. Indo contra tudo que havia em minhas fibras, em minha estrutura celular, em minha mente e em minha capacidade para o egoísmo, me preparei para tomar conta daquele idiota, pensando em voltar para minha própria cama o mais rápido possível. Saímos do carro.

Os eventos seguintes são *absolutamente verdadeiros*.

Ajudei Charles a ir até um lugar escuro próximo dos fundos das casas. Auxiliei enquanto ele se inclinava e depois afastei-me rapidamente. Respingo é ruim para qualquer homem, mas respingo de vômito é simplesmente cruel, em especial quando não é o seu vômito. Fiquei a uma boa distância, a fim de ajudar se necessário, mas não tão próximo para vestir a sopa que ele vomitaria. Como se seguisse minha deixa, Charles vomitou. Depois, vomitou e peidou simultaneamente. Contive uma risada para que os vizinhos não aparecessem e acabassem com a gente. Achando que tinha acabado, eu me aproximei um pouco para ajudar aquele idiota a voltar ao táxi, mas aparentemente ele não havia terminado. Com as mãos vacilantes e uma completa falta de percepção de onde ou com quem estava, ele começou a tirar as calças de couro.

Hum, que porra é essa, amigo?

Se você já tentou tirar calças de couro, sabe como a cena pode parecer idiota. Para aqueles que não estão familiarizados com ela, é cheia de movimentos e requer de dois a três pares de mãos e um pouco de tração. Mesmo assim é preciso fazer uma oração e ter um amigo que não esteja rindo de você, e todo esse processo é para alguém que esteja *sóbrio*. Aquela situação estava tão além da estupidez que pensei que estivesse numa pegadinha. O pobre idiota estava abaixando as calças de couro apertadas no meio de um paraíso doméstico em uma hora em que a maioria dos garotos entregadores de jornal estaria preparando suas pilhas e bicicletas. "Esse retardado acha que está em casa", pensei. "Ele acha que está indo para a cama." Contudo, isso se mostrou falso quando Charles, em uma demonstração paquidérmica de estupidez, a um ponto que eu nunca vira, parou de puxar suas calças de couro para baixo, agachou-se desconfortavelmente... e começou a cagar. Devo dizer que na verdade tentou cagar, porque não estava indo muito bem. Ele caiu três vezes, sempre nas próprias poças de vômito. Quando finalmente produziu sua merda, o esforço e os peidos foram quase demais para aguentar. Então, a catástrofe final aconteceu. Após cair no próprio vômito, Charles piorou a monstruosa injúria ao cair de costas na própria merda fresca. Então, como se fosse uma peça de Edgar Wright, ele desmaiou.

Encarei o imbecil por um segundo, me sentindo um soldado esgotado vendo um meteoro se aproximar do planeta e se encolhendo para receber o impacto letal. O Assobio do Diabo, aquele peido que vem pouco antes de você sair correndo para o banheiro para expelir suas fezes, ainda pairava no ar como o beijo da morte. Eu estava chocado demais para falar e irritado demais para balbuciar, mas fico feliz por tê-lo feito, pois, enquanto observava aquela piscina infantil de uma criança crescida em seu horrível vômito colorido, literalmente enfiada na própria merda, certas coisas começaram a me ocorrer. A contemplação dos meus próprios erros e a percepção de que, se eu não controlasse meus impulsos incontroláveis, poderia acabar parecendo tão patético quanto aquela pedra no meu sapato passaram pelo meu grande cérebro cuzão no que pareceu uma eternidade, mas que na verdade foi possivelmente apenas um milissegundo. Naquele momento de clareza, um novo tom foi estabelecido. Também me lembrei de que já havia amanhecido. Então fiz o que qualquer um minimamente inteligente teria feito se estivesse no meu exausto lugar.

Fui embora e o deixei lá.

Você pode me criticar o quanto quiser. Pode fazer os julgamentos de merda que quiser. Não havia – *e The Rock diz que não* – nenhuma chance de permitir que aquela fração de homem, quase completamente coberto pelos próprios fluidos (acho que ele se mijou quando eu não estava olhando), voltasse ao táxi comigo. Eu não faria aquele motorista passar por isso, não faria seu *táxi* passar por isso e certamente não me sujeitaria ao assalto olfativo que aconteceria quando todos aqueles líquidos interessantes penetrassem profundamente no tecido das fabulosas calças de couro. Janice? Merda, queria apenas deixá-la ali com o Capitão Merdinha. Tinha sido ideia *dela* trazê-lo conosco. Entrei no táxi e disse ao motorista para pisar fundo. Janice protestou, mas eu a interrompi com a lembrança de que a corrida era minha; se ela quisesse ficar no carro e reclamar, ela poderia pagar a conta. Nós a deixamos na rua do seu apartamento. Não me despedi e não a vi desde então. Nos meus dias bons, desejo sorte a ela. Nos ruins, tenho esperanças de que acorde com o rosto enterrado no pútrido caos das calças de couro de Charles.

Foi naquele momento, há tanto tempo, observando um homem crescido coberto por excrementos e manchas de grama, como um bebê que não consegue manter a própria cabeça erguida, que percebi algo em mim que talvez nunca tivesse sido babaca o suficiente para notar: quando se trata de incompetência e de pane mental; quando se trata do estupor de alguém profundamente sedado e da ignorância que chega a ser ofensiva, meu nível de tolerância é decididamente *baixo*. Para mim, estar cercado de pessoas estupidamente insensíveis é como estar gripado: sinto dores, fico ansioso, suo e procuro a saída mais próxima para lutar pela minha liberdade, tudo isso enquanto tento me conter para não partir para cima do ofensor. Meu grande amigo Geoffrey Elizabeth Head certa vez dividiu comigo um ditado que merece ser repetido: "Filho, se você vai ser burro, seja durão, porque não conseguirá se dar bem com seu cérebro ou sua aparência". Julgando pelas minhas observações mais recentes, esse mundo deve estar cheio de durões filhos da puta.

E assim chegamos à raiz da maldade deste livro, vadias.

Veja bem... Eu tenho observado seu comportamento por um longo tempo. Sim, por mais assustador que isso possa soar, infelizmente é verdade. Assim como muitos que estão folheando essas páginas têm acompanhado minhas ações por quase vinte anos, eu tenho estudado seus hábitos e caprichos, suas qualidades e dúvidas há muito tempo. Tenho observado suas ousadias descaradas e fúrias não contidas. Tenho considerado seus encontros histriônicos e ridículos. Tenho caminhado entre vocês evento após evento, admirando seus comportamentos e individualidades. Tenho feito isso e, após todos esses anos, posso dizer sem equívoco que a maioria de vocês está tão longe do caminho, que temo pelo futuro da nossa espécie.

Não me refiro àqueles que compraram este livro: vocês demonstraram um entendimento *excepcional!* Vocês são parte do pequeno grupo de 2% que me dá esperança! Quanto aos outros 98% da população, podem simultaneamente agradecer e culpar o álcool e o YouTube e lançar acusações vazias a *reality shows*, motoristas atrozes, Justin Bieber, Kayne, *fast-food*, comerciais, propagandas... basicamente, *pessoas*. Eu disse isso antes e, que Buda me perdoe, vou dizer outra vez: se não fosse pela minha família e pelos meus amigos, *eu odiaria todos vocês em todos os momentos de todos os dias da minha vida.*

Existem muitas razões pelas quais decidi escrever este livro e praticamente todas terão destaque nos próximos capítulos, mas sinto que é imperativo dizer desde o início que sou tão culpado de ser um vagabundo idiota quanto você é. Meu histórico como idiota pode ter tantos pontos altos (baixos) quantas são as dúzias de "estrelas" que aparecem em variados programas de televisão, mostrando vídeo atrás de vídeo nos quais homens e mulheres fazem as coisas mais estúpidas que se possa imaginar. Quer se trate de mulheres caindo de mesas enquanto filmam a si mesmas rebolando ou de homens usando coletes à prova de balas e recebendo tiros no peito para demonstrar sua "força", existe uma tendência alarmante a esquecer a cautela em nome de um vislumbre de fama por meio da vergonha. O mais triste é que eles não *têm* nenhuma vergonha. Eles não *têm* vergonha. Eles não se importam com o fato de que estão espalhando atividades estúpidas como um vírus pelo planeta. Estão pouco se fodendo se esses vídeos parecem uma apresentação saída de um sanatório. Tudo o que querem é tempo suficiente para pôr um curativo na cabeça e verificar quantos acessos o vídeo teve nos últimos vinte segundos. Se levassem mais vinte segundos para assistir ao vídeo, poderiam perceber que estão machucados.

Mas eu não sou o senhor da verdade e minhas mãos são tão sujas quanto as suas mãos. Contudo, há muitos atenuantes a meu favor. Primeiro, boa parte do meu comportamento calamitoso ocorreu antes da era digital, de modo que não existe gravação ou prova real (puta merda, ainda bem!) e tudo o que pode ser encontrado são boatos e entrevistas. Segundo, eu compreendo a diferença entre "extravasar" quando você é jovem e não se importa em fazer com que besteiras pareçam uma carreira, e não uma aberração, fato que você percebe quando fica velho o suficiente para entender melhor. Terceiro, e isso é o mais importante, este livro é meu, então não posso estar errado. Merdas acontecem, mas merdas suas, e não minhas. Então, adivinha? Mesmo que você não seja desprovido de massa cinzenta;

mesmo que, por definição, não seja tecnicamente desprovido de faculdades mentais intuitivas, ainda assim é culpado, por associação. Esse é um caso para a lei *Rico*,[3] e eu sou o procurador encarregado de trazer justiça ao mundo. Posso não ser infalível, mas sei usar um terno e falar palavras grandes, e nem vai parecer que alguém pôs alguma coisa na minha boca e que estou embolando as palavras.

Isso quer dizer que não confio na maioria de vocês nem para tirar a cueca enfiada na própria bunda, muito menos para trocá-la por uma cueca limpa após defecarem nela. Odeio dizer, mas vocês não dificultam em nada que eu prove minha opinião.

Tenho um monte de merda que quero dizer, e há tanto, que nem sei por onde começar. Aeroportos, shoppings enormes, péssimos motoristas, reuniões de família, sexo, comida, música ruim, roupas e crianças, *sim, crianças*. Todos esses tópicos, espalhados pelo mundo afora, serão alvos do meu veneno ácido. Mesmo que muitos dos meus amigos e adversários internacionais queiram acreditar que essa é uma pandemia americana, imploro pela chance de discordar. Tive o privilégio de viajar por toda essa bolinha de gude azul, verde e branca no espaço. Não corro por aí berrando e gritando; sou conhecido por ficar nos bastidores e observar, fazendo anotações quando não estou cochilando em cadeiras desconfortáveis que me deixam com dores. Por mais que eu entenda que meu país possui sua injusta parcela nesse *Zeitgeist* de incoerências, descobri que se trata de uma catástrofe global. Não estive em todos os lugares, mas estive em lugares suficientes para saber que o planeta tem bolsões de estupidez aflorando no norte, no sul, no leste e no oeste, a partir da linha do Equador e do meridiano de Greenwich. A burrice não desaparece com tanta facilidade.

Uma coisa maravilhosamente libertadora nessa ideia de raiva acumulada é que *eu não me importo com porra nenhuma*. Sei que disse a mesma coisa no passado, mas, para o bem ou para o mal,

---

3. Racketeer Influenced and Corrupt Organizations Act, também chamada de Lei *Rico* ou apenas *Rico*. Trata-se de uma lei federal que prevê penalidades adicionais para crimes cometidos no âmbito de organizações criminosas dentro dos Estados Unidos. A lei também permite que líderes dessas organizações sejam julgados por crimes cometidos por outras pessoas que tenham recebido suas ordens. (N. T.)

sempre houve uma parte de mim que se continha um pouco, por respeito e para poupar os sentimentos alheios. Bem, como vocês estão prestes a descobrir, tirei minhas luvas. Não só tirei as luvas como pus fogo, joguei-as num balde furado e chutei-o ao mar com um suspiro profundo e um vigoroso dedo do meio levantado em desrespeito. Então, não fiquem bravos comigo; vocês, seus fodidos, causaram isso a si mesmos. Não é culpa minha que toda a população tenha se engalfinhado para popularizar lixos insignificantes, irrelevantes e sem talento, mas será um prazer sádico destruir tudo isso diante dos seus olhos.

Porém, como eu havia dito antes, isso não é para vocês, leitores! Com vocês está tudo bem. Tenho certeza de que ninguém aqui aceitaria o desafio da canela[4] ou beberia até desmaiar, deixando a calcinha à mostra, na frente de um McDonald's no SoHo. Continuo resoluto em minha convicção de que *nenhum* leitor usaria um termo tão ridículo e patético quanto *yolo*.[5] Você só vive uma vez... Sim, obrigado, Confúcio. Eu não tinha percebido que "você só vive uma vez". Essa é uma babaquice tão insignificante e pseudoanalítica que me deixa mais irritado do que qualquer outra coisa no momento. Seria diferente se as pessoas usassem *yolo* para se referir a algo significativo, como escalar uma montanha ou pintar um quadro dessa mesma montanha, bebericando chás exóticos em uma varanda próxima ao mar. Eu poderia ser compreensivo se você estivesse tentando pôr alguma cultura na sua cabeça. Se *yolo* fosse usado nesse contexto, eu não desejaria atirar bolinhas de cuspe empapadas de suco de xoxota na cara de Deus. Mas não é. Não é, porra. É usado para justificar os comportamentos mais ignorantes e nojentos com os quais já me deparei na vida, e eu cresci na porra de um estacionamento de *trailers* em Nada, Iowa. Ouvi alguém usar o termo "*yolo*" para convencer uma adolescente idiota a pular em uma esteira em

4. Desafio que consiste em engolir uma colher de canela em pó em sessenta segundos sem beber nada. O desafio pode causar mal-estar e sérios riscos à saúde, pois a canela em pó forma uma camada que resseca a boca e a garganta. (N. T.)

5. A sigla significa "You Only Live Once", ou, em tradução livre, "Você só vive uma vez". (N. E.)

movimento a 90 quilômetros por hora. Adivinhem: para resumir a história, ela acreditou nessa merda e agora seu rosto parece uma merda. Você só vive uma vez... Sim, e você só *morre* uma vez também, seu idiota. Um bando de adolescentes indo para a cama para foderem-se loucamente. Claro, tudo bem... Alguém dirá que só se vive uma vez! Contudo, você pode engravidar quantas vezes uretras e úteros cascudos puderem aguentar. Você só vive uma vez! Você também só pega herpes e aids uma vez. Essa merda fica com você para sempre. Então, sim, você só vive uma vez. Deixe-me perguntar uma coisa: é uma vida que vale a pena?

Ah, mas não vocês, observadores excepcionais cheios de bom gosto e visão! Não os estou colocando nesse pote de aveia cheio de bactérias. Não, tenho outros planos para vocês. Quero que sejam meu exército e que formem minha Legião da Destruição para lutar contra os Regimentos de Burrice. Existe apenas um pré-requisito para se juntar a esse batalhão: eu preciso que todos desencorajem idiotas a comprar este livro, porque isso não é simplesmente sobre estupidez, e sim sobre incompetência. Qualquer um que ainda acreditar na merda que aparece neste livro depois que eu tiver acabado de destruí-la estará além da reprovação. Essa é a diferença entre uma mente banal e uma mente incompetente. Uma pessoa burra pode ser ensinada, mas uma pessoa incompetente não sabe que é incompetente, o que lhe permite passar pela vida nocauteando as pessoas e as ideias que encontra. Então, vocês, meus astutos espiões, serão a ponta da minha espada, o ouro na minha terra. Vocês serão oficialmente Armas de Menosprezo em Massa. É imperativo que vocês deixem claro para todos os grupos de babacas que *este livro não é para eles*. Vocês leram a falsa isenção de responsabilidade no início do livro? Essa merda é séria... Eu mostrei para um advogado. Tudo bem, ele estava entregando pizzas e *disse* que era advogado, mas concordou que o acordo parecia legítimo quando esfreguei meu computador na cara dele. Então, se parece bom para ele, parece bom para mim. Tenho mesmo um taco plástico de beisebol e não tenho medo de usá-lo. Se você tem vários amigos burros e se importa com a cara burra que eles têm, *não deixe que leiam este livro*.

Espero que não se enganem: esse não é o Corey Taylor que você vê na rua. Esse não é o Corey Taylor que você encontra num evento ou numa cafeteria. Esse não é o cara gentil e fofo que beija bebês e tira fotos com sua mãe enquanto deixa um recado na caixa de mensagem de um primo que está numa faculdade distante. Esse não é o cara adorável que ri de si mesmo e dos vários caipiras ao seu redor. Esse não é Corey Taylor: esse é Corey Filho da Puta Taylor. Esse é o Boca Grande. Esse é o desgraçado que vocês imaginam existir quando ouvem Slipknot. Vou mandar vocês se foderem a qualquer momento e silenciá-los com o poder de tantos mísseis. Vou acabar com vocês e vê-los mijando nas calças. Vou lembrá-los de que, assim como amo me divertir como qualquer outra pessoa, sou também um homem pequeno e irritado, com um pescoço gigante feito de músculos, fúria e heavy metal. Sou o Boca. E adivinhem só, filhos da puta? O Boca está de saco cheio. Vocês não ouvem. Vocês não aprendem. Vocês, infelizmente, não gostam de fazer outra coisa além de correr atrás de fama, fortuna e frívolos chamadores de atenção. Vocês tratam uns aos outros de uma forma tão desprezível que não tenho outra opção a não ser sentar no meu sofá e arder de raiva como um criminoso. Não posso sair na rua porque vocês agem como uns bostas. Não posso entrar na internet porque agora que todos têm uma voz ninguém diz nada digno de ser ouvido ou lido. Não posso ver TV porque ela está tão sobrecarregada com lembretes de que o planeta está fodido que posso acabar escondido embaixo da minha cama porque um idiota com um machado decidiu atacar minha casa. Ótimo, todos vocês são burros *e* idiotas. Acho que chegou a hora de viver em reclusão. Pelo menos não ficarei entediado, considerando todos os meus DVDs e gibis. Posso instalar um centro de entretenimento completo, com monitores que me permitam observar a parte externa da minha casa. A gente nunca sabe quando alguém vai surtar e virar um Jason.

Agora vou concluir este capítulo para que possamos chegar à essência de assuntos que simplesmente não são essenciais, e vou fazê-lo descrevendo para vocês a última esquisitice da qual participei não muito tempo atrás.

Meu filho Griffin completou onze anos em setembro de 2013, o que foi comemorado com uma festa de aniversário *chez* Taylor. Havia uma parte de mim que chorava porque meu garotinho estava crescendo. E havia uma parte de mim que estava orgulhosa de ver como ele estava crescendo. Então, eu o deixei escolher um tema para a festa (ele quis luta livre, e você não imagina como é difícil achar *qualquer coisa* de luta livre para uma festa de aniversário... Recado para o sr. McMahon!).[6] Eu me pus a trabalhar para montar a coisa toda. Decidi comprar um bolo para ele, apesar de ter feito os bolos de aniversário dele nos últimos sete anos. Isso me deu um vislumbre da minha própria estupidez, já que o bolo que escolhi era grande *demais*, cheio de camadas de biscoito e com uma cobertura de *cream cheese* gelado de dar água na boca. Uma semana depois, nós *ainda* estávamos comendo esse monstro. Finalmente tive de jogá-lo fora, mas *ainda* era grande o suficiente para outra festa de aniversário.

Eu sou um idiota...

Essa história, contudo, não é sobre o bolo, e sim sobre um dos amigos de Griffin. Nós fizemos alguns convites para ele entregar aos amigos da escola. Em uma hora, a casa estava cheia de garotos do quinto ano, acelerados pelas doses de açúcar e correndo como homens-bomba em um dia de folga. Deixe-me dizer algo rapidinho: eu amo meus filhos. Eu amo meus filhos. Porém, não sou muito afeiçoado aos filhos de outras pessoas, incluindo as crianças de alguns dos meus amigos mais próximos. Na verdade, simplesmente odeio essas crianças. Sou um cara decente o suficiente para não dizer isso para elas, mas é verdade. Crianças, para mim, são doenças em movimento com polegares opositores e cordas vocais, mas geralmente sou capaz de guardar isso para mim. Porém, existe um amigo do meu filho que consegue forçar minha paciência contra a armadura superprotetora que costumo usar para mantê-la protegida. Olha, eu não sou um idiota completo... Não direi seu nome verdadeiro. Não que me preocupe com a possibilidade de que essa criança leia algum dos meus livros, já que Griff e seus amigos têm repulsa por boa

6. Vince McMahon, o principal promotor de luta livre nos Estados Unidos. (N. T.)

parte da minha "fama", mas não direi seu nome verdadeiro porque há uma pequena chance de que o menino venha a descobrir, e ele é estranho o suficiente para me procurar com uma faca de manteiga ou alguma ferramenta de jardinagem, o que estiver à mão. Assim, pelo meu próprio bem, nós o chamaremos de Milt.

Na festa de aniversário, ele calmamente me informou que eu iria levá-lo para casa mais tarde... sem nem me pedir antes. Um pouco da minha raiva escapou quando respondi que, da próxima vez, ele precisava perguntar primeiro, porque "não quero levar você para casa!". Contudo, falei com seu pai e assegurei-lhe que levaria Milt para casa após a festa. Ele estava muito feliz e não queria deixar seus amigos para trás tão cedo. Perto das oito e meia da noite, quando os outros pais apareceram e levaram seus filhos para as respectivas casas, coloquei Milt no carro e começamos o curto trajeto até a casa dele.

Eu sei que esse garoto estava apenas no quinto ano, mas em geral consigo manter uma conversa com qualquer um. Esse não seria o caso nessa carona até o centro de Des Moines. Olha, eu tentei... Joguei frases curtas em várias tentativas de ter uma conversa agradável com Milt, mas tudo o que consegui foram respostas monossilábicas.

— Então... Está gostando no quinto ano?

— Sim.

Silêncio.

— Você precisa me avisar quando chegarmos na saída para sua casa... Não sei exatamente onde é, OK?

— Sim.

Silêncio.

— Você se divertiu na festa?

— Sim.

Silêncio.

Foi então que um som no banco de trás começou a chamar minha atenção. No começo, não pude identificar direito, mas era como se alguém estivesse simultaneamente sugando a saliva da boca e puxando a meleca do nariz de volta para a cabeça.

SSSHHCREEEEENT.

Que porra...?

Olhei para Milt pelo espelho retrovisor. Ele estava sentado em silêncio, olhando pela janela e observando a via expressa. Parecia tranquilo, e não achei que um som tão violento pudesse ter vindo dele. Voltei a olhar para a estrada e estava ligando o rádio para me concentrar em alguma música quando ouvi o mesmo barulho, dessa vez ainda mais alto.

SSSHHCREEEEENT!

Olhei novamente para Milt, mas não havia nada. *Tinha* de ser ele fazendo aquele barulho. Imaginei que o nariz dele estivesse entupido, então perguntei se queria um lenço de papel.

— Não.

Silêncio.

Então...

SSSHHCREEEEENT!

Eu estava tão concentrado em pegar o garoto fazendo aquele barulho que perdi a saída certa da via expressa. Ele deveria ter avisado antes da saída, e não *depois*, o que ele fez, soltando aquele barulho novamente. Dessa vez eu vi! Ele não tinha o nariz entupido, cheio de catarro ou qualquer coisa assim. Estava apenas fazendo aquele barulho com a boca enquanto olhava pela janela. Porra! Qual é o problema desse garoto?

Finalmente, parei na frente da casa dele. Sem dizer uma palavra, ele saiu do carro, bateu minha maldita porta e caminhou lentamente para a entrada da casa, onde sua avó esperava por ele. Fiquei sentado dentro do carro, tentando compreender o que havia acontecido, e o ouvi fazer aquele barulho mais uma vez enquanto entrava em casa.

SSSHHCREEEEENT!

Pelo menos ele acenou para mim ao entrar.

Não tenho nada contra Milt, mas ele é um merdinha maluco e uma das razões pelas quais estou escrevendo este livro. São os malditos McNuggets... Desculpe, estou entregando muita coisa. Você entenderá quando falarmos sobre isso.

Sabe, eu posso lidar com adultos chafurdando em seus atoleiros de idiotices, porque eles são, na maior parte, maduros e velhos o bastante para fazer o que quiserem com suas vidas. Se querem ser ignorantes desprezíveis, esse é um direito deles; tudo o que posso fazer é oferecer algo novo e melhor no cardápio. Mas nossas crianças são outro assunto. Elas estão sendo bombardeadas com imagens e palavras profundamente ridículas. Pior ainda, estão aprendendo que *esse tipo de merda é aceitável*. Não é. Puta que o pariu, *isso não é aceitável*. É uma paródia grotesca da natureza humana e da nossa propensão a evoluir. É injusto que as crianças tenham de crescer em meio a essa enorme camada de merda até encontrarem seu lugar nesse mundo. Nós deveríamos desencorajar sua exposição às piores coisas ou pelo menos explicar a elas que esses comportamentos são aberrações que não deveriam ser seguidas. É isso que fazemos com as crianças na família Bonnici/Bennett/Taylor. É isso que acho que devemos fazer pelo mundo afora antes que a próxima geração cresça em uma eterna necessidade de ter suas fraldas trocadas enquanto postam fotos no CocôTube para seus amigos fazerem comentários de merda (o trocadilho é intencional) sobre o formato de suas últimas fezes. Isso não é um teste de Rorschach... Isso é o caos.

Então apertem seus cintos, babacas! Como digo desde que comecei com essas débeis tentativas de racionalização, vocês não precisam concordar comigo, mas isso não quer dizer que eu esteja errado. Posso ser um babaca, mas não estou errado. O mundo pode ler o que penso, mas isso não significa que todos entendem o que está sendo dito. Tenho observado vocês por muito tempo. Sei do que são capazes, assim como sei o que aprontaram. Sem ofensas, Terra, mas...

Pausa para um suspiro...

Vou fingir que todos vocês são burros pra caralho.

Prossigam com cuidado.

CAPÍTULO 2

Fodido em público

Antes que eu comece a abrir caminho pelas selvas traiçoeiras e navegações inebriantes que me forçaram a escrever essa vil diatribe, vamos conhecer a "estrela" dessa produção da Broadway: os seres humanos. Você está certo, é claro: tendo medo de um grande número de espécies como tubarões, aranhas e preguiças em árvores, faria mais sentido que eu tivesse problemas com o que acontece fora da nossa parte do reino animal. Infelizmente, esse não é o caso. Meu iPod me leva a crer que "*Haters gonna hate*", então vamos ao centro suculento da questão.

Vocês, malditas pessoas, têm prestado atenção umas nas outras ultimamente?

Sério? Não estou falando de coisas como a máxima délfica "Conhece-te a ti mesmo", e sim se vocês têm realmente olhado para si mesmos com alguma clareza (sem remelas) e percebido quão ridículo é seu comportamento. Hein? Eu tenho de ser honesto: não acho que vocês têm feito isso. Se fizessem, teriam percebido há muito tempo que os grupos nômades de idiotas enraivecidos aos quais a maioria de vocês tende a se juntar estão fazendo com que *todos* nós pareçamos uns merdas. De Vegas a South Beach, de Cabo San Lucas ao French Quarter, em São Francisco, ao longo dos Estados Unidos e além, as massas estão crescendo e espalhando-se de bar em bar, rua em rua, casebre em casebre, buscando desesperadamente o próximo barato, a próxima coisa efêmera. Todas essas pessoas dão a impressão de que a vida real é tão ruim que não conseguem ficar sóbrias para desfrutar dela, o que é uma babaquice sem tamanho. Mas, se relatos de testemunhas oculares servem como evidência, essas pessoas não precisam de álcool para agirem como idiotas.

Vamos começar com uma cena de festa que pode ser encontrada em qualquer lugar. Acreditem em mim, eu vi isso no mundo inteiro. A maior parte da beligerância começa à noite, mas as sementes para esse constrangimento universal são plantadas enquanto o sol ainda brilha acima das nossas cabeças. Aparentemente, você nem precisa ter um *emprego* para se sentir tão estressado e colocado à prova, que precisa sair e distrair sua mente com bebidas fortes e drogas pesadas. Eu poderia entender melhor se vocês fossem apenas trabalhadores buscando uma anestesia. Mesmo alunos da faculdade poderiam ser desculpados, porque é muita pressão para uma mente que não está completamente desenvolvida. Mas, pelo que percebo, muitas das pessoas que estraçalham as normas da decência pública são jovens vagabundos e preguiçosos. Eles dormem até meio-dia. O período da tarde é reservado a descobrir o que aprontarão enquanto perdem os programas de televisão do fim da noite. Sei do que estou falando... Eu costumava ser uma dessas pessoas... quando tinha dezenove anos. Ser jovem era meio que um pré-requisito para fazer essas besteiras idiotas. Hoje em dia, bem... digamos que não é um choque cruzar com um bando de desgraçados e vagabundas, de idades diferentes, tentando desesperadamente virar latas de cerveja numa noite de quarta-feira, pendurados numa sacada no terceiro andar de um hotel Best Western. Cerca de uma hora depois, eles podem ser vistos nas ruas, *totalmente bêbados*. É exatamente do que precisamos... Ah, espere, na verdade não. Na verdade, é exatamente o oposto do que precisamos.

Se não costumam passar tanto tempo quanto eu vagando pelas ruas de várias cidades, inadvertidamente engajados em pesquisas antropológicas, apenas liguem suas televisões, se tiverem estômago para aguentar. Cada canal tem uma variedade de programas com o glamour e os excessos dos chamados *reality shows*, a pior coisa na programação da TV americana desde que Geraldo Rivera resolveu explorar os resquícios de Al Capone. Todos esses programas têm várias coisas em comum: um "elenco" composto por idiotas que passam o dia reclamando com outros, ou sobre outros, e simplesmente *têm* de aliviar a pressão à noite, com toda a energia gasta fazendo *nada*, a não ser que você considere os ataques de reclamação já mencionados. Então essa mesma gente com cara de xoxota se entope de substâncias químicas e drinques e inevitavelmente vomita porcamente, dando a deixa para os produtores entrarem com os comerciais. É uma coisa confusa e grosseira, desprovida de classe, moralidade ou até vocabulário desenvolvido, porque durante metade do tempo as palavras são censuradas com bipes. Eu não sabia que esses guinchos em alta frequência faziam parte da língua inglesa. Bem, esses merdas usam tantos xingamentos que é incrível que estejam na TV. Porém, as pessoas ficam tão impressionadas por esse lixo, chamado *reality* TV, que acreditam que todos vivem assim e decidem fazer o mesmo. Vamos dar uma salva de palmas para a raça humana? Antes que vocês comecem a gritar de felicidade, lembrem-se de que essa merda faz com que eu queira perfurar esquilos bonitinhos e inocentes usando uma caneta esferográfica.

Não é estranho que sejamos tão loucos em público. Tudo o que vemos e ouvimos são merdas e precisamos ser merdosos para nos misturarmos à sociedade. É a mentalidade do gado: é sempre mais fácil seguir a manada do que procurar algo melhor em outro lugar. Os produtores dessa calamitosa forma de entretenimento também têm culpa. Eles garantem que todas as mãos envolvidas na produção sejam de harpias venenosas e jogam um monte de "tramas" sobre os personagens na esperança de incitar o tipo de controvérsia que os canais de televisão procuram. É um produto altamente lucrativo que eles estão ordenhando de todas as tetas. De costa a costa, seja Jersey ou Geordie,[7] as câmeras estão focadas nas pústulas podres que a pis-

7. Alusão aos *reality shows Jersey Shore*, produzido pela MTV dos Estados Unidos entre 2009 e 2012, e *Geordie Shore*, versão do mesmo show produzido pela MTV britânica a partir de 2011. (N. T.)

cina de genes tem a oferecer enquanto as massas amontoadas e em transe acompanham os episódios. Para mim, essa é uma das razões pelas quais os números de intoxicações, motoristas bêbados, detenções e subsequentes mortes relacionadas vêm subindo repetidamente nos últimos vinte anos em todo o planeta. O que me deixa furioso a níveis nucleares é que ninguém está fazendo nada a respeito.

Mas vamos voltar ao meu postulado original: vocês sabem quão burros parecem? Em primeiro lugar, todos se vestem da mesma forma. Todos os caras parecem ter comprado as mesmas camisas de botões no mesmo shopping, junto com as calças de marca com detalhes brilhantes na bunda. Que boa ideia: vocês parecem estupradores. O triste é que provavelmente são estupradores, condenados ou não. Basta mais um "Boa Noite, Cinderela" para que consigam uma ficha criminal e sejam obrigados a manter certa distância de escolas e jardins de infância. Podemos até esquecer o gel no cabelo e o suor *constante*.

Se porcos-espinhos nervosos pudessem levantar e andar em pé, eles pareceriam os homens do mundo moderno. Entre a disputa para ver quantas doses conseguem beber em sessenta minutos, os cumprimentos chamativos, os encontrões de peito e a gritaria na cara dos outros como se tivessem acabado de fazer um *touchdown*, fico impressionado que tenhamos conseguido propagar a raça humana. É espantoso que as mulheres cheguem a considerar o mero fato de transar com qualquer homem. Ah, sim... As mulheres são tão ruins quanto os homens.

Bem, 98% de vocês, garotas, usam sapatos com os quais não podem caminhar, roupas pequenas demais e vestidos ou saias que não cobrem suas bundas enormes. Vocês gritam e dão risadinhas como se estivessem na escola enquanto lançam olhares cautelosos para as "vagabundas" que podem invadir seu território. Quando se sentem suficientemente seguras, formam um círculo e viram doses de bebidas em copinhos colocados entre os peitos das suas amigas. E reclamam quando os homens ao redor começam a tratá-las como putas, mesmo sendo arrastadas ao banheiro para um boquete rápido. Tudo isso culmina numa triste e bêbada caminhada para o carro ou para um táxi, estejam indo para casa ou para a casa de algum cara, e num vídeo em que vocês perdem o equilíbrio, caem no chão, com os vestidos levantados e calcinhas pequenas demais, e tentam levantar, completamente embriagadas, parecendo uma tartaruga fantasiada de *drag queen* que infelizmente acabou virada sobre o próprio casco. Vejo todos esses vídeos, e eles são hilários. Então tenho vontade de cortar meus pulsos, porque esses vídeos também são dolorosamente tristes. É isso? É isso que sobrou? Estamos parecendo vazios e patéticos, e é brutal o fato de as evidências apoiarem essa teoria completamente.

Nossa causa não é ajudada em nada pelo fato de que existem enormes estruturas produzidas para atrair esses idiotas para a festa da putaria. Sodoma e Gomorra não eram em nada piores do que certas cidades que atraem doentes para seu seio: Vegas, L.A., South Padre, South Beach, Nova Orleans, Austin... Os Estados Unidos podem não ter a patente da necessidade urbana de se reunir em bares, mas definitivamente incrementaram o processo. É o jeito vermelho, azul e branco: pegue qualquer coisa produzida para a alegria e o prazer, injete esteroides e gordura de porco, jogue uma granada em cima e construa um gigantesco parque temático para adultos como ponto de encontro para os decaídos, cobrando caro demais enquanto eles nos fazem pagar com outra coisa que não dinheiro. Às vezes, é realmente uma merda ser americano, especialmente quando se conhece o potencial desse país para a grandeza e aceitação. Mas eu não me preocupo; simplesmente faço bonecos de vodu. Algum dia, em breve, vão funcionar.

Como sempre, estou divagando...

Se o atestado de ridículo fosse relegado à vida noturna, eu não estaria falando tanto sobre esse assunto. Ah, não, essa ópera presunçosa é tocada permanentemente. Você a vê em todo lugar. Eu poderia escrever uma dissertação *apenas* sobre cafeterias. Você sabe do que estou falando? Fui ao Starbucks outro dia e, usando óculos escuros para que as pessoas não percebessem meus olhares, estudei os vários clientes à minha volta, aproveitando meu ponto privilegiado na fila. Ir ao Starbucks nunca me decepciona. *Wi-fi* gratuito e cafeína trazem à tona a merda interior com tanta força quanto Jack Daniel's e Grey Goose. As mesas estão sempre transbordando de escritores, soltando roteiro atrás de roteiro, sendo que a maioria provavelmente nunca será transformada em filme. Se não estão lutando com cenas, estão trabalhando em seus manuscritos na esperança de que uma editora *realmente* tenha um departamento dedicado a ficções do tipo Harry Potter, Super-Homem e um pato multissexual com vários conjuntos de genitálias. Por mais lisonjeado que eu tenha ficado por receber essa história, seria relapso se não dissesse que me senti desconfortável com a ideia de passá-la a pessoas que confiam no meu julgamento.

Um dia, enquanto aguardava meu pedido habitual de Java Chip Frappuccino e Yeah Dawg, vi, na fila, uma mulher fazendo *jogging* enquanto continuava parada no mesmo lugar, logo após sua corrida matinal (ou, pelo menos, era o que ela queria que pensássemos), falando muito alto em seu fone de ouvido com uma colega de trabalho que era obviamente sua subordinada. A conversa foi extensa e inócua, e parou a fila: ela estava conversando com sua funcionária no balcão enquanto ignorava o "atendente", que tentava registrar o pedido. A mulher nem olhava para ele, concentrada em latir ao seu microfone N'SYNC: "Não, Não, *não*! Você *não* pode fazer isso! Certamente foi um mal-entendido *deles*!" Sem aguentar mais, eu me inclinei para a frente e fiz meu pedido, furando a fila. Como qualquer um, odeio pessoas que furam fila, mas eu estava com pressa e não queria esperar a Rainha dos Babacas fazer seu pedido, que provavelmente seria alguma mistura de chá-verde com soja e frutas batidas, algo que, aos meus olhos, honestamente nem deveria ser oferecido numa cafeteria. Então, ela repentinamente voltou à vida.

— Ei! Espere um segundo, Martha... Ei! Eu era a próxima na fila!

Calmamente, eu a olhei e disse:

— Então desligue seu telefone e faça seu pedido.

— Você não pode falar assim comigo!

— Se você está no telefone, então não está na fila — respondi. — Sinto muito.

O atendente concordou comigo. Sua Majestade, A Vadia, saiu irritada, fazendo seu *jogging* pela rua.

Esse é apenas um exemplo de um Gatilho Taylor: a indignação ao encontrar alguém que pensa que pode fazer o que quiser. Quando as pessoas têm a ilusão de que o tempo e a atenção dada a elas são mais importantes do que qualquer outra pessoa, independentemente de quão mundana a ocasião possa ser, eu estalo por dentro como um pedaço de madeira seca queimando numa pira. Alguns podem pensar que, dado meu lugar no mundo e o que faço para me sustentar, sofro os mesmos impulsos daqueles que acham que suas contribuições fecais não fedem. Adivinhem só, seus fodidos? Minha merda fede e, mesmo que eu tenha sido um babaca intolerável na minha juventude, faço um esforço para evitar esse tipo de comportamento a qualquer custo. Posso ser um babaca, mas não sou retardado.

Pelo menos, espero que não.

De volta à vaca, a idiotice, tragicamente, não está relegada aos anais das cafeterias ao redor do mundo. Os shoppings americanos certamente são um motivo sério para que o governo imponha à população uma esterilização forçada. O engraçado é que quando eu era criança havia apenas os shoppings locais: cada canto da cidade tinha seu próprio shopping, que era uma boa representação das pessoas que viviam lá. Os shoppings eram, basicamente, uma ótima maneira de ver o que cada canto da cidade tinha a oferecer: o canto pobre, o canto trabalhador, o canto rico etc. Contudo, os negócios evoluem junto com os animais e as plantas que habitam a Terra: *90210*.[8] Os shoppings começaram a se transformar. As pessoas passaram a se reunir nesses conglomerados por motivos variados, fazendo com que os próprios shoppings, por sua vez, passassem a alimentar certos tipos de seres e um tipo específico de comércio. Assim começou a nova era dos shoppings, divididos em suas três variantes.

Primeiro, há o shopping sujo. Ele costumava ser o shopping pobre, mas, como a necessidade de fazer dinheiro se tornou mais importante que as necessidades dos outros, as grandes lojas lentamente saíram desse lugar que já foi razoavelmente interessante. Entretanto, enquanto as grandes cadeias saíam, os "comerciantes locais" entravam. Isso aumentou aquilo que se chama de "mercado de bugigan-

8. Série televisiva com temática adolescente produzida nos Estados Unidos entre 2008 e 2013, baseada em uma série anterior, *Beverly Hills, 90210*, produzida entre 1990 e 2000 e exibida no Brasil com o nome *Barrados no Baile*. (N. T.)

gas". Vou dar uma ideia do que quero dizer. O shopping a que eu costumava ir quando era criança ficava a um pulo da casa da minha avó, na parte sul de Des Moines, Iowa. Costumava ser um combo dos mesmos suspeitos de sempre: J. C. Penney, Sears, Target e uma série de outras lojas como Claire's Boutique, uma loja de discos chamada Disk Jockey (onde trabalhei por um tempo), Spencer's Gifts, lojas de videogame e por aí vai. Era um shopping comum com pessoas comuns, e era divertido. Uma vez, quase fui preso por ir lá descalço, porque aparentemente "alegar um suposto pé de atleta" é considerado um delito em Des Moines, mas esse fiasco nunca me deixou ressentido, tampouco fiquei furioso com o shopping quando fui demitido da loja de discos por ter cabelos compridos. Eu estava bem, e as coisas estavam bem.

Anos depois, conseguimos um contrato para a banda, eu saí em turnê e não fui àquele shopping por muito tempo. Quando voltei lá, fiquei decepcionado com o que vi. As cadeias de lojas e outros estabelecimentos tinham sumido. Em seu lugar havia lojas que vendiam estrelas chinesas de arremesso, estatuetas de jade e kits completos de crochê. Havia lojas oferecendo tratamentos "médicos" New Age e encorajando os clientes a investirem no "poder curativo de belas pedras e ervas". Alguns espaços nem estavam ocupados, conferindo ao shopping a sensação de ser uma boca que perde dentes a uma velocidade alarmante. Os ocupantes mais distintos eram a Liga de Resgate de Animais e um banco. Havia *três* áreas para crianças, todas com a mesma vibração de último dia de um parque itinerante, quando os funcionários querem desesperadamente empacotar tudo e ir para casa. Nada naquele shopping era convidativo; era como uma cidade-fantasma após os exploradores terem ido embora. Esse foi o nascimento do shopping sujo em Des Moines.

Conforme mencionei, agora existem três tipos de shoppings, e minha cidade tem um exemplar de cada um. O shopping sujo fica na zona sul. Outros dois shoppings caem na segunda categoria, chamada "Nenhuma outra alternativa aqui". É o tipo de shopping que você procura quando não consegue encontrar o que deseja em nenhum outro lugar. Você realmente não quer ir, mas, porra, o que você vai fazer? Você *precisa* comprar aquele suéter! Não é mais uma escolha a essa altura, e sim uma porra de um desafio. E se ir ao shopping "Nenhuma outra alternativa aqui", ou shopping "NOAA", significa que você conseguirá comprar aquele suéter, então, por Deus e pelo imaculado Jesus, você *está* indo ao shopping NOAA... E o inferno estará com você.

Existem dois shoppings NOAA na minha cidade natal, ambos provenientes de extremidades opostas. O primeiro foi um shopping de trabalhadores e passou por várias flutuações ao longo dos anos; às vezes, tendia a ser pobre, mas às vezes tendia mais para os endinheirados. Contudo, tinha negócios estáveis e parecia ir bem. O outro shopping, ironicamente, havia sido o shopping rico. Localizava-se na zona oeste e por suas veias correu por anos a riqueza desse pedacinho do meio-oeste. Era caro, esnobe e *fedia* a perfume Drakar. Ao longo das décadas, esses dois monólitos de dinheiro se confrontaram, mesmo que ambos soubessem quem ganhava a briga todos os domingos. Enquanto disputavam, outros terrenos eram disponibilizados ainda mais a oeste, alimentando os desvarios suburbanos por saídas de vias expressas pelas quais pessoas raramente transitavam. Em pouco tempo, os espaços vazios da parte oeste de Des Moines foram preenchidos com famílias e diversão.

Foi então que o *verdadeiro* shopping rico apareceu.

Com dois andares, o shopping Jordan Creek, a maior coisa que a cidade já vira, acabou rapidamente com a discussão sobre onde os ricos da cidade compravam suas meias e seus sinetes. Os outros dois shoppings nem tiveram chance. No Jordan Creek, em qualquer dia da semana, você pode comprar (é verdade!) espadas, armas, *pretzels*, tênis de quinhentos dólares, velas perfumadas, DVDs, *lingeries*, qualquer produto da Bath & Body Works, livros, café e pufes do tamanho de um carro. Há mais restaurantes naquele shopping do que em toda a zona sul, além de um cinema que poderia estar na Hollywood Boulevard. Ah, sim, e eles têm um Cheesecake Factory.

Fim de jogo.

Tudo que os pobres coitados nos shoppings NOAA puderam fazer foi investir um pouco mais de dinheiro em decoração, apenas para manter a cabeça erguida e não se afogar. O Jordan Creek era forrado com *carpete* e tinha fontes e elevadores! Se o próprio Zeus quisesse comprar na Gap, ele iria ao Jordan Creek. Com sua inauguração, a batalha dos shoppings de Des Moines teve um fim rápido e sangrento, abreviando a guerra em quatro anos. Por outro lado, o Jordan Creek evocou o pecado de todos os pecados. Ele deu origem ao pior do pior: os frequentadores de shoppings. As pessoas passaram a vagar sozinhas, sem prestar atenção, conversando em seus celulares e rindo de piadas de merda que nunca tinham ouvido como se estivessem na primeira fileira de um *stand-up* na segunda apresentação de Richard Pryor. Com chaves balançando em mãos feitas, esses idiotas imaturos criaram um rastro terrível em nosso meio, com egoísmo ambíguo suficiente para colocar-nos irreversivelmente entre os excluídos. Esses são tempos obscuros e parece não haver resistência contra o fascínio dos shoppings. Adolescentes, tanto garotas como garotos, fazem comentários banais, irritando-se e apontando um para o outro, agindo como idiotas em liberdade condicional. Nós falaremos *muito* mais sobre adolescentes, mas é suficiente dizer que o cenário está cheio de merdinhas com tempo livre demais. E muitos não estão comprando porra nenhuma.

Não se importe com pessoas vagando pelos shoppings... Eis aqui os Sex Pistols!

Tenho aguentado merdas como *flash mobs* e ocupações de banheiro por tanto tempo que vocês têm sorte por eu não ter escalado a porra de uma torre de relógio nos últimos anos. Aliás, por que há tantas pessoas vagando por aí durante o dia? Sei que a maioria não tem meu tipo de agenda descompromissada. Onde estão seus empregos? O que vocês *fazem* para se sustentar? E, se não têm uma porra de um emprego, por que estão comprando tantas merdas das quais não precisam realmente? Seus pais saíram de férias? Vocês fugiram de seus responsáveis? Escaparam pela janela do quarto em plena luz do dia como membros do "elenco" de *COPS* para vagar pelas ruas e pelos subúrbios do mundo sem *nenhum* motivo? Sei que posso ser considerado um babaca insensível, mas minha pergunta é: O que vocês *fazem*?

De acordo com os comerciais que vejo pelo mundo, exibidos irritantemente com aquele lixo *indie hippie* (falaremos mais sobre essa "música"), o que vocês fazem com seu tempo é simples: passeiam em tardes ensolaradas criando atividades únicas para si mesmos porque sua geração é *tão* diferente e superior que é atraída por coisas peculiares. Vocês inventam jogos com bola ou pintam coisas que consideram feias e desagradáveis. Vocês se reúnem em locais públicos para fazer arte, que consiste em recortes de papelões multicoloridos que seguram contra o céu em determinadas formas enquanto alguém com um iPhone finge ser a porra do Helmut Newton em cima de um telhado, fotografando de cima numa comprovação sublime de como esse ser humano percebe a si mesmo, olhando para a multidão abaixo porque "assim é mais dramático". Entre vocês, todos precisam se vestir de maneira diferente e, ao fazerem isso, vestem-se de maneira exatamente igual, com suas camisetas descoladas de ícones que nem conhecem, calças tão apertadas que devem estar impedindo a circulação sanguínea e óculos pretos, quer sejam necessários ou não, tudo estilosamente combinado com uma jaqueta de veludo aparentemente barata, ainda que tenha sido muito cara. Vocês amam a diversão, a vida, a felicidade e qualquer merda porque são inequivocamente o mais pretensioso bando de boqueteiros que já vi. Pelo menos os *yuppies* tinham alguma essência. Vocês tratam tudo o que fazem como se fosse vital porque, se não o fizerem, serão confrontados com a realidade de que não têm nenhuma ideia do que estão fazendo ou do que devem fazer.

Eu sei o que estão pensando. "O que você quer dizer com 'vocês'?" Minha resposta é: "O que *vocês* querem dizer com 'vocês'?" Eu alertei que isso não seria bom para vocês, então chupem seus canudos até que o copo esteja vazio e calem a boca. Para qualquer lugar que olho, existem bandos de idiotas zanzando com suas posses, sem se importarem em nada com o mundo. Enquanto isso, há pessoas morando nas ruas. Crianças estão morrendo. Animais são maltratados. Famílias estão sendo desfeitas. Países colidem acima de nossas cabeças e funcionários do governo aparentemente não conseguem estar na mesma sala com outras pessoas. Sim, essas são ótimas razões para reclamar e odiar a vida. Sua atitude de "fazer alguma coisa" só serve quando *sentem vontade* de fazer por *si mesmos*. Alguns de vocês, do tipo *hippie*, podem se dar ao trabalho de entrar na luta aqui e ali, onde há abuso em excesso, mas sempre de um jeito idiota pra cacete. Numa emissora relativamente nova nos Estados Unidos, vi um comercial em que um correspondente estava cobrindo um festival de música alternativa. A merda que eles tinham no festival era tão idiota que não pude tolerar. Uma mulher vendia poemas datilografados numa máquina de escrever. Um homem fazia discos com uma prensa de vinil. Um "artista" colocava pessoas junto a uma tela de LED e criava "arte", desenhando acessórios e composições na tela – o problema era que ele sempre desenhava o mesmo par de asas de anjo. Porém, para as massas alienadas, o festival foi o epicentro da arte no país. Já vi acidentes de estrada mais provocativos. As pessoas também tagarelavam sobre reciclagem. Sim, babaca, você *deve* reciclar. O que vocês querem? Um biscoito com recheio de prêmio Nobel? Vão se foder, seus idiotas presunçosos! Ao dizer isso, ocorreu-me que talvez esses imbecis só obtenham satisfação fodendo-se, então a piada sou eu.

E eu não estou rindo.

É impressionante como pessoas incrivelmente benevolentes e sua laia se comportam hoje em dia. E na idade que têm! O problema é que eu sei que esse tipo de renascença juvenil fascina outros da minha espécie. Búfalos-d'água param em seus caminhos enlameados, atraídos pelo estranho desenrolar desse movimento assustador. Nesse momento, distração é o nome do jogo. Ignorem a seriedade do nosso lugar no mundo. Não se preocupem se o Egito está em chamas, se a Líbia está sucumbindo, se a América do Sul ainda é um anátema para qualquer um que *não* esteja num cartel de drogas. Não preocupem suas cabecinhas vazias com nada. Apenas garantam que essas luvas que tricotam para si mesmos combinem com o casaco que ganharam de Natal. É uma sorte para vocês que eu não seja Deus: eu teria cancelado essa experiência de merda chamada "Homem" muito antes que Jimmy Fallon tivesse o próprio programa de TV.

Preciso sair do meu suadouro e clarear um pouco minha mente. Então, vou contar uma história que, mesmo ficando pesada no fim, é sobre a alegria de ser você mesmo e sobre o inferno que são as outras pessoas, para parafrasear Wilde. Sabe, sendo um *nerd*, existem certos lugares aos quais eu queria muito ir. Sempre quis participar de uma excursão da Guerra Civil Americana e visitar os pontos turísticos relacionados ao conflito. Também queria levar minha esposa ao Egito para que pudéssemos encarar as pirâmides com olhos esbugalhados (e também porque quero chegar ao fundo dos boatos da série *Ancient Aliens*). Em algum momento da minha carreira, queria tocar no Hollywood Bowl, tanto pelo prestígio como pelo fato de que meus heróis, de Jim Morrison a Monty Python, tocaram nesse belo local próximo à autoestrada 101. Tenho lugares aos quais quero ir e experiências que quero viver. Então, vocês podem imaginar meu entusiasmo furioso quando fui convidado para fazer uma apresentação na Comic-Com de San Diego, uma meca para aficionados como eu.

Fiquei tão eufórico que empacotei todas as minhas boas camisetas de quadrinhos, mas fui pragmático o suficiente para garantir que houvesse espaço na minha mala para todas as coisas que eu compraria nas entranhas cavernosas do lugar mais feliz da terra para *nerds* viciados em quadrinhos. Eu tinha um plano e não permitiria que ninguém me afastasse do meu objetivo de pôr minhas mãozinhas encardidas em todas as tralhas que sempre quis ter quando era criança. Acho que isso é algo lendário para colecionadores, embora também possa ser o tiro de largada para um *futuro acumulador*. Mas não me importei. Estava com a carteira cheia e pronto para as férias. O legal é que eu podia levar minha família, incluindo Griff, minhas sobrinhas Haven e Jaylynn e meus sobrinhos Drew e Lil Phil. Minha esposa, minha irmã e minha sogra se juntaram a nós, ao menos para ver esse garoto crescido agir como louco diante de tantos personagens em tão pouco tempo. Aquilo era sério!

Fiz sessões de autógrafos no estande Dark Horse, no meio do centro de convenções, onde me diverti muito com fãs e artistas. Estava tonto: o lugar tinha sido decorado de parede a parede com Kick Asteroid, e eu me apaixonei por cada minuto ali. Para todos os lugares que eu olhava, via uma parede cheia de coisas que eu precisava ter para sobreviver: um roupão de banho do Doctor Who que parecia uma cabine de viagem (eu comprei), artes do Dexter (eu comprei), conjuntos de Lego que eu nunca tinha visto (é claro que comprei) e vários brinquedos do jogo Minecraft, que comprei para as crianças. Ah, sim, é claro que comprei. Fiquei aterrorizado no início, quando não consegui encontrar as edições antigas dos quadrinhos que eu procurava, mas isso perdeu a importância diante do fato de que estava com minha família numa sala gigante, cercado por tudo o mais que meu coração pudesse desejar. Contudo, o veneno dentro dessa bela flor estava prestes a aparecer.

Após dar voltas e voltas e conferir tudo, decidimos procurar um restaurante para comer algo. Algumas horas depois, voltamos ao hotel próximo à convenção. Foi ao longo dessa jornada ao nosso recanto que encontramos um bloqueio que faria qualquer homem, mulher ou criança estremecer. O sol havia partido. A vida noturna aparecera naquelas ruas tristes. E, para meu constrangimento, e para o extremo desconforto da minha família, as calçadas e as ruas estavam cheias de um bando chamativo que gosto de chamar de "sopa de idiotas".

Para qualquer lugar que olhássemos, idiotas em roupas da marca Affliction brotavam nas ruas, bêbados e imbecis. Em todo lugar, vagabundas festeiras exibiam balões em formato de pinto equivocadamente usados como chapéus. No carro, ficamos presos entre dois tipos muito diferentes de transporte: uma limusine coberta por frases muito sugestivas e contendo o que parecia ser uma lasciva despedida de solteira, com sons expelidos por cada orifício do carro, e um Aston Martin DB9 muito, *muito* caro, cruzando o asfalto como um rei num ano sabático. O idiota atrás do volante parecia gorduroso, gosmento e um pouco bronzeado demais. Além disso, com aquele carro foda à sua disposição, dirigia *devagar pra caralho*. Entendi imediatamente: de que adianta ter um carro como aquele se ninguém pode ver você? Então, o Capitão Babaca estava praticamente em ponto morto, perambulando pelas vias de San Diego em uma velocidade máxima de 0,05 quilômetro por hora. Era de enfurecer! Entre os alcoólatras profissionais lotando os bares e os palhaços atrapalhando o trânsito, eu me senti preso num engarrafamento atrás de um desfile de carnaval. Aquele lugar, que eu aguardara tanto para visitar, havia se tornado tudo o que eu odiava: pretensioso, indulgente e revoltante. É desnecessário dizer que isso provocou faíscas na minha loucura.

Então, as coisas pioraram.

Pela posição das ruas nessa parte de San Diego, descobrimos, da maneira mais difícil, que apenas uma via cruzava as pistas, circundava o centro de convenções e levava ao nosso hotel. Infelizmente, nós nos perdemos duas vezes tentando encontrar a maldita pista rumo à liberdade. Isso significou passar pelo burburinho mais duas vezes antes que pudéssemos chegar ao hotel e dormir. A cada vez que passávamos pelo caos, víamos algo ainda mais ofensivo. Já vi umas merdas sérias na minha vida – eu já fui à Holanda, cacete –, mas mesmo assim fiquei embasbacado, para usar uma palavra de impacto. Se eu odiava as pessoas antes, cheguei à beira de cometer um homicídio após aquela noite. Acho que jamais voltarei a San Diego, e, se voltar, certamente não levarei meus filhos. Quando a vida lhe serve uma sopa de idiotas, devolva o prato ao *chef*, porque, para começar, não foi isso que você pediu.

Pode ter sido carma.

Não sou idiota. Sei que "pequei" tanto quanto qualquer outro. Nós chegaremos às minhas "transgressões", e prometo que não vou esconder nada, mas, cara, tenho de ser honesto: eu te odeio. Essa merda é ruim porque não *quero* odiar você. Eu te amo, seu merda. Todos os dias, sou lembrado das coisas que tanto amo na raça humana: pessoas boas lutando contra a ignorância e o ódio; muçulmanas reagindo à intolerância da maioria dos homens que seguem o islamismo; russos avançando cada vez mais na luta contra a mentalidade antiquada com que se lida com a homossexualidade em seu país; ciências e religiões andando juntas para encontrar um meio divino de compreenderem melhor uma à outra... Eu poderia encher álbuns com músicas sobre coisas que me cativam nas bestas que chamo de colegas humanos. E, ainda assim, aqui estou eu, falando de milhares de merdas, porque os barulhos mais altos são rajadas incoerentes de gritos de incompetência. Quando falo com alguém que sei que não faz a menor ideia do que está falando, tudo o que ouço são as afiadas unhas de metal do sr. Krueger arranhando uma lousa que aparentemente não tem fim. Não lembro quem é o autor, mas há um grande ditado que diz: "Burrice deveria doer". Eu não poderia concordar mais, porque as burrices dos outros me causam dor a porra do tempo inteiro.

Creio firmemente na ideia de equilíbrio. Na vida e em todas as suas complicações, deveria existir um pêndulo que balançasse perpetuamente a favor de todos. Aqueles que têm responsabilidades deveriam dividi-las com aqueles que não as têm. Mas, nesse momento e nesse lugar, nesse plano dimensional, essa merda está mais fora do tom do que uma *boy band* bêbada cantando para Simon Cowell em seu grande iate. Eu poderia simplesmente ignorar tudo, como faz a maioria dos intelectuais ao redor do mundo. Contudo, não sou assim. Quando algo está fodido, eu digo que está fodido, digo na cara, quer alguém esteja ouvindo, quer não. Quando vejo coisas idiotas, não consigo sair do caminho. Quero quebrar tudo com um martelo vingativo, como se fosse um Thor com sede de sangue, ceifando e usando palavras difíceis para que ninguém entenda o que estou falando. Em termos mais simples, não me importo mais. Ninguém tem bom senso. Ninguém tem valores morais. Ninguém tem ideia do que deveria estar fazendo; se o mundo fosse uma fábrica, ela teria apenas partes de corpos espalhadas, pois todos estariam em casa cuidando de uma lesão e pedindo dinheiro ao governo. Estou tentando não ficar deprimido, porém, mais e mais a cada dia, não consigo aumentar o volume da música o suficiente para abafar o que todos vocês dizem. Assim, vou ficar surdo antes de ficar burro. Então, que seja assim, porra.

No desfecho deste capítulo, permitam-me deixar um bom conselho: prestem atenção quando estiverem dando uma volta por esse mundo que compartilhamos. Estejam cientes do que está acontecendo e sejam sábios a respeito de suas ações. Comecem com algo simples como... Ah, não sei... Apertem a porra do passo quando atravessarem a rua. Vocês simplesmente passeiam de esquina a esquina como se não soubessem onde estão. Isso não é engraçado.

Tudo o que vocês precisam fazer é apertar o passo por dois metros e estarão quase lá. Esse é um problema que vai de costa a costa; na Califórnia, as pessoas estão muito ocupadas posando enquanto em Nova York as pessoas simplesmente ignoram os demais. E esse problema está se espalhando pelo mundo com velocidade alarmante. Vocês andam pelo trânsito com seus rostos enfiados nos celulares, enviando mensagens de texto, conversando ou agindo como se o que fazem fosse muito mais importante do que as milhões de vidas que estão empacadas pela sua inatividade. Parem de enviar mensagens de texto! A pessoa não vai rir da sua piada ou da porra da *selfie* sorridente que você enviou. Parem de falar no celular! Sua conversa não é essencial para a vida de ninguém, incluindo a sua própria vida. Atravessem a bendita rua para que possamos cuidar das próprias merdas.

Não ligo se estão passeando com o cachorro. Não ligo se estão passeando com seus filhos. Não ligo para quão jovens ou velhos vocês são. Não ligo se têm uma ou mais pernas. Mexam a porra da bunda! O semáforo não ficará verde para sempre, e eu preciso virar para a esquerda, cacete. Não se importe com a possibilidade de que eu esteja numa pressa dos demônios para chegar ao meu destino. Não... Vocês precisam cuidar das suas imbecilidades imediatamente. Se demorarem demais, não vou atropelá-los. Já passamos dessa fase. O que eu *farei* é cagar na minha mão e atirar a merda como uma bola veloz em seus cabelos. Vocês estão me transformando num chimpanzé dando uma volta de carro. Então, comecem com esse pequeno passo. Depois, continuaremos a partir daí. A imbecilidade que encontro ao ar livre me trouxe a esse ponto de furor violento. O Vesúvio não é nada perto desse idiota irlandês aqui. Cavalgarei uma monstruosa vaca de guerra contra seus exércitos, espancando todos com uma poderosa clava, sem me importar com quem tombará ao solo. Todos vocês são culpados, então todos sentirão o impacto do meu discurso pomposo. Ninguém é relevante. Ninguém é especial. Ninguém está isento. Sei que isso vai contra tudo aquilo que aprendemos na igreja e no jardim de infância, mas é verdade, e dói. Ninguém se importa com mais nada, e isso é óbvio. Ninguém gasta tempo observando as consequências de suas ações, e isso está por toda a página como uma pontuação precipitada que não pertence àquele lugar.

Isso é um tanto pesado demais... Deixe-me dizer de outra maneira.

Todos nós temos um desejo inato de adequação e amor, não importa quão irritadiços ou amargurados sejamos. É um instinto primário agrupar-se em tribos ou grupos por questões de segurança, para garantirmos nosso bem-estar. Eu não sou diferente, e você não é diferente; é como não querer ser escolhido por último no time. Coisas assim são vitais para o modo como pensamos a respeito de nós mesmos e como seguimos nosso rumo pelo mundo. Então, ficamos suscetíveis aos tipos mais ridículos de comportamento, especialmente quando estamos em público. Todo mundo age como um bosta, então por que eu não deveria agir assim também? Nossa, sei que consigo me identificar com isso! Uma vez, passei duas horríveis semanas falando como Pauly Shore porque todos os meus amigos faziam o mesmo, mas eu me senti chocado e cuidei para que isso nunca mais acontecesse. De qualquer maneira, conheço por experiência própria a pressão de fazer parte do gigante liquidificador da vida. Mesmo assim, as coisas que vejo vocês fazerem em público, ao ar livre, são indefensáveis. Eu poderia dizer que vocês estão constrangendo a todos, mas infelizmente todos estão fazendo as próprias merdas. Tudo o que posso dizer com sinceridade é que vocês constrangem uma pequena parte de nós. Isso provavelmente é relevado pela maioria, mas sinto uma espécie de rancor que não posso deixar passar.

Contudo, agora ninguém está ouvindo, não importa quão alto eu grite. Tudo o que posso fazer é esperar que vocês retomem sua estúpida razão e sintam o calor do constrangimento espalhar-se por suas bochechas rosadas. Não sei por quanto tempo conseguirei aguentar a tensão enquanto vejo as horas passarem. Tendo dito isso, eu tenho tempo e *hobbies*: estou ficando muito bom no crochê e quase terminando minha almofada temática ao estilo Henry Rollins. Tenho minha cadeira de balanço porque sou velho e meu café porque sou viciado. Posso estar ocupado agora, mas nada é para sempre. Tudo é finito. Meu pavio queimará até a bomba, e, quando eu detonar, ninguém vai querer estar nem a um milhão de quilômetros. Vocês podem até achar que isso tudo são jogos e diversão, e que se trata do bom e velho tio Corey esbravejando para fazê-los rir. Mas fatos são fatos. Se o populacho não restringir suas merdas a lugares fechados, vou perder o controle.

Isso sem *mencionar* o Santa-Con.[9]

Como eu disse, o Vesúvio não é nada se comparado a mim.

---

9. Desfile anual que ocorre em várias cidades do mundo, em que os participantes se vestem de Papai Noel ou de outras figuras natalinas. (N. T.)

CAPÍTULO 3

O voo dos idiotas

Feche os olhos e deixe sua imaginação devorar esse cenário por um segundo... Isto é, se puder fazê-lo sem querer arranhar o rosto como o cara no *Poltergeist*. Vai arder um pouco, mas faça o melhor que puder. Incline-se e visualize a seguinte hipótese:

O alarme soa, mas você está dormindo. Das profundezas do seu inconsciente, você se pergunta por que configurou o alarme para despertá-lo. Depois de esmurrar o botão meia dúzia de vezes, finalmente aceita a hora certa, desbravando a confusão do seu sono. Então, você se dá conta de que está *atrasado*. Não *tão* terrivelmente atrasado, mas é o suficiente para que tenha de levantar sua bunda da cama e se apressar se quiser chegar a tempo. Você lança o corpo para fora da cama e nem toma banho, colocando alguma roupa que pode ou não estar limpa e que passa por um apressado teste de fungada do seu nariz grogue. Combinando uma despreocupada esfregada de desodorante em cada axila com uma tentativa de escovar os dentes, sua camuflagem olfativa está completa. Com isso, você oficialmente economizou algum tempo em seus afazeres matinais. Você junta suas coisas e arrasta as malas pela escada a tempo de ver seu amigo, que graciosamente havia oferecido uma carona, aparecer. Você joga suas tralhas no porta-malas, desaba no assento do passageiro e comenta, com gentileza, que ele ou ela deve pegar "o caminho mais rápido para lá". Você conseguiu. Quase dormindo e fedendo um pouco, tem certeza de que esqueceu pelo menos três itens fundamentais na sua viagem. Mas você conseguiu. Então, se dá conta de que ainda precisa chegar até a porra do aeroporto. Esse é o momento em que você desinfla como uma camisinha estourada e pergunta-se por que planejou essa viagem.

É desgraçadamente frustrante, não é? A confiança que você ganhou ao executar duas horas de tarefas em vinte minutos numa performance em pânico é destruída pela certeza de que terá de se enfiar no labirinto infernal que é voar com outras pessoas. Se você nunca voou antes – Jesus, se nunca esteve num aeroporto –, não importa quão eloquente seja minha fala ou quão descritivo eu possa ser, não há como descrever verdadeiramente esse estorvo excruciante. É algo que você só pode vivenciar e depois falar a respeito em algum grupo de apoio num porão enquanto bebe café ralo e senta-se em cadeiras plásticas de merda, projetadas para que seja impossível cruzar as pernas confortavelmente. Não sei como você se sente, mas para mim é difícil compartilhar experiências com sobreviventes e colegas quando não consigo aninhar minhas bolas em uma posição aceitável.

É uma coisa tão disseminada que posso encontrá-la em qualquer lugar, não importa aonde eu vá. E é tão exacerbante, estarrecedor, vexatório e desproporcional ao jeito certo de pensar que é impressionante que eu consiga raciocinar durante a metade do tempo. De todas as indústrias do mundo, essa é o exemplo supremo de miopia e de falta de raciocínio comum que já presenciei, e porra... Juro por Deus que começa assim que você estaciona o carro. Há um abandono completo das formas convencionais de solução de problemas e do senso de união entre as pessoas, e uma adesão a todas as coisas egoístas, sem consideração e manipuladoras. Vocês podem pensar que estou descrevendo um clube de luta ou um coliseu pronto para uma batalha de proporções épicas, mas não... Nem perto disso! Quem já teve o desprazer de viajar num avião pode contar com detalhes absurdos como é ruim perambular pelo aeroporto, um lugar tão diverso nos comportamentos estúpidos quanto em sua clientela.

Existem milhares de aeroportos ao redor do mundo, e eu estive em uma boa parcela desses lugares. Voo constantemente, indo e voltando para o trabalho e para casa desde meus vinte anos, quase tanto tempo quanto passei dirigindo sozinho ou cagando em lugares estranhos. Não estou me vangloriando; estou apenas dizendo a verdade. Voo muito. É importante que vocês compreendam esse fato antes que eu comece a esmiuçar a indústria das linhas aéreas. Eu lido com essas pessoas e com os idiotas que embarcam em seus aviões com frequência demais para meu próprio bem. Não gosto disso. Honestamente, lamento pelos funcionários de aeroportos espalhados pelo mundo, mas não posso me preocupar em dar a mínima para eles neste momento. Isso é sobre *vocês*: os viajantes com bunda de babuíno nesse jogo chamado *terra firme*. Isso é sobre a dolorosa experiência de locomover-se nos aeroportos do mundo com os cuzões que existem na Terra.

Este capítulo não é sobre voar, embora uma variedade de problemas surja assim que você embarca no avião. Ouvi falar que, em qualquer momento, existem pelo menos 100 mil a 400 mil pessoas no ar, a caminho de lugares ao redor do globo. Se esse número fosse maior, talvez eu não me deparasse repetidamente com tantos babacas. Esse, contudo, não é o assunto em questão. Os problemas ocorrem nas "centrais", código para as cidades que várias linhas aéreas utilizam como base de operações. Os problemas são o comportamento que preciso suportar antes mesmo que vocês, seus fodidos, embarquem na aeronave, e me irrita dizer que essa lista é extensa. Analisando em retrospectiva, é uma fascinante descoberta antropológica que pode ser resumida em quatro fases: "Eu-Eu-Eu", "PQP", "Onde estou?" e "Apresse-se". Esses são os estágios que tenho observado ao longo dos últimos vinte anos, antes do 11 de Setembro e da disponibilidade de internet, celulares, *smartphones* e travesseiros para descansar o pescoço. Porém, a incapacidade de pensamento certamente tornou-se pior.

"Eu-Eu-Eu" não é o pior na lista, mas me irrita tanto porque acontece já na porta de entrada e determina o tom da sua experiência nos terminais. Você pode senti-lo antes mesmo de parar para descarregar, quando vê uma massa generalizada de trogloditas disputando uma vaga temporária em frente a um prédio onde você não pode fumar a menos de dez metros da entrada. Policiais em enxames garantem que você não fique ali por muito tempo, reduzindo o tempo de abraços, apertos de mão e beijos de adeus a nada mais que cumprimentos e beijinhos na bochecha. Também parece que sempre há um taxista que não dá a mínima para o fluxo do trânsito, "estacionando" no meio da terceira pista e atirando a bagagem de alguém no chão. Com um pouco de sorte e uma ajuda de Alá, você finalmente encontra uma faixa de concreto. Depois de uma troca rápida e desajeitada com o motorista que aceitou levá-lo ao aeroporto, começa a Dança dos Condenados. A primeira coisa a fazer é entrar no aeroporto. Essa atividade é frustrada por um grupo de pessoas que age como se nunca tivessem visto uma porta rotatória. Esse é o primeiro sinal de que o "Eu-Eu-Eu" está a pleno vapor e que ninguém dá a mínima para qualquer um que venha *atrás*. Essa etapa também é precursora da dor do "Onde estou?", porque não há esperança para uma pessoa que não consegue lidar com um avanço tecnológico tão significativo quanto a porra de uma porta rotatória. Era melhor sofrerem logo uma eutanásia.

De alguma forma, você chega ao *check-in*. O "Eu-Eu-Eu" está em pleno funcionamento, e é uma experiência similar a ter uma lâmina deslizando lentamente pelo seu saco. A fila para o balcão de passagens. Sim, não parece tão trabalhoso quando você lê, mas, infelizmente, é exatamente o oposto. A fila tornou-se um caminho serpenteante de má vontade, como esperar demais para andar no pior brinquedo da Disney. Todos estão loucos como o diabo, e o estranho é que, quanto mais avança na fila, mais louco você fica. O pensamento comum é "Eu deveria *estar* no balcão agora!". Esse é o clássico "Eu-Eu-Eu", cuja presunção se acumula com a proximidade de ter nas mãos seu bilhete de embarque. Agora, o senso comum deveria fazer essas pessoas perceberem que esse é apenas o primeiro passo de um extenuante processo que o colocará dentro do avião. Mas isso não acontece. Os níveis de impaciência atingem números tão fatais que já testemunhei uma mulher de sessenta anos gritando com crianças pequenas que demoraram a sair da sua frente. É insano.

Outro indício de que você está numa fila cheia de babacas malucos são os malditos que não puxam imediatamente suas malas quando chegam aos cantos dessa fila da Disney. Esse espaço poderia ser ocupado por outra pessoa, deixando todos os outros mais perto do balcão! Para citar Magenta, *acelere*! Você pode reparar, pelo meu rancor, que faço parte dos imbecis que reclamam dessa prática. Os culpados são quase sempre homens e mulheres que vão derrubar o sistema com suas malas que têm claramente o tamanho de "bagagem a ser verificada". Eles arrastam essas monstruosidades sabendo muito bem que têm o tamanho de uma caldeira equipada com rodas e que mal conseguem sustentar o peso do que quer que esteja ali dentro. E sempre ficam parados quando chegam aos cantos da fila, como se não tivessem certeza sobre seguir em frente ou não, como se a qualquer momento pudessem mudar de ideia sobre a viagem e seu excesso de carga. Após alguns segundos que parecem horas, eles finalmente avançam com um olhar vazio e passos embaralhados. Tenho de ser honesto aqui: isso é o suficiente para que eu queira esfaquear um filho da mãe com uma caneta esferográfica, outra pista vaga de que o "Onde estou?" aguarda por mim logo depois dos detectores de metal.

Finalmente, você chega à primeira provação: o balcão das passagens. Olha, eu nunca fui o tipo que desafia a autoridade dos homens e mulheres que permanecem vigilantes atrás desse balcão, retirando passagens e colocando etiquetas de bagagem como sentinelas cercadas por impressoras, lenços e crachás. Isso não significa que eu nunca tenha ouvido outros viajantes destruírem essas pessoas como crianças destroem embrulhos de presente na manhã de Natal. É aqui que o "Eu-Eu-Eu" realmente entra em cena. Não importa o que essas pessoas tenham feito *on-line*, ao telefone ou por meio de intermediários, nada faz sentido e tudo precisa ser refeito... *imediatamente*. Assento já escolhido? Mude-o. Uma mala que não fazia parte da reserva original? Inclua-a, mas eles não pagarão por isso. Bagagem de mão do tamanho de um carro? Caberá embaixo do assento, afinal eles voaram com ela um milhão de vezes e recusam-se a despachá-la. Algum problema? Chame seu gerente aqui, pois eles querem registrar uma queixa. Pessoas que trabalham no balcão de passagens saíam perdendo em 99% das ocasiões, o que poderia ter sido motivo para suicídio ou pelo menos para um pouco de rabugice, mas o poder voltou para eles após o 11 de Setembro. Vá em frente... Abra a sua boca. Você entrará na lista dos passageiros que não embarcarão antes que consiga respirar e dar uma resposta esquentada.

Se você conseguir passar por esse labirinto de hostilidade, chegará à corrida para a fila da segurança – se não estiver procurando uma saída para fumar um cigarro de último minuto a uma distância ilegal do portão principal. Voltando ao assunto, a fila de segurança é onde as coisas começam a ficar interessantes. A transição do "Eu-Eu-Eu" para o "PQP" começa aqui, entre ricaços e pobres coitados que compraram pacotes de viagens. É como procurar água pura quando se está remando em águas salobras: você nunca sabe o que encontrará a cada passo do caminho. Você percebe o egocentrismo, é claro, mas também nota uma alarmante redução de neurônios. As pessoas não conseguem decidir se estão com pressa ou se não sabem aonde ou por que ir, para começo de conversa. Por fim, você chega ao início da fila, onde um funcionário confere suas credenciais, e segue o caminho para a segunda provação: os detectores de metais. Lamentavelmente, é onde começa a alegria do "PQP".

De volta à fila, marchando em direção à inspeção de segurança, parece haver um esvaziamento geral dos intestinos do intelecto, e as pessoas parecem assustadas e prestes a mijar nas calças. Sabichões tornam-se idiotas num piscar de olhos. Repentinamente, algo simples como mostrar seu documento de identidade ou seu passaporte para um oficial torna-se uma busca desesperada em cada bolso enquanto a pessoa pisca incontrolavelmente. Mesmo que tenham a passagem e o documento em mãos, pessoas que em geral possuem uma compreensão clara de como uma *fila* funciona gaguejam e param, incertas quanto a ser sua vez ou não. Já vi virgens mais seguros de si enquanto tentavam atrapalhadamente tirar um sutiã de três fechos. O caminho culmina na estupidez dos detectores de metais e suas cabines avançadas. A dificuldade é que antes é preciso separar a merda toda na esteira rolante. Isso é um problema, porque aparentemente é a primeira vez que todas essas pessoas estão voando para algum lugar.

Em sua defesa, outros países têm regras ligeiramente diferentes. Em alguns lugares, vai-se de sapatos; em outros, tiram-se os sapatos. Algumas terras estão pouco se fodendo para iPads e outras tralhas; outras pedem que você coloque tudo na caixa de plástico e siga em frente. Nos Estados Unidos, contudo, as normas permaneceram praticamente inalteradas na última década: tirar sapatos, cintos e joias, computador na caixa de plástico, não ter líquidos nem artigos de higiene com mais de cem mililitros de conteúdo dentro da bagagem de mão, separados num saco plástico, e esvaziar os bolsos de todo o lixo acumulado desde que se chegou ao aeroporto. Esse é o procedimento, e, além disso, há oficiais de segurança gritando essas coisas na sua cara em diferentes volumes e de várias maneiras enquanto você está parado na fila. Porra, não é física quântica! Está tudo *bem ali*, em todas as placas, a cada suspiro e a cada pensamento. Porém, como David Copperfield (o mágico, não o personagem de Dickens) sumindo com a Estátua da Liberdade, esse conhecimento desaparece. O que sobra em seu lugar parece ser uma pessoa com a mesma utilidade de uma porta sem maçanetas nem dobradiças. Deve ser daí que vem a expressão "mais burro do que uma porta".

Tudo começa com uma lenta e cautelosa rotina de virar a cabeça para os lados, lançando olhares vazios ao redor, numa tentativa desajeitada de colar as respostas de outros alunos. Se você tiver sorte, alguém tira o cinto e você faz o mesmo, apressadamente, tentando acompanhar os movimentos. Não faz diferença, é claro, porque alguém sempre esquece alguma coisa importante e entra no detector de metais com os bolsos cheios de moedas e sem tirar o relógio. Outros colocam nas esteiras suas bagagens de mão cheias de equipamentos eletrônicos e com três garrafas de refrigerante pela metade. Casacos são tirados... e colocados. E então tirados, embolados e enfiados no mesmo recipiente em que estão os equipamentos. Depois que o segurança chama a atenção, eles colocam o casaco junto com os sapatos, mas aí é preciso abrir a bagagem para que o conteúdo seja checado. Esse processo repete-se com cada pessoa que passa pela esteira rolante. Se estiver atrás de uma família com mais de uma criança, você está ferrado. Até que tudo e todos passem pelas máquinas, você já perdeu seu voo e é melhor voltar para casa. É repulsivo. Preciso mandar um aviso sério para quem atrapalha nossas vidas: se você nunca voou antes, pegue um ônibus.

Com um pouco de sorte, você chega ao outro lado, aos portões e às lojas. Bem-vindo às lojas de conveniência mais caras do mundo! Esses preços têm sido uma fonte de discussão para todo mundo que conheço e para cada comediante que ousa dissecar essa comprovada e verdadeira mina de ouro. Os preços nesses balcões, livrarias e pequenos mercados são inacreditáveis, mesmo num dia bom, em que você está com a mão cheia de notas. Além disso, há uma parte de mim que se pergunta por que há tantos tipos de roupas à venda em aeroportos. Pequenos acessórios esportivos e bonés são compreensíveis; lembrancinhas têm sido produzidas desde o tempo dos faraós, que ofereciam pequenas pirâmides de despedida para cameleiros de partida. Mas ternos? Suéteres de caxemira? Sapatos caros e gravatas? Vestidos, saias e echarpes (meu Deus!)? Quando os aeroportos se tornaram um shopping para as malditas madames que passam por ali? Quem vai ao aeroporto nu? Nunca fui às compras durante uma escala, por mais comprido que fosse a porra do meu voo. E, mesmo quando eu bebia, nunca precisei de uma garrafa gigante do tamanho de um pneu de carro. E se trocássemos todas essas lojas de roupas de marca e bebidas por uma ou duas salas de fumantes? *Eu preciso do meu cigarro, seus fodidos!!!*

Hã-hã... Desculpe.

De qualquer maneira, depois de um café que custa doze dólares, um par de meias verde-fluorescente e um saco de salgadinhos que já passou da validade, você pode começar a procurar seu portão. Bem, você já deveria saber que não seria tão simples assim. Antes, você precisa lidar com o "Onde estou?". Para resumir, o "Onde estou?" é um campo minado de imbecis que perambulam *lentamente* por aí, sem noção de onde estão nem de aonde estão indo... E eles estão sempre na *minha* frente. Nunca na minha vida eu quis tanto chutar idosos. Nunca senti um ódio tão vil e amargo por casais usando roupas combinadas da Adidas, algo que raramente acontece fora de aeroportos. Certa vez, oito anos atrás, teve aquele adorável casal de Manchester que quase me atropelou com seus patinetes, mas pode ter sido culpa minha: eu estava bêbado, sacudindo um dos meus sapatos num esforço para combater feras invisíveis enquanto o doce casal tentava passar por mim. Ao sr. e sra. Appleston, peço sinceras desculpas mais uma vez e espero que tenham recuperado a visão. Uma salva de palmas para os Appleston! A propósito, acabei vencendo aquelas feras.

"Onde estou?" é parecido com procurar um endereço numa noite escura e numa rua onde você nunca esteve antes. Você está indefeso, não consegue lembrar de nada e sente os olhos esbugalhados, tentando descobrir o que está realmente procurando. Enquanto isso, atrás de você, um engarrafamento de pedestres se alonga até a placa de saída próxima aos banheiros. A questão é que parece ser impossível ultrapassar pessoas como vocês; sempre que tentamos, seus corpos, suas bagagens ou ambos bloqueiam o caminho que nos levaria à liberdade. Acho que as pessoas que sofrem com problemas de "Onde estou?" têm um sensor inconsciente na bunda, como a câmera traseira de uma Range Rover, que impede a passagem de qualquer um. Essas pessoas engolem o espaço como um Pac Man com transtorno alimentar, concentrado em garantir que *ninguém passe*. Mesmo que você aja como um cavaleiro das trevas e tente cortar suas pernas e braços, ainda assim eles tentarão arruinar seu dia e seu caminho. Em ocasiões assim, desejaria ter comigo uma espingarda de brinquedo com munição de plástico, mas os atendentes me obrigariam a despachá-la na bagagem. Eu garantiria a eles que a arma tinha menos de cem gramas...

Por causa da experiência exasperante de lidar com o "Onde estou?", tenho sido forçado a acrescentar vinte minutos a cada viagem, tanto antes como depois. Acreditem quando digo que posso enganar os melhores entre eles e que sou plenamente capaz de escapar desses imbecis perdidos e solitários, destinados e determinados a fazer com que todos esperem até onde for humanamente possível. Felizmente, fui abençoado com a capacidade de variar entre quatro velocidades quando caminho pelo aeroporto: devagar, médio, rápido e foda-se. Uma vez que eu tenha chegado ao foda-se, piso com força no chão e passo por cima desses merdas insípidos como se estivesse numa explosão de movimento. Tudo o que consigo fazer é não lançar insultos tão ácidos quanto coquetéis Molotov jogados num tumulto após um show do Guns N' Roses. Essa loucura acontece em todos os lugares do mundo e é absolutamente intolerável. Estou pensando em colocar lâminas rotatórias gigantes em meus tênis Vans, já estilizados com o tema *Kill 'Em All*, do Metallica, para que eu possa fatiar qualquer chupa-rola que se recusar a andar mais rápido do que os batimentos do próprio pulso.

Contudo, o "Onde estou?" parece ser um modo temporário. Uma vez que os culpados chegam aos seus portões de embarque, essa mentalidade diabólica evapora, deixando esses viajantes coçando a cabeça e consultando uns aos outros para tentar descobrir como exatamente chegaram ali. A coisa parece ter o mesmo efeito de uma droga usada em vítimas de estupro, sem deixar lembranças do que aconteceu, mas sim uma leve sensação repugnante de violação quando você volta à Terra. Talvez esse seja o motivo pelo qual, de repente, todos parecem ter pressa. Postados em frente ao balcão, esses merdas impertinentes entram num estado de pânico furioso e de impertinência absolutamente egoísta. Para eles, ninguém está trabalhando rápido o suficiente, o que piora ainda mais quando as portas se abrem para a ponte que leva à aeronave. Eles se transformam numa encarnação da impaciência, encarando qualquer um como se fossem lutadores de boxes com uma arma nas mãos. Qualquer um que esteja usando um uniforme também é alvo. Toda essa fúria indica que ultrapassamos a fronteira do "Onde estou?" para o calamitoso campo minado do "Apresse-se".

"Apresse-se" é um desdobramento interessante, juntando o egoísmo do "Eu-Eu-Eu", a confusão do "PQP" e a despreocupação do "Onde estou?" para criar um tsunami de ego e pensamentos vazios. É também uma penitência: por que você está com essa pressa do cacete para chegar até o maldito avião? Ele não decolará até que *todos* estejam a bordo. Ele não vai nem manobrar até que todos tenham apertado os cintos. Porra, qual é o seu problema? Você acredita mesmo que, uma vez que esteja apertado num dos assentos mais desconfortáveis e implacáveis já inventados pelo homem, o piloto vai virar a cabeça para trás e fazer um último *checklist* para decolar rapidinho? Acha mesmo que sua presença no avião tem *qualquer* influência sobre a partida? A resposta é simples: não. Se você não estiver em seu assento, eles colocarão outra pessoa lá. Os comissários de bordo dão uma última conferida nas informações antes de contar o que chamam de A.A.B., que significa Almas A Bordo. Isso inclui pilotos, tripulação e passageiros. Posso garantir que em todos os dias do restante da minha vida, e da sua também, esse número sempre será maior que um, ou seja, você.

Esse fato ainda não impede que as pessoas se aglomerem junto à entrada para o túnel que leva ao avião, como refugiados buscando um sanduíche para dividir com as crianças. Eles andam em pequenos semicírculos, esperando seu voo ser chamado. Sempre que o número de outro voo é anunciado, eles lamentam, reclamam e reviram os olhos como se fossem adolescentes ouvindo um sermão dos pais. Seguram as passagens com força, ensopando-as com o suor das palmas das mãos. Seus dentes rangem com tanta força que juro que posso ouvi-los. O sentimento é tão poderoso que se torna infernal. Ninguém se importa com ninguém; na verdade, se não houvesse bom senso no processo de embarque, as pessoas seriam atropeladas como avós nos anos 1980 procurando por bonecas Cabbage Patch por um preço acessível. Essa acidez jogada no rosto do público visitante é verdadeiramente perversa. É por isso que acredito que, para que os viajantes voltem a curtir seus voos, a equipe de segurança deveria oferecer boquetes e/ou chupadas a todos na entrada.

Vocês estão rindo de mim agora. Tudo bem. A genialidade é frequentemente alvo de zombaria quando chega na forma de escolhas estranhas e conselho alheios, mas quero que pensem bem sobre essa ideia por uma fração de segundo. Imaginem-se no relaxamento que acompanha um orgasmo avassalador. Agora imaginem esse sentimento com vocês desde a entrada do aeroporto até o portão de embarque. O sorriso que estaria estampado no seu rosto diria a todos que tudo ficaria bem. Não se apresse em tirar o computador da bolsa! Por favor, pode ir na minha frente... Eu não ligo! Não, não, você primeiro! Posso entrar no avião? Tudo bem, nós vamos para o mesmo lugar! Somos uma família aqui! Cara, como foi seu boquete, amigo? Eu sabia! Sua esposa recebeu uma chupada vigorosa também? Que ótimo! As vibrações desse aliviador de estresse cairiam sobre todos nós como um cobertor, um cigarro e um doce. Você já viu esses pequenos quiosques onde pode ter os sapatos engraxados ou receber uma massagem? Fodam-se as massagens nos pés – a não ser que a gente esteja falando sobre masturbação com os dedos do pé. No caso, isso seria uma foda com os pés.

Viajar não deveria ser tão estressante. Caralho, *nada* deveria ser tão estressante assim, nem mesmo um exame de próstata ou uma busca em cavidades corporais. Culpo a estupidez galopante de nossa civilização. Veja bem, para começar, acredito que seja verdadeiramente estúpido ter também os inteligentes por lá. Isso intensifica o desdém das pessoas que olham diretamente para o coitado que fez alguma coisa idiota. Aí reside a diferença entre burrice e incompetência. Se você é burro, simplesmente não entende o que aconteceu e tenta fazer ajustes. Se é incompetente, nem se preocupa em aprender, para início de conversa. Assim, o incompetente continua fazendo idiotices merdosas mesmo que alguém chame sua atenção. Um homem burro pode aprender. Um homem incompetente não pode. Portanto, seguindo essa lógica, pessoas burras que viajam para o exterior podem ser ensinadas a se comportar. Mas por que não aprendem? Vocês não são completamente incompetentes. Conseguiram se vestir com roupas limpas, sem manchas de vômito e queimaduras de cigarro. Qual é o problema, pessoal?

Acho que tem algo a ver com o glamour do voo. Anos atrás, voar era um luxo. Pessoas elegantes, com suas meias-calças ou seus ternos e chapéus, embarcavam em um voo e eram tratadas com todo o prestígio. Agora, com mais aeronaves disponíveis e preços competitivos (mais ou menos), ficou mais acessível entrar num avião e partir rumo ao pôr do sol. Isso, porém, significa que todos podem fazê-lo. E quero dizer *todos*. Mulheres vestidas como *strippers* num dia de folga aparecem em calças de moletom e camisetas de faculdades ruins (faculdades que nunca frequentaram, de qualquer maneira), vagando pelo aeroporto como se houvesse vários paus constantemente enfiados em seus cus cor-de-rosa, apertados e clareados. A importância de voar se perdeu por completo. Para mim, isso quer dizer que, pelo bem da indústria aérea, a única maneira de descartar esse tipo de lixo é mandar o preço das passagens para a estratosfera. Por outro lado, pensando bem, a maioria das pessoas ricas tem os bons modos de um bando de diabos-da-tasmânia com roupas da Gucci. Seria apenas mais uma maneira de olharem para nós com superioridade. Bem... olharem para vocês. Eu posso voar a qualquer momento. Mas não sou uma porra de um rato! Até que consiga convencer o governo a implementar meu sistema de relaxamento sexual, teremos de nos acostumar com o fato de que praticamente qualquer aeroporto é uma garagem para ônibus com asas, que podem ou não despencar durante o voo.

Vou ser curto e grosso: odeio voar. Não tenho medo, nem um pouco. Na verdade, assim como minha mulher, uma das poucas coisas que realmente aprecio no que diz respeito a estar num avião é que ninguém pode me achar. Não há e-mails de pessoas querendo coisas. Não há ligações que vão me irritar. Ninguém vai aparecer inesperadamente para me importunar enquanto tento relaxar. Somos simplesmente eu, minha mulher e um livro que eu estava louco para ler. Com as exceções de não poder fumar e de uma estranha aversão a cagar no vácuo de uma privada de avião, prezo meus momentos a bordo, mas os prós desse cenário são soterrados pelo peso dos contras que já abordei. Eu ainda não disse aqui que odeio conexões – odeio tanto que uma vez perdi propositalmente uma turnê inteira porque seriam necessárias cinco conexões em países diferentes apenas para chegar ao primeiro show. Vá em frente... Ria de mim o quanto quiser. Eu não me arrependo.

Devo contar para vocês o quanto detesto a experiência de voar? Tudo bem, então...

Uma vez, após uma turnê da Stone Sour na Inglaterra, peguei um voo para casa. Agora, embora eu não tenha nada contra voos longos, tenho aversão a passar inúmeras horas no aeroporto enquanto espero para voltar para casa, especialmente com a implementação dos terminais para não fumantes. Muitos aeroportos, mesmo internacionais, são meio que uma merda, mas, mesmo assim, é bem fácil sair para fumar um cigarro. Este *não* é o caso do aeroporto Heathrow, em Londres. Ele não apenas foi projetado para causar enxaqueca nos passageiros com suas cavernas entrelaçadas e quilômetros a percorrer para chegar ao seu portão como também é praticamente impossível sair do prédio, fumar um cigarro e voltar em segurança antes do fim da semana, muito menos antes que seu voo decole. Uma vez que você está em Heathrow, você permanece ali. Então, viciados como eu resistem a entrar até o momento em que você precisa se apressar, passar pela alfândega e pegar o único voo para casa, que durará horas. Esse, contudo, é apenas o começo.

Nesse dia, fui forçado a vagar por aquele aeroporto por horas... e horas... e horas sem fim. O foda é que quase sempre fico preso atrás de um casal de Genebra, que provavelmente está viajando a passeio e não consegue compreender que existe um shopping dentro do aeroporto, parando para olhar *tudo*. Nove em cada dez vezes, eles param na minha frente. A conversa é sempre a mesma e nunca fica interessante.

— Myrtle?

— Sim, Heinrich.

— Você *viu* o tamanho desse queijo?

— Meu Deus! Isso *é* grande!

— Eu sei... Meu *Deus!* Quem come tanto queijo?

— Bem, pode ser um presente para alguém!

— Um presente? Queijo? Quem dá queijo de presente?

— Como eu poderia saber, Heinrich?

— Talvez os russos...

— Por quê?

— Bem, o país já não regula o consumo diário, não é?

— O país *já* regulou?

— Como eu poderia saber, Myrtle? Não sou comunista!

— Eu *nunca* disse que você era...

— OK, então...

Após mais alguns passos, eu ouviria:

— Myrtle?

— Sim, Heinrich?

— Você *viu* o tamanho dessa garrafa de uísque em formato de bota?

— Meu *Deus*!

Nesse cenário, a desgraça é que, mesmo que o casal pare, não há como ultrapassá--lo. Eles estão na distância certa entre a entrada da loja e o fluxo de pessoas que vêm na direção oposta. Então, é como estar preso entre semáforos que se comunicam entre si, tendo a conversa mais inútil desde o advento da ideia de autogoverno. É mais uma manifestação do inferno, e é o que acontece quando o tempo se torna irrelevante: você conversa com seu companheiro sobre a necessidade de queijos enormes e garrafas de uísque em formatos inusitados. Esse sou eu pouco me fodendo: só quero chegar na porra da minha casa.

Infelizmente, Heathrow faz você se esforçar. Não importa onde esteja indo, seja um voo doméstico ou internacional, você precisará pegar uma série de ônibus e transportes para chegar lá, isso *depois* de ter passado pelo controle de passaportes. As dimensões reais daquele aeroporto não me interessam, porque nunca me convencerão de que ele é menor que uma cidade. Certa vez, alguém me mostrou como a verdadeira Londres tem apenas um quilômetro e meio de diâmetro. Heathrow parece ter cem vezes esse tamanho. Mesmo usando os transportes, há ainda uma jornada até o portão, então existe a chance de que você precise passar pela revista de segurança *mais uma vez*. O que está acontecendo com os voos hoje em dia? Estou indo para Iowa via Nova York, e não para o espaço via traseiro da rainha. Sério? É mesmo necessária essa porra toda? Vocês têm razão: há uma boa chance de que alguém seja capaz de montar uma arma usando o próprio cólon e uma pazinha de madeira recebida com uma amostra de sorvete Ben & Jerry's. Pronto! Estão felizes agora? Posso pegar meu avião, dormir e acordar em casa? Ótimo... Vou mesmo me foder. Mahalo!

Como podem ver, conheço bem as armadilhas do "Eu-Eu-Eu", "PQP", "Onde estou?" e "Apresse-se". Fico tão impaciente, ajo de maneira tão ignorante e torno-me tão incontrolável quanto a tribo global e suas loucas investidas do ponto A ao ponto B. Uma linha reta não é boa o suficiente; é preciso haver um milhão de obstáculos. Eu me vejo procurando um caminho entre as pessoas, louco e arrasado, pronto para uma briga, mas, mesmo assim, morrendo de medo de um conflito, porque, da mesma maneira que odeio tudo, odeio ainda mais a ideia de ficar detido em prisões de aeroportos no exterior. Acreditem: existe uma prisão no aeroporto. Tenho um amigo que foi preso e trancafiado atrás das grades de um aeroporto porque ficou bêbado, às oito horas da manhã, e começou a fazer alguma merda no bar.

Vamos falar sobre isso por um instante? Eu me refiro à necessidade desesperadora que muitas pessoas sentem de entornar galões e mais galões de álcool, não importa o horário, antes, durante e após a decolagem. É como se ninguém estivesse nem aí para a civilidade. Passando pela segurança e ganhando um carimbo no passaporte, eles estão *oficialmente* de férias e ficarão bêbados até aparecerem para trabalhar uma semana depois. Então, você não só está tentando ultrapassar imbecis para chegar em casa, mas também evitando idiotas bêbados que acham que a língua inglesa é imposta aos países por tropas americanas. Eles acham que piadas racistas e todo tipo de ideia ridícula sobre hábitos internacionais são hilários para todos. Devem pensar que, se gritarem essa merda alto o suficiente, todos ouvirão e ficarão constrangidos. Além disso, com todo o álcool que estão engolindo, existe uma boa chance de acordarem num *workshop* da marca Build-A-Bear, pelados, com as bolas afundadas num contêiner cheio de algodão e roupas de ursinhos. Sim. Essa é a minha gente...

Deus, eu odeio pessoas!

Sonho em ganhar milhões de dólares, espero que num futuro não tão distante, e quero contar a vocês a primeira merda que vou fazer. Não, não vou comprar uma ilha, embora isso tenha certa importância na minha lista. Minha primeira aquisição é mais prática do que você pode imaginar. A primeira coisa que vou fazer é comprar um avião particular. Eu sei que é uma coisa muito "novo-rico", com todos os idiotas como Justin Bieber que fazem a mesma coisa. Esse limpador de sêmen só age desse jeito para que as pessoas possam ver como ele é rico e sentir inveja. Está tudo muito bem, está tudo muito bom, se considerarmos que o talento dele tem um prazo de validade tão curto quanto leite coalhado. Não me peça para lidar com ele – para mim, é uma pessoa terrível que merece sua admiração da mesma forma que George W. Bush merece uma biblioteca presidencial. Com tanto autotune em sua "voz", é praticamente incrível que ele consiga falar com as pessoas sem que alguém corrija suas palavras numa porra de um estúdio. Mas chegaremos a ele depois... E será maravilhoso.

Você pode estar se perguntando: "Então, por que você quer um avião particular? Você quer mesmo ser comparado a esses idiotas?" Sinceramente? Eu não dou a mínima, porque, escute só, não planejo exibir meu avião para ninguém. Se eu conseguir um, ninguém vai saber. As únicas pessoas que saberiam dessa extravagância seriam minha mulher e nossa família, porque são os únicos que poderão usá-lo. Eu voo mais em um ano do que a maioria das famílias durante toda a vida. Então, que tal ter meu próprio avião, assim como tenho meu próprio carro? *Adeus, aeroportos.* Sayonara, *voos comerciais. Foda-se, classe econômica.*

Olá, terminais privados e atrasos mínimos.

Não terei de lidar com apertos, trombadas, multidões, discussões e imprudências. Não haverá mais comparações com boiadas nem tentativas pouco úteis de controlar minha severidade quando alguém me irrita. Não haverá mais a exasperação das placas de saída rumo à retirada de bagagem e o atropelo no desembarque. Tudo o que restará serão as necessidades básicas: aparecer, despachar a bagagem, passar pela segurança, entrar no *seu avião* e voar. Aviões não são tão caros se você tem grana. É o preço do combustível que vai arrancar seu pau fora. Você acha que o combustível anda caro? Tente imaginar quanto você precisará para um G5. E eu não acho que eles aceitam qualquer cartão de crédito... A não ser que você tenha aqueles cartões American Express pretos (que minha mulher ainda não me deixa ter), pode acabar precisando pegar uma carona até Aruba.

Mas não vou me importar. Eu venderia todas as minhas tralhas e ainda daria um pouco mais só para poder evitar as multidões e correrias no amigável aeroporto da sua cidade.

Infelizmente, até que esse dia chegue, devo conformar-me com a dança tóxica dos aeroportos, passando em zigue-zague pelos fodidos e tentando não matar todo mundo num acesso de fúria incandescente. Tenho contas a pagar, e isso significa rodar por cidades de todo o mundo. Então, eu engulo minha bile e sigo em frente quando tenho de lidar com esses idiotas, pois aeroportos são uma placa de Petri, e o comportamento imbecil é o esporo encrustado na superfície de vidro. Acho que todos somos culpados quando se trata de voar, e tudo em meu corpo deseja que eu fique bem com esse fato, mas, quanto mais ando ao lado das pessoas, mais quero correr desesperadamente ou lutar contra elas como um louco. Meu único consolo é que burrice não pega. Se pegasse, eu estaria andando com máscaras hospitalares assim como o pessoal em Tóquio. Talvez seja esse o motivo para tantos japoneses usarem essas máscaras: eles conseguiram provar que a idiotice de estrangeiros pode ser transmitida e não querem correr riscos. Foda-se a poluição; lute contra a frustração. Ei, isso faz sentido para mim. Eu vejo homens e mulheres tentando tomar banho em bebedouros de aeroportos. Estão me dizendo que não ficam assustados com o fato de que *isso* possa ser contagioso?

As fontes da raça humana podem ter secado. Aeroportos são uma visão do que pode ser; um vislumbre de um futuro em que nossos dominadores ou líderes de governo trabalharão somente quando dignitários estrangeiros estiverem na cidade e eles saudando esses embaixadores. Podemos vislumbrar uma época em que carros serão comprados para serem dirigidos ou destruídos, ou ambos, se você tiver um pensamento prático. Os caras da Devo perceberam essa merda anos atrás, quando cantaram "Devolution" e "Mongoloid". Nós não somos homens? Não estamos em desenvolvimento? Se vocês gastam algum tempo no YouTube ou assistiram a episódios de *Tosh.O*, sabem que bandas como Devo são, na verdade, mais proféticas do que queremos admitir. Quando esse dia chegar, quando não formos mais do que macacos usando jeans estilizados e mordaças, procurando alguma outra coisa brilhante para ir atrás, não parecerá tão desagradável ir a lugares como aeroportos. Aí, então, aeroportos poderão ser apenas museus, um vislumbre do passado, de uma época em que nós, humanos, tínhamos as faculdades necessárias para controlar mecanismos sofisticados e para voar. A merda é que... ainda assim estaremos reclamando da merda que é esperar na fila.

Estamos fodidos. Aproveite seu voo.

I'M NOT

CAPÍTULO 4

Disfunção da moda

Tenho 42 anos de idade (completados oficialmente em 8 de dezembro de 2015) e é bem revigorante para mim ver quão incrivelmente hostil me torno conforme o tempo descasca um pouco mais do meu impecável senso de paciência. Sério, sou uma maldita máquina de guerra com sobrancelhas espessas e meio maço de cigarros no bolso. Atacar é tão natural para mim quanto voar é para um corvo, e francamente não dou a mínima para isso. Minha mulher se importa, é claro, e, quando ultrapasso os limites, ela me lança um olhar que diz "Sério mesmo, seu cuzão?". Ela faz a mesma coisa quando me prolongo num discurso maravilhosamente vil contra a menor demonstração de estupidez que eu possa, por acaso, ter percebido. Então, estou sozinho nessa coisa toda de Velho Chato, e, como você lerá a seguir, está ficando fácil para mim pular de um Slim Jim para o outro. Prepare-se para se esbaldar em safadeza.

Numa noite comum de 2013, eu estava passeando pelos canais de televisão, sentado no meu sofá, procurando algo que não fosse uma porcaria. Para meu horror e desconforto, nenhum programa se encaixou nessa descrição, então passei para o que chamo de "segunda marcha do bom gosto"; em outras palavras, preparei-me para aceitar qualquer coisa, desde que não incluísse caminhões em estradas de gelo, o programa *The Real Housewives*, não importa o estado, culinária, danças, *reality shows* de "luta" ou uma criatura chamada Honey Boo Boo. As opções restantes eram escassas, e eu estava prestes a dizer "foda-se" e ler um livro quando parei no Billboard Music Awards 2013. O apresentador disse: "... e, se apresentando aqui, Prince!" Isso era tudo que eu precisava ouvir. Larguei o controle remoto, ajeitei minha bunda mais profundamente no estofado e preparei-me para uma rara apresentação ao vivo de vossa Maldade Real. Para resumir uma longa história, Prince estava incrível. Ele tinha uma banda de garotas que superaria qualquer conjunto de aspirantes masculinos e estava sexy o suficiente para fazer com que eu questionasse minha... bem, "configuração de fábrica". Essa é a boa notícia. A má notícia é que, antes, tive de aguentar uma hora dolorosa preenchida pela música mais torturante e medonha conhecida pela humanidade. Tenho feito tudo o que posso para limpar minha mente e minha memória do barulho que ouvi (aparentemente gravado e vendido em um monte de álbuns de merda), mas o que não consigo fazer é esquecer os vários figurinos que esses idiotas usaram naquela noite.

Vou apenas dizer que Justin Bieber usa roupas que fazem parecer que ele cagou nas calças. Essas roupas enormes parecem uma versão mais arrumada das calças douradas que MC Hammer chacoalhava na época em que vendia Diet Pepsi. Isso não torna ninguém mais descolado. E parecia que o pequeno merdinha não sabia andar nem dançar dentro daquelas calças, porque tropeçou e quase caiu duas vezes enquanto estava no palco "cantando" (leia-se: dublando) e atuando para um público que, para meu deleite, vaiou o coitado. Justin, levando em conta sua enorme presunção, suas atitudes terríveis e o jeito como trata seus fãs, você não merece sua fama. Porra, pegue seus brinquedos e vá para casa. Prometo que não sentiremos sua falta. Enquanto ainda está me ouvindo, enfie aquele balde em que você mijou na própria cabeça, para que não tenhamos de ver esse olhar dolorosamente vago em seu rosto.

Os exemplos dessa horrorosa tendência só pioravam e estavam em todo lugar. Taylor Swift usava mais um vestido desenhado para fazê-la parecer menos alta e magricela enquanto também disfarçava os dentões. *Hipsters* idiotas agiam como se estivessem entediados ao mesmo tempo em que tentavam fazer seu figurino "casual" ser notado. Muitos tinham cabelos parecidos com tarântulas caçando sua presa. Entre isso e todos os artistas do universo hip-hop tentando desesperadamente superar as observações de outros sobre a chamada moda eletrônica, aquilo era um bando pronto para transar. Se essas são as pessoas que guiarão os caminhos da alta-costura, acho que prefiro prender folhas de árvore em torno do meu pau e seguir meu rumo pelo mundo como uma estrela do canal National Geographic. Esqueçam *Largados e pelados*. Eu seria "Cruel e pelado". Não preciso de roupas. Basta me dar uma lança e veremos o que acontece.

Às vezes, acho que vocês não têm espelho em casa. E, se têm, eles estão mentindo, ou vocês estão mentindo para si mesmos. Há alguns anos, observo o mar da moda se mover, onda após onda, lançando dejetos chiques em nossos litorais. Algumas coisas são legais, e uma pequena parte é clássica, sem absurdos, sem frescuras e sem babados, o que me deixa feliz. O resto, contudo, é uma tempestade de babaquices que não tem nenhum propósito a não ser dar trabalho para algumas vagabundas magérrimas e motivo para que outras mulheres se sintam mal. A alta-costura ironicamente se encaixa bem em seu título, porque você precisa estar *alto pra cacete* para achar que essas merdas são legais ou valem o preço ou a atenção que recebem. Essas roupas são desenhadas para modelos, o que significa que estão fora do alcance de 98% da população humana. E são pretensiosas, exageradamente dramáticas e, mais importante, não são práticas, duráveis ou atraentes. Mesmo assim, esses idiotas cheios da grana fodem com a vida dos outros para conseguir que esses estilistas opulentos criem visuais exclusivos para eles. Tudo parece desconfortável e deprimente. Você encontraria coisas melhores numa loja de departamento em liquidação.

Vamos falar sobre alta-costura.

Toda vez que vejo aquelas modelos prontas para transar andando casualmente pela passarela, tenho a impressão de que, se produzissem roupas, a Ikea e a Pier 1 Imports jogariam justamente essas merdas em nós. Já vi desde penas de mais e abotoaduras de menos a purpurina literalmente caindo da bunda... de homens. É tudo misturado e colado. E é uma porra de uma surpresa que essas roupas durem mais do que uma passada longa de pernas. Mas as modelos seguem pela passarela, olhando vagamente para a frente como um robô sexualizado com bits desregulados, determinadas a chegar ao fim para que possam parar, fazer uma pose, lançar um olhar crítico sobre o ombro e, então, voltar, para que possam ser enfiadas no *próximo* traje inacreditavelmente efêmero. Os mais ricos dos ricos, sentados próximo ao ringue como turistas vendo uma luta, exclamam "Ooh!" e "Aah!" para cada coisinha, pontuando cada momento com um olhar de entusiasmo entediado que pode ser traduzido na TV como "nós só estamos aqui para ver e ser vistos, então tente não nos encarar enquanto presta atenção em nós".

Que monte de merda do caralho...

Nunca na minha vida vi nas passarelas alguma coisa que quis vestir. Eu não usaria aquelas merdas nem morto. Então, por que isso fascina tantas pessoas que normalmente estariam zoando comigo? Os programas do canal Bravo fecham negócios *gigantescos*, por isso sei que tem alguma coisa louca acontecendo no mundo da TV. Será que o jeito dramaticamente estranho dessas roupas faz as pessoas se sentirem como estrelas numa peça? Elas são compradas para que as pessoas se sintam vivendo em algum tipo de universo fantástico? Estou indo longe demais? Devo tomar minhas pílulas? Vocês entenderam a pergunta? Vocês sabiam que consigo fazer malabarismo com quatro serras elétricas? Eu já contei sobre aquela vez em que menti para vocês sobre conseguir fazer malabarismos com quatro serras elétricas? Vocês se lembram daquela vez em que menti sobre fazer malabarismos com serras elétricas? Estou divagando? Então por que vocês ainda não me fizeram parar?

Vamos sair das passarelas e ir às ruas. É aí que está o coração da verdadeira moda, o reservatório de inspiração e de realidade juntas para criar vestidos apertados matadores. Mas descobri que é igualmente ruim para os homens. Existe um fenômeno no cenário *indie* que está fazendo os homens enrolarem as barras de suas calças até o início das canelas apenas para usar sapatos sociais sem meias. Essa, francamente, é uma atitude idiota. Vocês parecem umas xoxotas.

Sinto muito... Tenho certeza de que se orgulham de terem se vestido sozinhos pela manhã e terem pensado bastante para escolher esse conjunto patético, mas, como meus amigos britânicos diriam: "Vocês realmente parecem uns imbecis." E eles não mentiriam para nós: eles são britânicos e, portanto, não fazem nada errado... A não ser que você considere as Spice Girls, mas elas são da década de 1990 e ninguém *pode* ter recordações tão distantes. É como tentar se lembrar da última quinta-feira... Boa sorte se quiser tentar.

Nem imagino quem inventa essas ideias horrorosas. Acho que, em algum lugar em Miami, existe um templo maçônico cheio de imbecis sem nada melhor para fazer senão pensar nas piores merdas imagináveis. A cada seis meses, esses escrotos se revezam, girando um globo gigante cheio de pedras de bingo com os piores cenários possíveis em termos de tendências de moda. Eles escolhem duas tendências, uma para cada costa, sabendo que essas ideias rapidamente seguirão seu caminho pelo continente, colidindo no meio-oeste, onde qualquer tendência chega ao fim. Assim, quando essas ideias são "novidades" em Des Moines, os conspiradores da alta-costura já estão girando novamente o grande globo de merda e recomeçando o processo. É por isso que a moda não dura muito no interior: se não são roupas que se podem usar no trabalho, nós não damos a mínima. Porém, Nova York e Los Angeles nunca se importaram com coisas como códigos de vestimenta ou roupas que cubram a bunda inteira. Fico feliz por Carrie nunca ter usado Crocs em *Sex & The City*, pois as donas de casa de Chicago ainda estariam usando essa merda e bebericando *cosmopolitans* numa velha garrafa térmica da Barbie roqueira no caminho para o salão de beleza.

Como eu disse antes, ou, mais apropriadamente, "sugeri", tenho 42 anos. Isso não quer dizer apenas que sou "seriamente velho", como diz meu filho Griffin, mas também que me lembro de tendências de quatro décadas atrás... E elas não eram bonitas. Eu fui um triste participante (embora ocasionalmente relutante) das seguintes tendências: poliéster, calças com boca de sino *e* pregas, látex, calças de paraquedismo, cores néon, sapatilhas de corrida, jeans da marca JNCO, carteira com correntes, camisas de mangas curtas abotoadas até o pescoço, *qualquer coisa* tingida com estampas psicodélicas, calças curtas, veludo cotelê, mais látex e coisas cor-de-rosa. Simplesmente cor-de-rosa: sim, eu me lembro dessa fase e ainda tenho uma camiseta com a frase "Rosa é o novo preto". Obviamente, essa camiseta estava redondamente enganada. Isso não quer dizer que a tendência não existiu. Há certas coisas na vida que precisamos aceitar: Corey Taylor tinha *mullets*, vestia roupas horríveis e já adornou seu corpo com cor-de-rosa.

Não me orgulho, mas não renego o que fiz.

Houve também manias estranhas, como alfinetes da amizade, que eram pequenos alfinetes com minúsculas miçangas coloridas. Isso foi uma *loucura* quando eu era pequeno! As pessoas colocavam os alfinetes nos sapatos ou nas camisas. Se não tivesse ganhado um, você estava condenado a ser um fracassado, o que é bem difícil para crianças com menos de dez anos. E as crianças *saberiam* se você fizesse um alfinete da amizade por conta própria e colocasse nos próprios sapatos. Crianças são prescientes diante de tentativas de encobrimento, como fingir que você tem amigos sem ter provas de tais relacionamentos. Essas mesmas pessoas devem ter passado essa tendência para seus filhos na forma de tranças ou pulseiras. Quando essas crianças crescerem, elas também passarão algo para seus filhos, como cintos de castidade (sendo pai, não acho que seja uma má ideia...). Portanto, esses adultos forçarão seus maridos a comprarem irritantes pulseiras da sorte com pingentes em formato de coração, de bola de futebol, da torre Eiffel... E eles terão de pagar demais pelos supostos balangandãs. Como eu disse, somos todos idiotas, e ninguém é mais idiota do que os homens quando se trata de manter as mulheres felizes – ou pelo menos impedir que gritem conosco a caminho de casa após um jantar de comemoração do aniversário de casamento.

A última vez que realmente me importei em parecer descolado foi aos catorze anos. Eu tinha pouco dinheiro e era uma dificuldade encontrar coisas que estivessem na moda. Minha mãe encontrou uma solução que hoje em dia acho constrangedora: ela reaproveitava os jeans da filha de sua melhor amiga e simplesmente apertava as peças para caberem na minha bunda magricela. Sim, meus amigos e inimigos, usei jeans femininos durante um ano inteiro da minha vida porque não tinha dinheiro para comprar calças jeans masculinas. Se eu tinha vergonha? É óbvio! Se os outros garotos descobriram e acabaram comigo? Considerando que as meninas usavam *o mesmo jeans*, a resposta para essa pergunta é um enfático "sim". Se eu sinto falta de usar roupas de mulher? Na verdade, não, porque uso sempre que tenho uma chance. Se pode ser esse o motivo pelo qual tenho um ódio tão profundo por qualquer tipo de moda? Muito provavelmente, sim. Se quero falar mais sobre isso? Sinto muito, mas o tempo acabou por hoje, embora acredite que fizemos avanços importantes em direção aos verdadeiros problemas.

Lady Gaga usa vestidos feitos de carne e rímel borrado. Os críticos ficam loucos e dizem que é arte. Britney Spears raspa a cabeça e começa a usar moletons, exibindo vislumbres acidentais de sua xoxota. As pessoas dizem que ela enlouqueceu. Os integrantes do Red Hot Chilli Peppers sobem ao palco vestidos como lâmpadas e posam para fotos usando apenas meias. Eles são a vanguarda inventiva da música. Justin Timberlake e Ms. Jackson (se você for safado) deixam um mamilo aparecer durante o show de intervalo do Super Bowl. Pais (bem, pelo menos mães) ficam aterrorizados. Miley Cyrus se apresenta num show que só pode ser descrito como uma bizarrice circense animê, incluindo bolas de demolição e rebolados desconfortáveis. Preciso continuar? Acho que todos temos a mesma opinião em relação a quão louca *aquela* garotinha se tornou. É como se a fama fizesse as pessoas entenderem menos e menos de moda, e o que vemos são as novas roupas do imperador em 3D, mostrando quem e o que nossos ídolos realmente são enquanto andam ridiculamente pelas ruas. Todos nós os vemos, mas a diferença é que, enquanto a maioria pode estar rindo, o restante está tomando notas e tirando fotos para copiar o visual ao voltar para casa. Será que somos *tão* ignorantes assim? A resposta de um milhão de dólares é que aparentemente sim, ou eu não teria incluído este capítulo no livro.

Olha, nós somos humanos. Somos espetaculares em sermos brilhantes e idiotas ao mesmo tempo. Na verdade, se Lenny Kravitz aparecesse no YouTube e pedisse que colássemos folhas de palmeira com manchas brilhantes em nossas bundas, cada escroto de Manhattan o obedeceria, e as donas de casa que passeiam pela Rodeo Drive passariam seus poderosos cartões de crédito para comprar as enormes folhas. É assim que agimos. Corremos atrás de tendências como cachorros correm atrás de carros. Engolimos modismos como crianças engolem caramelos: sem arrependimentos e sem considerar o que pensaremos e sentiremos quando olharmos para trás. Tenho certeza de que a maioria dos *hippies* olha para trás e suspira com tristeza, desejando ter mantido o visual do início dos anos 1960 em vez de passar para as calças boca de sino e os bordados que pinicavam. Mas, quando se está chapado daquele jeito, é surpreendente que alguém pense em roupas. Somos todos suscetíveis a desejar chamar a atenção e ganhar elogios vazios. Isso não quer dizer que não seja uma coisa idiota.

Quando eu era criança, os cabelos da Farah Fawcett e as blusas com a marca Alligator Bait eram uma febre. As mulheres montavam seus cabelos com laquê até onde fosse humanamente possível e cabelos naturais pareciam ter sido lavados com pedras. Isso não me impressionava, o que não quer dizer que não fui forçado a aderir a essas atrocidades por pura pressão social. Sim, eu usei essas merdas, mas vocês precisam entender que eram as únicas coisas disponíveis na época. Os brechós não eram o epicentro do universo descolado como são hoje em dia. Você não podia usar a moda irônica dos anos 1980 como forma de escape, porque ela não existia naquela época. Eu sei que isso soa triste pra cacete. Merdas acontecem em todas as indústrias. Foram tempos difíceis para pessoas da minha laia, os poucos infelizes forçados a cometer os pecados desse terrível descaminho da moda. Mas era isso ou ir à escola num uniforme de mecânico, e, depois que isso não funcionou numa primeira vez, não voltei a tentar até assinarmos um contrato para o Slipknot. Então, o plano B era uma grande bosta.

Contudo, nem tudo era ruim. Eu me lembro de ser magro e descolado o suficiente para vestir roupas punk/góticas/metal/rock, que ficavam muito boas. Eu tinha calças de couro, camisas com frases de poetas (sim, com frases de poetas. Eu era fã do Lestat...), jaquetas de couro e camisetas do Iron Maiden suficientes para montar um estoque digno da Black Friday. Hoje em dia, não consigo vestir a maioria dessas coisas – posso não ser gordo, mas tenho o pescoço de um jogador de futebol americano. Contudo, orgulho-me de que, entre as matilhas de cães selvagens, eu andava com os *dobermanns*. Eu não saberia dizer se parecia um merda ou não, mas pessoas suficientes me notavam para que eu tampouco caísse no ostracismo. Então, talvez eu ligasse para as tendências da moda algumas eras atrás, mas descobri camisas de flanela, jeans e tênis confortáveis. Sendo assim, minha vida como cartaz foi efetivamente encerrada.

Como uma celebridade (riso abafado), sou encorajado a me vestir bem de tempos em tempos, pelo menos nas premiações. Você pode adivinhar como foram essas negociações pelos ternos que diligentemente vesti no Kerrang! Awards por anos. Se você não está familiarizado com o assunto, pesquise por Moods of Norway, e essa é apenas a ponta do *iceberg* titânico. Entretanto, às vezes uso um terno legal para que minha mulher e eu possamos parecer respeitáveis. Admito que ela sempre fica muito mais bonita do que eu quando se trata de explorar o alto escalão da moda. Apenas faço meu melhor para acompanhá-la e torço para que ela não pareça casada com um cara que ainda trabalha na lanchonete Hardee's. Infelizmente não dou a mínima para o resto. Eu já disse e direi novamente: quando visto um terno, sinto-me como se tivesse invadido o guarda-roupa do meu tio. É como se eu estivesse usando as roupas de outra pessoa. Queria me sentir mais confortável nessas coisas, mas eu costumava perambular nu pela minha antiga vizinhança e posso dizer com honestidade que me sinto mais normal nu do que dentro de um *smoking*.

Talvez eu seja assim por causa do jeito como vejo outras pessoas se estressarem com sua aparência e se preocuparem com o que outras pessoas pensarão e a possibilidade de rirem de suas roupas. Vamos ser sinceros: Joan Rivers, que ela descanse em paz, detonava as pessoas por sua falta de bom senso em moda muito antes de mim. Eu deveria tê-la deixado editar este capítulo só para ter certeza de que não estou roubando seu material. Havia um olhar malicioso de puro júbilo que pairava sobre ela enquanto examinava as roupas das pessoas nos tapetes vermelhos de premiações como o Oscar ou o Grammy, como uma criança vendo seus amigos comerem doces que ela *sabe* que caíram no cocô. Você quase conseguia ver os alvos do olhar dela conforme as massas passavam diante de sua mira. Quando localizava o elemento mais fraco num grupo, ela dava o bote. Rivers *não* parava até que seus comentários estivessem na *People*, na *Us Weekly* e em todos os sites dedicados a devorar nossos heróis. Então, alguns meses depois, ela fazia isso outra vez. Desculpem-me, mas eu preferiria estar na Casa Branca e ter a maior ereção do mundo usando calças de moletom a passar por *aquele* escrutínio em qualquer momento da porra do meu futuro.

É também meu desgosto por "pavonices" que me faz torcer o nariz e desprezar aquelas roupas modernosas. Para mim, os machos alfas são como o antigo Betamax: sem muita utilidade no mundo moderno e dá um trabalho da porra se livrar dos desgraçados. Acrescentar o termo alfa a *qualquer coisa* é simplesmente feio, e mulheres são tão ruins quanto. Isso me leva ao atual centro do universo, onde toda essa merda dos infernos colide: as baladas. Meu bom Deus, puta merda, nunca experimentei tanto desconforto desde meu primeiro exame de próstata... E pelo menos meu médico se sentiu mal depois. Deixe-me explicar... Não sobre o exame retal, mas sobre o... bem, deixa para lá. Demoraria mais para concluir essas desculpas corretamente do que para explicar por que meu exame não é da conta de vocês ou por que estou deprimido pelo médico nunca mais ter me ligado.

Um gemido estranho...

Bem, voltando ao assunto, alguns anos atrás, fiz dois shows sem minha banda em Las Vegas – um com uma banda formada por amigos meus e outro puramente acústico –, e os promotores me pediram que aparecesse numa balada para animar as coisas. Por qualquer que tenha sido a razão, eu concordei. Quase como um modo subliminar de admitir que havia cometido um enorme erro, arrastei comigo meus amigos da banda e o restante da minha família. Assim que entramos no estabelecimento, fui golpeado pela náusea e pelo arrependimento de maneira repentina e efetiva, e tornou-se óbvio que eu havia tomado uma decisão horrível.

Para todos os lugares que eu olhava, homens e mulheres estavam enfiados em suas "roupas de festa", que, a propósito, *parecem completamente iguais*, apenas em cores e cortes diferentes. Era como estar numa Quarta-Feira da Camisa Havaiana. Todas as mulheres usavam vestidos que mal cobriam seus corpos cirurgicamente turbinados e pareciam uma estranha mistura das estátuas de cera do Madame Tussauds e dos bonecos do Hall dos Presidentes na Disney. Não havia espaço para dançar, mas, mesmo assim, elas faziam o possível, sacudindo-se e balançando-se desajeitadamente num salão que era pequeno demais para tanto barulho. Os homens estavam, digamos assim, tomados pelo mesmo traje: camisas sociais justas com as mangas enroladas, jeans horríveis com adereços exagerados e costuras tribais, cabelos espetados ou lambidos com pesadas camadas de gel e indescritíveis sapatos pretos. Todos tinham marcas de suor nas roupas. Todos pareciam gordurosos e melados. Todos pareciam ter tomado um banho com Cool Water, 86 ou algum outro tônico nocivo. Foi a coisa mais grosseira que vi em meus quarenta anos arrastando-me por esse planeta, e devo dizer que já estive em Tijuana.

A música parecia ser controlada pelo elenco de *Jersey Shore*. Isso não me ajudou em nada; na verdade, só tornou mais difícil minha saída, porque esses idiotas estavam "dançando" por todos os lados. Dançando como se estivessem sendo alvejados com flechas, como gosto de dizer. Estavam bloqueando todas as saídas com seus movimentos medonhos e idiotas. Eu não tinha para onde ir, então minha família, meus amigos e eu nos enfiamos num camarote nos fundos, onde rimos das pessoas enquanto estudávamos seus hábitos. O foda é que, com exceção de uma mesa com homens de negócios de Dallas, *ninguém se importava com o fato de eu estar lá.*

Ninguém.

Não havia nenhum motivo real para eu estar lá, e aquele não era exatamente meu tipo de ambiente, mas o proprietário do clube insistiu para que eu ficasse mais um pouco, porque seria bom para minhas apresentações. A verdade, porém é que nenhuma daquelas pessoas apareceu nos meus shows, e eu procurei pra cacete na plateia. Eu inclusive inalei o ar com força algumas vezes, no palco, esperando sentir o cheiro da loção pós-barba que me bombardeara naquela balada. Nada. Então, fui submetido àquela repugnância absoluta, que agrediu todos os meus sentidos, por absolutamente nenhum motivo. Continuo convicto de que parte da minha dignidade ficou para trás naquela noite e teve uma morte terrível e desagradável nas profundezas das inúmeras entranhas estofadas de couro. Por fim, minha dignidade saiu de cena, preocupada com a possibilidade de que esse tipo de punição fosse novamente imposta a ela, e nenhuma quantidade de fotos em caixas de leite e de mensagens emocionadas no programa *Unsolved Mysteries* foi capaz de trazê-la de volta para mim. E tudo isso por causa daquela balada.

Aquela balada filha da puta...

Só fiquei lá por duas horas.

Puta que o pariu...

Acho que eu não deveria reclamar tanto. No final das contas, se as pessoas se sentem confortáveis e felizes em usar aquelas roupas, quem sou eu para julgar? Isso tudo faz sentido. De verdade. Mas sou muito bom em falar merda por aí. As pessoas me perguntam por que não tenho meu próprio *reality show*. É porque eu seria processado por difamação nos primeiros segundos do primeiro episódio. Eu não ligo a mínima. Quando vejo algo estúpido, eu digo alguma coisa. E ninguém está a salvo. Eu me olho no espelho e ataco a mim mesmo todas as manhãs. Tenho um sistema: tiro as remelas do canto dos olhos, pego a escova de dentes, jogo a pasta de dentes nela, chamo a mim mesmo de boqueteiro imundo, escovo os dentes, cuspo e passo fio dental. Eu gosto de rotinas. E, por outro lado, vocês precisam concordar que algumas merdas que essas pessoas usam são bem idiotas. Vi um cantor de uma banda – não vou dizer quem é, mas é aquele que sempre chora depois do sexo – usando um sobretudo que tinha apenas um braço. Não se iluda: eu *encarei* aquele filho da puta. Eu perguntei se ele havia feito aquilo por conta própria, sabe, para ser diferente... Negativo. Ele pagou dinheiro *demais* para um estilista fazer aquilo *para* ele. Durante todo o tempo, a mesma coisa se repetia na minha cabeça: Quem você acha que é? A porra do Neo? Volte pro Matrix... E foda-se enquanto estiver lá! Eu diria a vocês de quem estou falando, mas sei que aquela porra me processaria num piscar de olhos. Porém, se você for perspicaz, encontrará uma pista neste livro sobre quem é. Se souber, me contate no Twitter: @CoreyTaylorRock. Caso acerte, você vai ganhar... porra nenhuma.

Às vezes, a moda torna as coisas mais fáceis. Não é complicado adivinhar com que galera você andará na escola, porque basta procurar pelo visual certo. Você sempre pode distinguir os largados, os CDFs, os *nerds* e os artistas. Você pode encontrar os atletas, os góticos, os roqueiros, as líderes de torcida e o pessoal do coral. Quando você é jovem e está tentando encontrar seu lugar na multidão, o empurrão do visual certo pode valer seu peso em ouro (falso). Em longo prazo, a coisa pode trazer mais dor do que prazer, mas a maioria de nós só quer superar a escola para que a vida real possa começar. Parece muito com uma prisão de segurança mínima: você só quer cumprir sua pena e cair fora. Além disso, todos nós sabemos que a maioria das roupas descoladas que usamos no ensino médio são apenas uma fantasia, uma camuflagem desenhada para ajudá-lo a misturar-se com o povo à sua volta. Porém, algumas pessoas precisam de fogos de artifício: aqueles trajes que são o máximo na hora, mas parecem ridiculamente datados algum tempo depois.

— Meu Deus, Kelly, é você aqui, usando botas de esquimó e colete? O que você estava *pensando*?

— Cale a boca, Jesse! Onde está...? Sim! Eis aqui uma foto sua usando um pulôver de caxemira com brincos de machadinho! Não pense nem por um *segundo* que isso era descolado!

Eu poderia seguir em frente com esse diálogo, mas a bile já chegou ao fundo da minha garganta e eu não estou gostando, então vou parar.

Superioridade e confiança são as duas forças da natureza humana que se combinam, como num especial do Capitão Planeta, para reforçar até que ponto nos sentimos miseráveis quando somos jovens. Essa é outra razão pela qual adolescentes às vezes agem como merdas. Como ainda não entendemos nossos próprios sentimentos, não damos a mínima para os sentimentos dos outros. Por isso desmerecemos e repreendemos a quem podemos, até que essas pessoas estejam destruídas e banidas para os cantos do ginásio, apenas cumprindo sua pena até o dia da formatura. Com sorte, elas chegarão lá, mas o *bullying* já terá atingido níveis odiosamente altos. Existem enxames de crianças perturbadas apenas aguardando para atacar toda e qualquer fraqueza. Elas estão cedendo à parte mais nociva de seu comportamento, prontas para a destruição e sedentas por sangue. Não saberiam o que fazer diante de um acesso de compaixão. Essas reverberações emocionais ricocheteiam ao longo de anos, causando um dano inacreditável... Tudo porque alguém ousou se vestir "como um idiota" ou porque sua família é "pobre e compra roupas no Wal-Mart".

Temos esses selvagens entre nós, que não sentem nenhuma empatia, e vocês têm a ousadia obscena de sugerir que devemos nos importar com as roupas que J-Lo veste? Que tal inspirarem profundamente, prenderem a respiração e enfiarem seus rostos nas próprias virilhas a uma velocidade violenta e com um ângulo certo, na esperança de que consigam foder as próprias caras? Vocês podem fazer isso por mim? Hoje ainda não fizeram.

Não estou me referindo a ninguém que está lendo este livro. Lembrem-se de que estamos falando sobre eles, os sem-rosto. Eles, os merdas que estão ocupados cometendo a maioria das injustiças. Não, não são vocês... Vocês são meus amigos! Está tudo bem entre nós. No que me diz respeito, os outros fodidos podem comer criancinhas. Viram?!? A moda me deixa *furioso*!! Quero jogar esses merdas contra muros de tijolos ou paredes ou cocos, porque *cocos são duros e machucam muito*!! Foda-se, me desviei do assunto novamente. É isso que acontece quando você odeia tudo. Mas lembrem-se de que eu não odeio vocês. Eu recordarei isso mais tarde, caso seja necessário.

Jerry Seinfeld questionou, certa vez, em que momento finalmente começaremos a usar trajes espaciais prateados. Estou parafraseando, mas ele disse: "Em todos os filmes que se passam no futuro ou no espaço, usamos os mesmos macacões prateados." Ele nunca deu sua opinião sobre quando isso acontecerá, mas eu estive pensando... Hoje em dia, a maioria das pessoas parece um bando de tarados com roupas diferentes. Se, de qualquer maneira, todos nós vamos parecer sacos de ferramentas, talvez devêssemos começar a nos vestir do mesmo jeito. Esse não é um comentário comunista bem corajoso? Está nos filmes (e os filmes *nunca* mentem), então por que não podemos ir direto ao ponto? Isso certamente diminuiria algumas das minhas enxaquecas. Os gastos com roupas iriam *despencar*. Você precisaria lembrar os nomes das pessoas, porque todas estariam vestidas da mesma forma. Talvez nossas diferenças não fossem mais um problema, visto que todos estaríamos em uniformes e não haveria suposições sobre religião, classe ou renda.

Mas, é claro, somos apenas humanos...

Bastaria um alfinete da amizade na lapela do seu traje espacial.

Uma pessoa no trabalho notaria e perguntaria a respeito. No dia seguinte, aquela pessoa retornaria com dois alfinetes da amizade. Então, quatro pessoas apareceriam com eles. Em uma semana, as pequenas miçangas formariam braceletes. Em um mês, a loja Macy's estaria loucamente mergulhada numa promoção de outono. Em Paris, seria lançada uma linha de correntes da amizade que uniriam as pessoas umas às outras. No final do ano, os alfinetes e os braceletes estariam obsoletos. Em seu lugar, apareceriam laços de amor, flores para lapelas e fitas de maldade que só seriam usadas em reuniões familiares. Então, começaria a verdadeira revolução. Primeiro, enrolaríamos as mangas de nossos uniformes prateados. Depois, apertaríamos e cerraríamos ainda mais nossos punhos já apertados. Depois, removeríamos as pernas dos trajes. Em seguida, tiraríamos apenas um braço (é tão estúpido...). Após dois anos, as pessoas estariam discutindo por que usamos as mesmas roupas, para começo de conversa. Haveria manifestações e protestos, nos quais todos usariam as roupas do avesso ou em desacordo, qualquer coisa que demonstrasse nosso ponto de vista. E aí a polícia apareceria. E aí as verdadeiras guerras da moda deixariam a humanidade perto do esquecimento.

No final das contas, é nosso código genético que nos fode: todos nós precisamos ser indivíduos, destacar-nos entre as pessoas e sermos ouvidos nos confins da horda. É o preço que pagamos pelo livre-arbítrio, que nos separa e tira nossa vontade de andar ou, melhor, de andar sempre no mesmo passo. Talvez seja esse o motivo pelo qual estamos destinados a lutar uns contra os outros pelo resto de nossas vidas. Nunca conseguiremos deixar nossos próprios hábitos por tempo suficiente para ver o ponto de vista dos outros, porque sempre estamos ocupados pra caralho prestando atenção no som de nossas próprias vozes, e não naquilo que as outras pessoas estão dizendo. Sempre ficamos mais impressionados com nossas réplicas do que com o resto da conversa. Enquanto o oponente está falando, estamos pensando no que responderemos. Então, se vocês acham que algo como moda não pode dar início a uma guerra; se acreditam que é um salto muito grande ir das chamas ao caos completo, perguntem-se se conseguiriam distinguir um nazista de uma pessoa qualquer a menos que o nazista estivesse num uniforme e dissesse *Sieg Heil*?

A moda tem um papel maior no modo como vemos o mundo do que eu mesmo posso imaginar. Sem a batina, eu não saberia se alguém é padre. Não saberia se alguém é soldado se não estivesse fardado. Não saberia se alguém é judeu se não fossem as roupas tradicionais. Isso pode ser bom ou ruim, dependendo da forma como você vê as coisas. O que eu faço é não supor que alguém é algo que não é, a não ser que eu pergunte ou que as roupas indiquem a resposta. Prefiro perguntar. Mas, por outro lado, suponho o pior quando vejo alguém vestido como um imbecil. Isso pode me impedir de conhecer uma pessoa que talvez seja bem inteligente e gentil. A moda divide a sociedade em tantos níveis que leva tempo até diferenciarmos as coisas. Sim, a moda é uma boa forma de expressão, mas pode ser devastadora de muitas outras maneiras.

Na verdade, se analisarmos bem, tudo se resume a atratividade.

Quer seja um simples encontro com um conhecido ou uma oportunidade de sair e se divertir, sempre queremos estar bem, mas os sinais do tempo estão nos levando por alguns atalhos seriamente deprimentes e sombrios quanto ao que é considerado legal e descolado. Ainda assim, é imperativo para o desenvolvimento sexual que a gente se sinta bem sobre as decisões relacionadas à necessidade de pressionarmos nossos corpos contra a carne notória. Isso também vale para a homossexualidade ou qualquer que seja seu gosto: ninguém quer acordar com o ogro da festa. Desde que a pessoa estivesse bem na noite anterior, você pode lavar suas preocupações no banho matinal, pelo menos até a menstruação atrasar. Ninguém vai se gabar de ter ficado com alguém que faz você querer se esconder embaixo da cama por dias. A moda suaviza as arestas ásperas das nossas canhestras tentativas de transar. A parte triste é que, uma vez que você está dentro e que as roupas estão fora, não há nada que possa disfarçar quão estranho seu parceiro realmente é, e já não importa o quanto suas roupas eram legais.

A nudez pode ser uma boa alternativa. Com ela, as únicas coisas pelas quais você poderia ser julgado são... OK, esqueça essa ideia. Dependendo do clima ou das circunstâncias, a nudez poderia colocá-lo num canto social do qual você levaria anos para sair, e isso só depois de terapia e de uma mudança de endereço. Há alguma ideia melhor? Porra, isso é frustrante! Talvez, se eu prestasse mais atenção ao que funciona e ao que não funciona em termos de moda, eu pudesse ficar um pouco mais animado, mas, honestamente, não quero me preocupar com isso. Quem se importa se os sapatos não combinam com o vestido? Quem se importa se a camisa não combina com o colete? Quem realmente se importa com o fato de que hoje em dia ninguém usa coletes ou chama aquela peça de colete ou o que quer que seja? Há um cantinho diabólico em nossos cérebros de mamíferos que gosta um pouco da alegria que sentimos, quando estamos abandonados em bailes de formatura e pistas de dança, com a possibilidade de que os descolados tenham uma série de problemas graves com suas roupas assim que começarem as músicas lentas. Precisamos equilibrar a balança porque, convenhamos, algumas pessoas *realmente* têm uma aparência incrível, com ou sem roupas. Outras precisam de todo o auxílio que puderem obter. Mas quando as coisas dão errado para os mais bonitos... Ahhhhh... É aí que somos todos cidadãos iguais nas montanhas verdes da Inglaterra!

Em resumo, a moda nos torna idiotas de tantos jeitos e em tantos níveis que fico francamente impressionado que alguém ainda não tenha apresentado uma lei para tornar ilegal esse tipo de comportamento. A moda segmenta o povo em pequenos pedaços, dá às pessoas controle sobre os sentimentos dos outros, faz-nos parecer idiotas completos e traz à tona inveja e malevolência tão palpáveis que podemos degustá-las passando-as em torradas. Falando do mundo em geral, ninguém quer se sentir como uma merda e certamente não queremos *parecer* uma merda, mas a maioria de nós parece uma merda, e isso porque temos nossos narizes culturais enfiados numa bunda a nossa frente, independentemente de qual bunda seja ou do que andaram fazendo com ela. Algumas dessas bundas podem ser grandes e poderosas, mas a maioria é uma grande e incrível merda, que deixa nossos narizes cheios de merda. A torta da humildade é uma bosta que ninguém quer experimentar. Mas quer saber? É certamente algo que alguns desses cretinos poderiam comer com mais frequência.

Quem se importa com sua aparência? Apenas faça como eu: finja que você é um super-herói e vista a mesma coisa todos os dias. Não é grosseiro se for considerado um "uniforme". E você pode alegar que luta contra o crime! Sério, o quanto eu posso saber sobre moda para me importar tão pouco? Eu estou no Slipknot, a banda que veste macacões e máscaras. Não estou exatamente sendo procurado por estilistas conceituados para desfilar em suas passarelas. Mas eu tenho bom gosto. Eu tenho classe. Não existem fotos *reais* do meu corpo nu na internet. Sou mais esperto do que a maioria, mesmo que não seja mais esperto do que todo mundo. Acho que minha opinião nesse assunto tem menos relevância. Vocês não precisam me ouvir, é claro, mas, se usarem suas mentes por um segundo; se dedicarem suas faculdades mentais a algo além de tuítes, poderão entender um pouco do que estou dizendo. Se vocês derem um tempo para que a fumaça diante dos seus olhos se dissipe, verão os espelhos fazerem o que fazem melhor: esconder as evidências e distorcer a realidade. Uma vez que isso aconteça, tudo o que terão de fazer é encontrar a saída do parque de diversões. Mas não olhem para trás: vocês podem ter um vislumbre de como a fila é longa. E, conhecendo as pessoas do jeito que conheço, sei que precisarão de toda a sua força de vontade para não voltar ao final da fila.

Sintam-se confortáveis. Sejam originais. Sejam cautelosos com o que vocês desejam. Existe hora e lugar para ter sua melhor aparência e também existem aqueles dias em que um "foda-se" é a melhor mentalidade. Pessoalmente, tento reunir tantos dias assim quanto possível. É claro que meu senso de estilo é impecável, mas, ei, em algum lugar entre Jeff Goldblum em *A Mosca* e Doc Severinsen no *Tonight Show*, o Boca aguarda. Não preciso de couro, renda, seda, juta ou qualquer coisa que tenha data de validade. No fim das contas, sei que consigo conquistar a multidão usando calças de pijama, uma camiseta, um boné de golfe, um moletom do *Star Wars* e tênis quadriculados. *Ou* posso tentar algo realmente perturbador, como o que vesti na festa de Halloween do Hammersmith Apollo seis anos atrás.

Alguns de vocês se lembram. Não me façam repetir o que fiz.

CAPÍTULO 5

Enlouquecendo no carro

Usem suas malditas setas.

É isso mesmo, sem embromação, sem histórias engraçadas e sem interrupções divertidas nas quais salvo um puma de um liquidificador que repentinamente ganhou consciência, ao estilo *O exterminador do futuro*. Estamos descendo para a merda mais profunda possível. É algo tão simples, e ainda assim tão sério, que tenho surtos de uma fúria homicida que me consome. Honestamente, eu sigo pessoas a qualquer lugar ou até onde a loucura me levar. Certa vez, parei na frente da casa de um cuzão particularmente inepto que dirigia um Chevy Cavalier e só fui embora quando parecia que ele ligaria para a polícia. Outra vez, há bastante tempo (não lembro o ano, mas era dezembro), dei uma freada tão brusca que parei no meio da Valley West Drive. Por sorte, não havia ninguém por perto (droga...), mas eu estava tão furioso que esqueci para onde estava indo. Nem conseguia lembrar por que estava na zona oeste de Des Moines. Tudo que eu sabia é que precisava bater em alguém com o capô do meu carro, mas, vendo que não podia fazer isso, parei perpendicularmente, bloqueando duas pistas, e apertei com força meu volante, destilando veneno. Finalmente, desisti do meu objetivo principal e fui ao shopping comprar bonecos de personagens de filmes e desenhos animados.

Suas risíveis habilidades ao volante fazem isso comigo. Eu viro um colecionador pálido e esquecido (ou um acumulador, como diz minha mulher), com uma tendência a derrapar na neve em grandes interseções urbanas.

Isso porque vocês, pessoas, não conseguem fazer algo tão simples quanto mover para cima e para baixo uma haste de plástico que fica do lado do seu volante, *bem* ao alcance dessas suas pequenas mãos de idiota. Puta que o pariu, o nome já diz tudo! É um sinal de *seta*. Você usa para apontar para onde vai! Não é para usar depois de *virar* nem segundos antes de fazer a curva nem segundos depois de ter feito a curva. Ainda há aqueles que entram em pânico quando percebem que não deram o sinal e, então, dão a seta para a esquerda, mas, na verdade, estão virando para a direita, para não falar em outros que nem se importam em dar seta alguma. Você a usa quando faz uma curva. É por isso que é uma porra de uma *seta!* Isso não é álgebra e não é um haicai. É apenas um exemplo do mais banal dos gestos de bom senso.

Eu entendo... Você estava muito ocupado enviando mensagens de texto. Estava muito ocupado virando o volante para me avisar que entraria na próxima rua. Estava muito ocupado lambuzando o rosto com cremes da Avon e com lama numa tentativa de misturar-se com seus "colegas" para importar-se com essa pequena função espalhafatosa na porra do seu Kia Sedona. Tudo bem, mas, quando você deixa de fazer algo que é exigido por motivos de segurança enquanto conduz um veículo motorizado, não me interessa de que lado da porra do carro você está. *Sinalize que vai virar*. Eu definitivamente atropelaria um filho da puta para provar um argumento. E conheço vários policiais que concordariam com meus motivos.

Como você pode ter percebido, este capítulo é sobre o que vocês chamam de dirigir. É claro que eu mesmo não estou incluído nesse grupo. Sou um motorista impecável e não estive em nenhum acidente em todos os meus anos andando por aí. O estranho é que *todos* que conheço não querem ficar comigo num carro. Como *assim*? Não tenho acidentes em meus registros, não faço acrobacias malucas ao estilo Evel Knievel e nunca pulei de um carro enquanto dirijo rumo a um prédio cheio de vilões, mas, ainda assim, sou rejeitado como motorista. Vocês só podem estar brincando comigo. Sei, por exemplo, que alguns desses amigos estiveram envolvidos em acidentes causados por eles mesmos. Sei que a maioria teve a habilitação revogada *pelo menos* uma vez. Mas eu sou o pai que assusta os filhos enquanto o sangue vermelho aparece na pista? Por favor, me expliquem como isso faz *qualquer* sentido...

Houve alguns deslizes. Recebi multas por excesso de velocidade e por parar em lugares proibidos, e uma vez meu carro foi parado e revistado porque "Você *parece* um usuário de drogas, meu filho. É claro que precisei parar seu carro". Esse cara é um idiota preconceituoso, mas eu me vinguei. Disse que ele precisava de um mandato para revistar meu carro e obriguei-o a esperar até que o mandato chegasse. Depois, nem tentei ajudá-lo enquanto ele revistava meu carro de cima a baixo, procurando as drogas que ele "sabia que estavam lá". O oficial que trouxe o mandato pediu desculpas. O outro, que era mais velho, ainda tentou me dar uma multa por excesso de velocidade, mas eu contestei a multa no tribunal e ganhei a causa. O policial mais velho recebeu uma advertência por constrangimento enfiada no meio da cara. Nada contra policiais, mas se ele estiver lendo esse livro... Foda-se muito, senhor!

Então, sim, para mim, sou um motorista perfeito, mas não somos todos? Acho que os problemas vêm daí, do fato de que todos nós achamos que somos ótimos atrás do volante, assim como todos os caras acham que são perfeitos na cama e assim como todas as mulheres acham que estão enganando alguém quando dizem que não comentam nossa performance na cama com as amigas. É o *hakuna matata* em sua forma mais pura. As coisas são como são, como me sinto propenso a dizer em qualquer momento do dia. De certo modo, é muito parecido com ser incompetente. Uma pessoa incompetente não *sabe* que é incompetente porque não sabe que não sabe e, mesmo quando isso é apontado, pode aceitar ou contestar a acusação com xingamentos, difamações e desculpas bestas. Então, sim, meus amigos peludos: vocês todos são péssimos no volante. Não se deixem abater... Trata-se de um mal universal.

Há outra coisa que me deixa louco: chequem a porra dos retrovisores e dos pontos cegos antes de mudarem de pista ou fazerem uma curva. Algumas pessoas simplesmente nem veem se a pista está livre. Esse é o caso da síndrome do "Eu sou o único motorista no planeta". A seta é um exemplo dessa síndrome também, mas você descobre que está lidando com uma criatura dessas quando está dirigindo pela rodovia, superbem, e há um carro próximo a você... De repente, você é quase forçado para fora da estrada por um aspirante a *Mad Max* que vem na outra pista e que está pouco se fodendo se alguém estava ali ou não. Então, quando percebem que estão numa via pública e que há mais alguém ali, não se sentem envergonhados, olham para você como se a culpa fosse *sua*, como se você tivesse aparecido ali, mesmo que eles estejam atrás do seu carro. Saber o que está acontecendo ao redor corresponde a ¾ das habilidades de um bom motorista. O outro quarto envolve saber o que um carro pode fazer. Fica uma dica: ele é grande pra cacete e já matou muitas pessoas. Tirem as próprias conclusões.

Se pudéssemos fazer o que quiséssemos, eu pilotaria um pequeno avião e jogaria balões cheios de fezes nos carros. Mas as ruas não deveriam ser tão cruéis. Elas são simplesmente linhas entre os pontos A e B, caminhos de um lugar a outro, partes de um labirinto. Uma pessoa com consciência pode pensar que estradas são opções e que dirigir é uma responsabilidade. Entretanto, tudo vira uma confusão. Parece que prestar atenção à estrada e ao ato de dirigir é opcional e exige pouco comprometimento. É como ligar o gás, esquecer de acender o fogão, colocar o peru para assar e então acender um cigarro.

Sério, Los Angeles e seus motoristas, podem ir se foder!

Essa cidade de merda está cheia de motoristas incrivelmente ruins: eles são esquecidos, acham que podem fazer o que quiserem e estão pedindo para serem esmagados pelas minhas rodas. Não é como em Nova York, onde dirigir é um desafio e você precisa se virar para sobreviver. Dirigir em Nova York pode apavorá-lo, mas é preciso respeitar o trânsito da cidade: tudo gira em torno de precisão, *timing* e velocidade. Ah, e há muitas buzinas e gritos com sotaque da costa leste. Posso falar sobre essa merda durante o dia todo. No trânsito de

Nova York, você sabe que terá de lidar com umas loucuras, então se prepara, mas pelo menos sabe que todos se sentem do mesmo jeito. Isso não acontece na Califórnia, onde, "dependendo da energia do seu dia", um cuzão que dirige um Prius pode não fazer curvas para a esquerda porque seus chacras não recomendam. Essas pessoas se sentem livres para fazer curvas mesmo que estejam *na pista do meio*. Para mim, eles *merecem* batidas nas porras de seus carros.

Finalmente descobri porque as pessoas dirigem como animais em Los Angeles: é porque eles *andam* como animais. Durante a produção do álbum *.5: The Gray Chapter*, minha mulher e eu moramos em Venice. Nós costumávamos caminhar no calçadão da praia. A parte boa eram os quilômetros de pistas pavimentadas para caminhar e pedalar, acompanhando a costa e garantindo uma vista maravilhosa das boas merdas que a Califórnia tem a oferecer. A parte ruim foi ruim o suficiente para que eu quisesse correr até o final do píer de Santa Mônica e pular, com vários pesos presos aos braços para garantir que eu afundaria. Essas pistas estavam sempre cheias de pessoas apenas vagando por ali, olhando para a areia ou para o céu ou para as lojas de skate. Se você se lembra do capítulo sobre os aeroportos, sabe o que sinto por pessoas que simplesmente desligam o cérebro e que parecem ter acabado de sair de uma masmorra, demonstrando vários distúrbios mentais. As pessoas que vi no calçadão fazem com que essa gente pareça corredores de maratona. Você tenta ultrapassá-las, mas elas conseguem ficar casualmente no seu caminho. Elas *veem* você, mas não querem nem saber e espalham-se pelas pistas como se estivessem num protesto. Ei, vovó, sai da *porra* do meu caminho! Não dou a mínima se você tem 83 anos, porque cometi o erro de comer no Del Taco às quatro horas da manhã! Preciso botar esse lixo para fora antes que eu acidentalmente cague em mim mesmo.

Assim, o modo como dirigem é um reflexo do modo como caminham. No trânsito, você se verá atrás de algum idiota num Corolla, desejando que o filho da puta morra porque está passeando a saudáveis 37 quilômetros por hora, quando, de repente, a luz do freio do idiota se acenderá, você quase baterá na traseira do carro, e ele começará a curva mais dolorosamente apática conhecida pelo homem, sem usar a seta até que esteja na metade da interseção. Nenhuma quantidade de buzinadas, xingamentos, gritos ou uso de armas de fogo legais alterará sua despreocupação. Ele nem percebe que há uma curva até chegar a ela. São momentos assim que me fazem desejar ter um lança-chamas.

Jesus, eu preciso limpar minha boca... Estou espumando aqui...

Para mim, é um milagre que eu não tenha mais talhos no cano da minha arma. Não estou admitindo que tenho uma arma com talhos representando as mortes pelas quais posso ou não ter sido responsável. "Nunca matei ninguém por ser burro." Usei essas aspas para mostrar que é uma citação, que essa fala pode ter vido de *qualquer um*. Então, até onde *vocês* sabem, "não tenho uma arma com talhos representando as mortes pelas quais posso ou não ter sido responsável", disse alguém, em algum lugar, com muita certeza.

Vamos focar na Califórnia por um minuto (se realmente precisamos). Há outra coisa que detesto nas estradas: pessoas em carros de luxo que sentem a necessidade de acelerar e ficar costurando no trânsito. Agora, quando digo "carros de luxo", não me refiro a carros verdadeiramente luxuosos, como Ferrari, Porshe, Aston Martin ou o que seja. Estou falando de alguns Honda Accord equipados com motores que soam como cortadores de grama, com pinturas e um adesivo gigante no para-brisa em uma fonte gótica que diz algo "forte" como "Rebelde" ou "Trovão". Vocês sabem de que carro estou falando... Posso quase *garantir* que todos riem desses imbecis. Eles aceleram e diminuem no trânsito, achando que ficamos impressionados. A única coisa que nos impressiona é esse motorista babaca ter uma habilitação.

Você pode estar pensando que não gosto de dirigir. Não é verdade! Eu amo estar atrás do volante, deslizando pela estrada numa velocidade saudável, ouvindo música, janelas abaixadas, deixando que a brisa me indique minha velocidade. Amo dirigir e amo ainda mais em vias expressas. Enquanto a maioria das pessoas parece se opor a longas viagens de carro, eu amo fazê-las. As vias expressas estão perto de ser o último lugar em que você pode dirigir sem restrições que não sejam os costumeiros limites de velocidade e outras normas. Mas perceba que eu disse "estão perto de ser"... Tenho de explicar que estão perto de ser, e que não são, por causa de um mal que chamo de "Conspiração da pista da esquerda". Na Grã-Bretanha e em outros lugares em que a direção é invertida, você pode chamar de "Conspiração da pista da direita", mas por ora descreverei esse fenômeno sob uma perspectiva dos Estados Unidos, então converta para seus próprios termos, dependendo de onde estiver.

Aqui, todo mundo sabe que há uma regra consensual em vias expressas e autoestradas: a pista da esquerda é mais rápida e a pista da direita é mais lenta. Claro, você pode dizer que a pista da esquerda deveria ser uma pista de ultrapassagem. Tudo bem, mas essa é a pista rápida e é assim para que eu possa *ultrapassar* você. Não é porque não saí da pista da esquerda que não possa usá-la exatamente para o que ela serve. É a pista rápida! Entendam isso! Pista da esquerda é rápida; pista da direita é lenta. Eu não consigo entender como alguém pode esquecer isso. Porra, eu já tinha entendido isso antes que meus pés pudessem alcançar os pedais. Mas, aparentemente, existem aqueles que não só não entendem esse fato, como se recusam a reconhecê-lo. Assim como um bando de idosos caminhando lentamente no calçadão de Venice, eles atrapalham as estradas, abusando da pista da esquerda. E, quando você aparece atrás, eles ignoram. Quando você tenta ultrapassá-los usando a pista da direita, o que às vezes pode ser um mal necessário, eles querem medir velocidade com você. Somente quando você desiste e retorna à pista da esquerda, ficando atrás deles, eles *lentamente* iniciam o processo de mudança de pista, esquecendo-se de usar *a porra da seta* até o último segundo. Então, quando você passa por eles, cheio de raiva, eles olham para você com aquele olhar recriminador de merda. Desculpe-me, tio, mas esse é um jeito certeiro de ser atingido e jogado para fora da estrada ao estilo Mad Max. Você tem a cara de pau de ignorar a apreciada Regra da Pista da Esquerda e ainda quer me julgar? Tenho amigos na polícia. Eles podem descobrir onde você mora. Então, eu posso aparecer na sua casa e interromper seu jantar para discutirmos suas terríveis decisões enquanto balanço languidamente um taco de críquete nas minhas mãos.

Dica para vocês e para os seus: não ferrem com a vida do cara que está disposto a tudo para provar que tem razão.

Entretanto, existe um adendo: se eu estiver na pista rápida, com carros ao meu lado direito, e você vier voando atrás de mim, esperando que eu saia quando claramente não dá para sair, *não* pisque a porra do seu farol para mim. Sim, eu sei que estamos no meio do nada e que você está com uma pressa terrível, mas, se eu não puder sair naquele momento, acalme-se. Não vou empurrar uma ambulância para que você possa chegar ao seu destino três minutos mais cedo. Espere até que eu passe pelo congestionamento e, *então*, abrirei caminho para você. Porém, se mais um idiota piscar seus estúpidos faróis para mim quando não houver nada que eu possa fazer com segurança, *farei* algo perigoso. Pisarei no freio e matarei nós dois... só para estar certo. Lembrem-se: *não ferrem com a vida do cara que está disposto a tudo para provar que tem razão.*

Instrutores e aficionados gostam de conversar sobre direção ofensiva e defensiva, sobre a diferença entre manobrar agressivamente e pacificamente. Tudo bem, só que isso não funciona mais. Nós precisamos de mais inteligência e consciência nas estradas, e vocês não podem continuar dando escolhas para pessoas que, para começar, não estão nem prestando atenção. Então, eu sugiro um acordo... A partir de agora, existem apenas dois jeitos de dirigir: ofensivamente e ofensivamente. Ficou confuso? Não fique. Trata-se apenas de pronúncia. Entendeu? É apenas a diferença entre "ohh-fensivamente" e "uhh-fensivamente". O primeiro jeito é com a direção ofensiva que vocês já conhecem. É agressivo, mas seguro, sabendo o que seu carro pode fazer e usando todo o seu potencial. O segundo jeito é o que você está pensando: mover seu carro por aí como um idiota. Então, aí está... Ofensivamente e ofensivamente. Entenda o acordo ou saia da porra do meu caminho.

Odeio dizer, mas acho que atingimos um impasse inexpugnável. A maioria da população é simplesmente imbecil quando se trata de operar um veículo motorizado. Porém, como sempre, todos podem relaxar, porque tenho a solução para o nosso (para o *meu*) problema. Em uma sacada de gênio, motivada por cafeína e pela falta de qualquer coisa boa na televisão, concebi cinco novas leis de trânsito, que, se implementadas corretamente, resolverão um monte de problemas. Agora, na *minha* cabeça, todas elas são incrivelmente razoáveis e, em alguns casos, necessárias para a eliminação de impasses e acidentes ridículos. Apenas me escutem, seus fodidos, antes de correrem até minha esposa ou minha avó e dizerem que parei novamente com a medicação e que alguém precisa dar um jeito em mim. Além disso, nós todos sabemos que parei de tomar aqueles remédios há alguns anos... Foi assim que chegamos *aqui*.

Agora... as cinco novas leis!

> Lei nº 1: Todos os carros serão equipados com uma nova tecnologia que exigirá que todas as pessoas passem num simples teste de QI antes de ligarem seus carros.

Sim, você leu corretamente. É uma ideia parecida com os sistemas de trava baseados em bafômetros. Sabe? Dependendo de onde você mora, pode haver uns merdas que são presos por dirigirem intoxicados, mas que são liberados antes do fim da pena e conseguem não ter a habilitação suspensa. Então, os tribunais exigem que instalem bafômetros em suas chaves para que os carros não deem a partida se os motoristas tiverem bebido além do limite legal. Sim, parece ser uma ótima ideia. Agora temos ruas cheias de pedestres bêbados em vez de motoristas bêbados. O que virá a seguir? Cintos de castidade equipados com bafômetros para mães ineptas ao trabalho? Não quero marginalizar um assunto como dirigir sob influência de álcool, mas essas pessoas deveriam passar algum tempo numa cela em vez de simplesmente implorarem para um amigo sóbrio (por exemplo, aquele que está tomando antibióticos e que não pôde beber naquela noite) assoprar suas chaves para que possam voltar para casa. Nem ocorre a eles pedir que o amigo sóbrio dirija: no fim das contas, o problema não é o álcool, mas a porra da teimosia.

Por isso, minha ideia é algo assim, mas misturada com um exame eletrônico da capacidade do motorista. Com a ajuda de especialistas em jogos cerebrais, desenvolveremos uma tecnologia em que o motorista deve responder pelo menos 90% das perguntas corretamente para o carro poder ser ligado. A ignição terá um gerador aleatório de perguntas para que sempre sejam diferentes. Assim como a prova escrita que faz parte dos testes para tirar a habilitação, o carro desligará automaticamente se você não estiver indo bem e nem será possível terminar o teste. Então, você não poderá usar o carro por 24 horas. Não, isso não é outra "conspiração liberal". Não, esse não é outro exemplo paralisante de que o governo "ficou louco". Isso é para garantir que minha pressão sanguínea não passará da porra do teto quando eu for buscar meu filho na escola. Isso também fará cada um pensar, não só quando estiver na estrada, mas sempre, sobre aonde irá e por quanto tempo. Eu asseguro que Los Angeles parecerá uma cidade-fantasma quando minha ignição inteligente for implantada. Talvez então eu possa entrar no meu carro e andar cinco quilômetros em menos de duas horas.

> Lei nº 2: Uma pessoa deve provar que é capaz de *manusear* um carro de alta performance antes que possa comprá-lo, quer isso signifique dirigi-lo ou manter a chave a salvo de jovens adultos.

Essa lei é para os caras que mudam a marcha e fazem com que todos diminuam a velocidade, trocam de pista sem olhar e deixam o motor morrer diante do sinal verde por não saberem como dirigir uma porra de um Audi RS8. Ela também é para o filho ou filha de alguém com dinheiro que dirige o Dodge Viper da família de maneira bem errática e perigosa, indo muito rápido numa área escolar, sem nenhum cuidado no mundo, porque "meu pai pode me livrar de qualquer multa que eu receba". Olha, é difícil dirigir corretamente alguns carros... Eles têm uma alta rotação do motor, freios sensíveis e outras dificuldades com as quais um motorista comum não sabe lidar. Não é só porque tem dinheiro que você pode dirigir um carro caro. O fato de que você pode comprar o novo Aston Martin Vanquish não quer dizer que deva comprá-lo, especialmente se tem filhos adolescentes. Você só precisará de uma noite fora com a sua mulher para que seu supercarro tenha uma grande chance de passar o resto da vida enferrujando no fundo de um lago, tudo porque "Johnny queria mostrá-lo para os amigos e dar uma voltinha enquanto estávamos no Les Miz". Assim, é preciso fazer uma bateria de testes para que clientes em potencial possam comprovar, sem sombra de dúvida, que conseguem manusear os carros que querem comprar. Eles também devem provar, com evidências físicas e vídeos, que têm um cofre especificamente desenhado para manter as chaves longe das mãos de pequenos babacas que podem abusar do direito arduamente conquistado por seus pais. Para ter acesso a esse carro especial, o adolescente deve provar que consegue pegar garotas (ou garotos, para ser justo) por conta própria, sem ajuda do carro. Então, e *apenas* então, pode ser incluído um adendo na lei.

Vocês estão gostando das propostas? É melhor que estejam, porque dediquei a elas muita reflexão e esforço. Não fico aqui sentado, em meu pijama, sendo consumido por uma fútil insanidade pelo bem da minha saúde. Mas como fico bonito aqui, especialmente com minhas pantufas estampadas de xadrez. Elas completam qualquer figurino, como pequenas almofadas escocesas para meus pés. Mesmo que deixem um monte de fibras de algodão entre meus dedos, acho que é o preço que você paga pela proteção. O que você prefere: fibras fofinhas de algodão ou sujeira e gordura entre seus dedos do pé? Sério? Bem, desculpem-me se estou julgando, mas isso é simplesmente estranho pra cacete!

Estou divagando mais uma vez...

> Lei nº 3: Todos os carros devem ter pequenas placas presas ao teto com o rosto e o nome do motorista. Se você já morou ou esteve em Nova York ou em outras grandes metrópoles, reconhecerá o tipo de sinalização da qual estou falando, porque ela pode ser vista em quase todos os táxis nas ruas desses lugares. Se não, são como placas triangulares, geralmente com algum tipo de anúncio, seja de advogados, clubes noturnos ou até mesmo de filmes. Então, cada carro teria uma placa com uma foto e *pelo menos* o

primeiro nome do motorista, sem necessidade de outras informações. Quero apenas o suficiente para saber quem você é e poder xingá-lo pelo nome em vez de depender do serviço barato da minha buzina. Buzinar não diz muito. Eu deveria poder agarrar o volante, trincar meus dentes e gritar pela janela: "Que porra foi *aquela*, Jerry?!? Vindo *daquela* pista?!? Porra!!!" Todos os carros viriam com suas opções e acessórios, como ar-condicionado, som, *wi-fi*, assentos aquecidos, controle de bordo, controle mental (espera aí, como assim?), mas também viriam com um desses triângulos no teto. Além disso, quando tirassem suas habilitações, as pessoas receberiam a placa com seu nome e seu rosto, que deve ser prática e de fácil instalação para qualquer jornada. Desse jeito, se alguém pega seu carro, você pode colocar a placa *dele* no teto, para que você não seja culpado. Nem precisa dizer... Sei que é genial... Ou uma coisa do capeta, porque às vezes não sei distinguir essas duas coisas.

Lei nº 4: A partir de agora, existem restrições de peso e altura para caminhonetes.

Sim, você me ouviu bem! Isso não deveria ser um problema, mas, sempre que estou no meu carro, algum idiota de merda em uma F-150 monstruosa quase passa por cima de mim no trânsito porque não sabe quão grande é sua caminhonete, porque não sabe dirigir a caminhonete e porque tem 109 anos e não sabe estacionar a caminhonete, arrastando-a pelas esquinas, invadindo outras pistas e quase atropelando pedestres idiotas demais para apressar a porra do passo porque "eles têm o direito de passagem". Deixe-me dizer uma coisa: o "direito de passagem do pedestre" é um ótimo jeito de conseguir ser atropelado. Saia da porra do caminho, Santo Passo de Lesma! De qualquer maneira, eis uma regra básica: se você precisa de uma escada – não de um impulso ou de um pulo, mas de uma porra de uma *escada* – para entrar em sua caminhonete, ela é grande demais para ser dirigida na cidade. Leve-a para o campo ou use-a para transportar lenha. Se você precisa parar para tomar fôlego ao dar uma volta em torno de sua caminhonete, ela é grande demais. Leve-a para o campo. Se, ao virar, você bloqueia não só o trânsito nas outras pistas, mas também a vista dos prédios e arranha-céus que até pouco antes estavam ali, sua caminhonete é grande demais. Leve-a para o campo. Se você quer dirigir uma caminhonete enorme, consiga uma habilitação para dirigir caminhões, como um homem de verdade faria. Então, pelo menos, você poderia acelerar e dirigir a noite inteira.

Agora, vamos para a última lei. Desculpem-me, mas ela é brutal.

Lei nº 5: A partir deste momento, a punição corresponderá a crime.

Vamos ser sinceros: além de um tempo passado na prisão, qual é a consequência mais severa que vocês podem esperar para violações no trânsito? Ter sua habilitação suspensa *não* é um impedimento. Honestamente, não consigo pensar em ninguém que foi realmente impedido de dirigir e que não repetiu a infração posteriormente. Sei que suspender a habilitação não funciona. Conheço um homem que tinha tantas multas que suspenderam sua habilitação. Isso não o impediu de dirigir. Na verdade, ele até dirigia bêbado com mais frequência porque parecia não dar a mínima. Eles não poderiam suspender sua habilitação *novamente*, então o que fariam com ele? O que de pior poderia acontecer?

Numa noite, ele saiu de um bar e pegou um carro para ir para casa, tão bêbado que nem sabia o que estava fazendo... Tanto que não soube que havia atropelado um garoto em uma bicicleta até os policiais aparecerem em sua casa na manhã seguinte. Tudo o que a polícia precisou fazer para encontrá-lo foi seguir os estragos que ele havia deixado para trás, como carros amassados, caixas de correio destruídas e trilhas de sangue, até chegar à sua porta. Ele está na prisão há dez anos e, sendo honesto, espero que nunca seja libertado. Esse é um exemplo do que quero dizer quando falo que habilitação suspensa, multas por excesso de velocidade e travas nas rodas dos carros não desencorajam ninguém a fazer as coisas que costumavam fazer. Então, sentem-se, calem a boca e ouçam com atenção. Se eu assumir o controle, é isso que vocês deverão temer.

Pelas minhas leis, se vocês forem muito longe nas infrações, nós levaremos seu carro, esmagaremos o coitado até atingir o tamanho de uma xícara de chá e o devolveremos em um chaveiro. Sem mais advertências e sem segunda, terceira, quarta, quinta ou sexta chances. Vocês também jamais poderão comprar outro carro em seu nome. Seu nome e seu rosto irão para um banco de dados especificamente projetado para detectar violadores, ao qual todas as concessionárias e locadoras de carros terão acesso; quando vocês tentarem pôr as mãos em outro carro, um chamado será direcionado para as autoridades. Se vocês forem pegos tentando usar outro carro, vocês pagarão uma multa pesada. Mas aqui está a grande sacada: se vocês forem pegos atrás do volante de um carro roubado ou emprestado, não importa, a pena será simples: *nós cortaremos sua perna direita*.

Não vou tirar a perna inteira... apenas do joelho para baixo. Foda-se a prisão e foda-se a revogação da pena. Apenas pegaremos um membro. Acham que é uma pena excessiva? Várias famílias que perderam entes queridos devido a motoristas bêbados e inconsequentes devem discordar. Vocês podem estar pensando que pessoas que perderam suas pernas ainda podem dirigir ou que você aprenderia a dirigir com sua perna esquerda. Sua determinação não pode deixar de ser apreciada, mas acho que vocês não entenderam. Se nós os pegarmos novamente, *nós continuaremos tirando coisas*. Da próxima vez que forem pegos, cortaremos a outra perna. Se forem pegos novamente, levaremos um olho. Se tudo isso não lhes fizer entender a seriedade da situação, nós levaremos seus polegares e mindinhos.

Não estou tentando soar insensível em relação a pessoas com deficiências, especialmente aquelas que voltaram para casa após servirem ao seu país e que têm ferimentos de guerra e cicatrizes mais profundas do que qualquer um poderia entender. Peço desculpas se os ofendi e espero que essa explicação mostre os diferenciais implícitos em meu raciocínio. As pessoas de quem estou falando não estão lidando com uma adversidade. Elas escolhem esse caminho. Soldados que retornam ao mundo com esses tipos de ferimentos, a serviço ou não, foram feridos porque eram maiores por dentro do que as pessoas que descrevo neste livro. Soldados lidam com um trauma que a maioria das pessoas não pode nem imaginar, e grande parte supera e vive com o ocorrido, apoiando-se uns nos outros e aprendendo a seguir em frente. Além disso, espero que as pessoas que nasceram com deficiências consigam compreender a distinção que faço aqui. Essas pessoas lidaram com adversidades por toda a vida, encontrando uma força interior que, em minha estima, coloca-as acima da maioria da horda humana. As pessoas de quem estou falando não são assim.

Os motoristas que sofreriam essas punições não têm esse tipo de espírito indomável. Eles não se importam. Se eles se importassem, não agiriam como agem e certamente não olhariam para nada do que eu disse como uma oportunidade de aprendizado. Eles só se importam quando algo os afeta, e é exatamente por isso que proponho uma advertência severa para essas pessoas. Elas não têm a força de espírito necessária para superar essa espécie de adversidade. Elas não têm a desenvoltura necessária para lidar com algo como não ter pernas, um olho e vários dedos. Se tivessem, teriam optado por pegar um táxi para casa ou retornar quando estivessem sóbrias. Se tivessem, não teriam colocado outros e a si mesmas em perigo. É simplesmente porque elas não se importam. Nenhuma das pessoas que exemplifiquei neste capítulo, no que diz respeito a dirigir, liga para alguém além de si mesma, porque o trânsito, no final das contas, trata-se de um trabalho em equipe. Quando motoristas trabalham juntos, não há tantos engarrafamentos. Quando não trabalham, é como se fosse a porra de um videogame. É como tentar chegar ao placar mais alto nas duas piores horas da sua vida. O mais triste é que você não verá suas iniciais no quadro se e quando chegar ao seu destino.

Sim, a merda ficou séria por aqui. Mas vocês se esqueceram de com quem estão falando... Sou o Boca. Sou o Infante Finito, o início e o fim. Claro, também sou conhecido como Boogie Knight, capitão Fluffy Bug e Ninja Ruivo. Em pelo menos uma cidade dos Estados Unidos, posso ser reconhecido como Philip McCrevice ou Amanda Dancewith, mas não se importem com essas coisas... Não pensem, nem por um segundo, que vou escrever um livro que não tentará fazê-los rir, chorar, dar risadinhas, irritar-se e, o mais importante, pensar. É isso que eu faço. Mesmo que a única coisa que vocês pensem ao ler este livro seja que sou um tremendo babaca, eu terei sido bem-sucedido. A pior coisa é fazer as pessoas se sentirem insípidas e inertes. Com sorte, ao menos na minha cabeça, este livro pode ser o equivalente literário de uma bateria de nove volts num par de bolas ou mamilos molhados.

Crianças, não tentem isso em casa! Isso deixa marcas... Acho que está na hora de começar a concluir este capítulo e ir embora. Sério, o que mais tenho a dizer? Meus colegas "motoristas" transformam minha vida num inferno na terra. Vocês fazem com que eu me sinta num constante GTA, mas sem *nenhuma* diversão ou benefício. Quanto maior a cidade, piores os motoristas, mas eles estão se espalhando, independentemente das cidades. Isso não é uma coisa boa; na verdade, estou convicto de que o mundo poderia ser mudado com um movimento global para tirar a porra das suas cabeças de suas bundas gordas. Sei que esse é um desejo gigante, desses que não podem ser atendidos assoprando velas de um bolo de aniversário.

Além disso, se eu achasse que as pessoas poderiam melhorar por conta própria, não teria escrito este capítulo. Eu não teria escrito este *livro,* e haveria apenas um monte de fotos minhas cumprimentando pessoas por todo o mundo, satisfeito por saber que temos uma boa massa cinzenta dentro da cabeça. Adivinhem só? Vocês *nunca* verão fotografias assim.

Dirigir é uma liberdade que não deveríamos tomar por certa. Passei muitas tardes e noites libertadoras e maravilhosas em todos os carros que já tive, dirigindo por quilômetros com o rádio ligado, óculos escuros, visor abaixado, vendo meu país passar por baixo dos pneus, mas nunca deixei meu cérebro se afastar muito do fato de que estou controlando uma máquina grande, capaz de tirar vidas ou derramar sangue. Merdas gigantes podem acontecer atrás do volante se você não estiver atento. Vejam bem... Não quero que todos parem de dirigir. Só quero que os burros fodidos que vejo pelas ruas não tenham permissão para dirigir novamente. É bem simples, não é? Mas existe uma porcaria de uma coisa chamada "liberdade" que preciso levar em consideração. Para mim, isso é uma babaquice. Contudo, defenderei até a morte nosso direito por nossos direitos, então você pode imaginar meu dilema filosófico.

Esse é um problema muito complicado com uma solução muito simples: *Prestem atenção, caralho!* É isso! Fim da linha e fim da lista. Saiba para que porra de lugar você vai. Saiba o que você está fazendo ao assumir o controle do veículo. Não acho que seja pedir muito no que diz respeito a exigências. Se vocês não podem fazer nem isso, então não podem segurar as chaves do carro nem guiar um carro por quarteirões e vias. Só quero que vocês *pensem*, cacete. Seus *smartphones* não são inteligentes o suficiente para pensar por vocês. Eles só são inteligentes se a pessoa no comando tiver um nível de inteligência levemente acima do de uma ameba. Se você não consegue entender como seu telefone funciona, não será em Gnome, Alasca, que você entenderá como dirigir corretamente a porcaria de um carro. *Selfies* não são exatamente mortais, mas *selfies* no carro podem fazer com que você "acidentalmente" bata seu Hyundai num poste telefônico porque estava mandando mensagens de texto e dirigindo como um bosta. Parem com essa merda.

Na estrada, sofro de acessos de raiva quase debilitantes porque estou sempre ciente e sintonizado com tudo o que está acontecendo ao meu redor. Pode ser porque sou um maníaco controlador que precisa que as pessoas façam tudo o que quero (porque *isso* tem funcionado bem para mim até agora!). Mas pode ser também porque as pessoas não estão fazendo o que deveriam, que é dirigir. Você está num carro: *dirija*! Você está numa caminhonete: *dirija*! Você está num ônibus: sua habilitação deve ter sido suspensa porque você não *dirigiu*. Não sou um babaca... Só fico irritado quando estou sempre certo e mais ninguém está. Quando vejo uma vagabunda qualquer tentando passar maquiagem enquanto dirige com os joelhos, em vez de parar em algum lugar como um ser humano responsável (ou passar a maquiagem antes de sair da porra da casa!), sinto vontade de bater na lateral do seu carro até ele cair montanha abaixo. Quando vejo um idiota do caralho em seu Dodge gigante, dirigindo por aí como se fosse o rei Caralho da Colina das Xoxotas, sem saber que atropelou crianças e cachorros nos últimos vinte quilômetros, quero jogar uma corda, subir na cabine de sua caminhonete e mijar em seus olhos por ser um merda colossal, desmerecedor de uma habilitação ou do dinheiro necessário para manter aquele monstro cheio de gasolina.

Poucas coisas neste planeta me deixam mais irritado do que esses motoristas de bosta, que provavelmente são a coisa mais simples nessa lista. As outras coisas são merdas bem sérias, como *bullying*, abuso infantil, assassinato, racismo etc. Então, maus motoristas não são a coisa que mais odeio, mas ainda estão entre as coisas que mais odeio. Ainda me incomodam. Isso me irrita pra caralho. E (espere...) estão me deixando com ódio. Não gosto desse sentimento... Não quero ter de odiar quem quer que seja. Claro, existem pessoas que sempre odiarei, mas *todo mundo*? Mesmo o Ninja Ruivo gosta de amigos. Portanto, acho que o que peço é que todos sejam motoristas melhores para que eu possa ter mais amigos. Se isso faz sentido para vocês, talvez precisem mais de ajuda do que eu. Pelo menos eu *sei* que sou uma porra de um lunático. Mas sou um lunático com um contrato para escrever um livro.

Então, é simples. Se me virem em meu carro, lembrem-se de que estou armado com um veículo. Assim que virem meus olhos no seu caminho, acessem sua lista mental. Examinem sua velocidade e estejam ciente dos carros e das caminhonetes ao seu redor. Larguem o telefone, a comida e qualquer coisa que possa distraí-los da direção. Tomem cuidado se perceberem que alguns carros têm cargas preciosas, como crianças e PS4s. Digam para si mesmos: "Talvez eu devesse prestar mais atenção no jogo... Eu odiaria que aquele carro cheio de crianças não chegasse em casa a salvo e que elas não pudessem jogar seu precioso PS4." O melhor remédio para evitar colisões e acidentes é percepção. Basicamente, se vocês quiserem impedir que seus carros passem por mais batidas do que já passaram, mantenham os olhos na estrada. Mantenham o foco no tráfego. Se precisam estar em algum lugar em dado momento, assegurem-se de que terão tempo para chegar no prazo combinado, levando em conta o tempo de viagem e horários mais movimentados. Não estou falando que vocês não devem desfrutar do prazer de dirigir. O que estou dizendo é que outros motoristas também estão tentando desfrutar desse prazer. *Não* achem que é responsabilidade de outro prestar atenção em *vocês*.

Ah, sim, e mais uma coisa...

Usem as porras das suas setas!

CAPÍTULO 6

Dinheiro bem... gasto

Sei, por fontes seguras, que um roqueiro bastante conhecido, um desses ícones que as pessoas ou sacam imediatamente ou seguem desnecessariamente, tem um vício um tanto perturbador. É uma desgraça que acabará com qualquer ricaço que a deixe crescer, mas o negócio é que você pode saber com certeza que o próprio excesso é excessivo quando ele se torna aparente no rosto e no corpo. Sim, amigos e inimigos, o horrível segredo desse deus do rock é um vício em Taco Bell, um vício que atinge a cifra de mais de 35 dólares... *em uma noite*. Esse é o gasto apenas para uso pessoal. Trinta e cinco? Jesus, isso é uma loucura! A parte mais triste da história é que o vício é evidente. Não há como esconder uma propensão à *fast-food*, não importa o quanto cresçam suas camisetas e seus jeans. Por mais que eu queira divulgar quem é ele, não deveria atirar pedras, pois meu próprio consumo de gordura e bacon não passou despercebido ao longo dos anos. Então, apenas direi ao meu colega: "Cara... Menos com essa coisa dos tacos..."

Porém, que choque!, esse é um problema ao redor de todo o mundo, e quem pensa que essa é uma doença puramente americana não sai muito de casa. Os seres humanos estão maiores do que nunca. Ah, a propósito, nem todos podem alegar ter "ossos grandes". Se todos têm ossos tão grandes, por que esse peso está fazendo tanta pressão nos ligamentos e tendões? Se seus ossos fossem grandes, tudo dentro de você seria grande também. Ninguém poderia andar em sapatos pequenos se tivesse "ossos grandes". Não sei como vocês pagam pelos seus carrinhos se o orçamento diário com comida chega a milhares de dólares... apenas para que você possa sentir-se "cheio".

Desculpem-me... Saí completamente do assunto.

Não quero falar sobre comida, e sim sobre dinheiro. É engraçado que um mundo que flutua entre depressão e recessão ainda consiga encontrar fundos para gastar em merdas inúteis. De biscoitos Oreo com recheios absurdos a sapatos com rodas nos calcanhares, sempre encontraremos um jeito de transformar algo inútil em altamente necessário. Achei que nossa propensão à ingenuidade havia chegado ao fim, mas eu estava errado. Nós apenas pegamos aquela imaginação criativa, aplicamos a coisas mais frívolas e, é claro, jogamos em cima uma etiqueta com um preço salgado. Não sei se essa é uma distração necessária para os verdadeiros problemas do mundo. Não sei se é porque estamos tão entorpecidos que só vemos inovação em coisas triviais. Mas posso dizer que a balança está seriamente desequilibrada. Gatos são levados em bolsas caras, e, se você os quiser, terá de pagar.

Tenho de admitir que a cultura americana de negócios conseguiu entender perfeitamente esse país de imbecis. De que outro jeito vocês explicariam o sucesso de acessórios *tão desnecessários* como os pingentes da Franklin Mint? Consigo entender cobertores com mangas, mas essa merda é ridícula! Melhor, ou pior, são as coleções de pratos... Não sei se eles ainda vendem, mas vendiam quando eu era criança, e, se isso era bom o suficiente para ser vendido naquela época, então suponho que ainda exista. É uma espécie de pensamento glorioso imaginar que, quando o mundo estiver morto e todos nós tivermos desaparecido, visitantes de outros planetas chegarão aqui, vasculharão os escombros e encontrarão estranhos conjuntos de pratos cobertos com aquilo que confundirão com nossos líderes: Scarlett O'Hara e o capitão James T. Kirk.

Nós pagamos centenas de dólares por roupas que já estão esfarrapadas. Jogamos fora outros milhares em loterias ao redor do mundo, tentando adivinhar os números da sorte e afirmando que continuaríamos a *trabalhar* se ganhássemos, embora ninguém continue. O pior é que torramos milhões em qualquer coisa, desde que estejamos convencidos de que será a próxima grande coisa, como Furbies, espremedores de frutas, equipamentos de ginástica, livros de dietas, roupas que saem de moda, tecnologias que ficam obsoletas e imitações baratas a alto custo, e esse é apenas o topo do *iceberg*. Perseguimos tendências como cachorros e adolescentes perseguem rabos. Jogamos nosso salário no abismo do "eu preciso dessa porra" sem pensar duas vezes, porque essa é a nossa natureza. Você pode se irritar comigo se quiser, mas isso não mudará os fatos. Tudo o que posso fazer é oferecer as evidências. É isso que *fazemos*. Animais são escravos de suas *necessidades* e humanos são escravos de suas *vontades*.

Diamantes em tom marrom-chocolate não são chocolate de verdade, e ninguém gosta dos coitados.

Que estupidez...

Pense em quinze anos atrás. *Smartphones* não eram nem uma piscadela no *Zeitgeist* dominado pela Levi's. Se quisesse ligar para casa, você tinha de usar um orelhão ou um telefone na casa de alguém. Então, pessoas como eu gastavam muito dinheiro em cartões de telefone. Celulares ainda estavam dando seus primeiros passos; eles haviam evoluído desde os modelos monstruosos vistos nos anos 1980, certamente, mas ainda eram primitivos. Ou eram tijolos com antenas ou aparelhos Nextel que faziam um rádio ligado estalar como se houvesse uma bomba nuclear escondida dentro da casa, de forma que você sabia que receberia uma chamada trinta segundos antes de a porra do aparelho tocar. Ninguém sabia o que era uma mensagem de texto e, se quisesse surfar na "net", você precisaria de um computador enorme. *Tablets* eram coisa de ficção científica. Porra, até os *laptops* ainda estavam começando a ser desenvolvidos.

Então, veio o filme *Matrix*, e todos ficaram loucos por um daqueles telefones curvos com uma abertura deslizante. Centenas de dólares depois, o celular com *flip* melhorou e era *preciso* ter aquilo. Outra tonelada de grana depois, tínhamos de ter um BlackBerry.

Então, o primeiro iPhone chegou ao mercado, e foi o *fim da porra do jogo*. Hoje em dia, qualquer *smartphone* é apenas uma versão diferente do iPhone. E, sendo uma espécie de Nostradamus psicótico, posso prever que surgirá algum aparelho que fará o iPhone parecer uma torradeira. Ei, eu também sou culpado de ser um filho da puta consumista quando se trata de gastar umas moedas nos últimos e maiores sedutores de idiotas. Mas nós *precisamos* dessas coisas? E quanto dinheiro estamos dispostos a *gastar* com isso?

Somos uma espécie presa no eterno objetivo de ter o que os outros têm. Nós não vamos mais às casas dos vizinhos para visitá-los, e sim para vermos o que eles têm aos montes, para que também possamos ter aos montes. É o vício global, a principal evidência do motivo pelo qual o comunismo nunca vingará enquanto as pessoas tiverem escolha. Enquanto existirem televisões e comerciais, vocês terão o Grande Desejo. Vocês jogam fora seus videocassetes para comprar aparelhos de DVD. Vocês jogam fora os aparelhos de DVD para trocá-los por aparelhos de Blu-Ray. A UltraViolet[10] teve sua chance antes de ser esmagada pelas Smart TV. Os cadáveres da disputa se empilharam ao longo de todas as estradas desse país: Betamax, CDs, disquetes, DVDs e todos os consoles de videogame que você puder imaginar. E esse é apenas *um* exemplo do que esse vírus faz conosco. É incrível.

Então, há uma parte hilária bem no meio desse negócio: o dinheiro que gastamos vira lixo e, francamente, poderia ser mais bem empregado se fosse usado para limpar bundas do que para comprar um paraquedas urbano. Em todos os meus anos sendo julgado por seres críticos, ainda não encontrei algo que tenha sido uma enganação tão explícita, especialmente após os acontecimentos que trouxeram o novo produto à minha atenção. Como se não fosse suficiente o fato de que, naquela época, meu país estava abalado até o âmago, os espertalhões saíram dos seus porões para arrancar uma grana de pessoas cabisbaixas e amedrontadas, assim como os condutores de carroças, que cobravam muito dinheiro para remover os mortos

10. A UltraViolet é um sistema de armazenamento de filmes e programas de TV por meio de nuvem não disponibilizado no Brasil. (N. E.)

durante a peste negra. Esse trabalho pelo menos tinha alguma utilidade. Vocês verão pouca utilidade por aqui.

Depois do 11 de Setembro, ainda em meu velho apartamento, assisti às repercussões da tragédia com uma incredulidade entorpecedora. Estava aflito sobre o que aconteceria a seguir. Estava preocupado com alguns amigos que viajavam naquele dia, alguns dos quais acabaram ficando presos no Canadá por semanas, em alojamentos do Exército da Salvação, sem comunicação conosco. Estava devastado pelo meu país e cheio de raiva das pessoas que atacaram os Estados Unidos. O único subproduto positivo do acontecimento foi unir todos nós. Ficamos galvanizados de uma maneira que não havia acontecido desde a Segunda Guerra Mundial. Estávamos em pé novamente, prontos para retaliar, e, mesmo que não concordasse com alguns dos meios, eu me consolava com o fato de que não seríamos derrotados pelo que havia acontecido.

Então, os comerciais começaram a aparecer.

No início, eram apenas porcos tentando capitalizar em cima do estado da nação e de seu patriotismo ferido, com "moedas da liberdade", "conjuntos de bandeiras" e "louças comemorativas do 11 de Setembro". Parecia que todos que tinham licença para vender símbolos dos Estados Unidos estavam em ação para tosar as massas desmoralizadas. Era revoltante para os meus olhos, mas tentei ignorar; afinal, eu me preparava para sair na turnê *The Pledge of Allegiance,* e, apesar de ter sido planejada meses antes dos ataques, as pessoas certamente acharam que nós também tentávamos usar o 11 de Setembro para promover nossos shows. Então, tentei evitar essa insanidade como pude. Quando eu estava superando o rancor e dizendo a mim mesmo que esse é simplesmente o jeito como algumas pessoas lidam com adversidades, comecei a ver os anúncios do paraquedas urbano.

É exatamente o que você está pensando: uma mochila com uma porcaria de um paraquedas. Ninguém que pratica paraquedismo usaria esse troço. Ninguém que esteja pensando em praticar *base jumping* consideraria a possibilidade de usá-lo. Mesmo assim, logo após as terríveis cenas de pessoas caindo ou pulando das torres em chamas, os fabricantes do paraquedas urbano sugeriam essa coisa como forma de escapar de ataques terroristas. Fiquei tão aturdido pela raiva que desliguei a televisão, mas pouco depois vi a notícia de que as vendas do paraquedas urbano haviam aumentado vertiginosamente. Esses empresários estavam usando o medo para enriquecer com um produto que, na verdade, teria dificuldades para aguentar o peso de livros escolares. Fiquei constrangido por ser um ser humano. Fiquei constrangido por meu país.

Esse é um exemplo muito extremo de como massas atordoadas limpam suas contas bancárias, mas versões mais engraçadas podem ser encontradas na cozinha. Coisas como o fazedor de casquinhas de bacon, o fazedor de tortilhas, o picador de legumes e o fazedor de hambúrgueres recheados são ridículas pra caralho. Sim, eles funcionam bem, podem ter certeza, e na primeira semana tudo o que você consegue comer são tacos e picles picados, mas, quando a vida segue seu curso, as tralhas acabam por ocupar espaço no armário até que você consiga passá-las adiante num bazar por uma fração do preço que pagou, no meio de romances baratos e daquelas calças de veludo boca de sino das quais você nunca conseguiu se livrar. O cerne da questão é que, desde que consiga especializar um produto, você pode ganhar o pão de cada dia, principalmente se o que inventar for uma máquina de fazer pão.

Os canais de TV QVC e Home Shopping Network sabem muito bem que, quando ficam entediadas, as pessoas gastam dinheiro para se manterem entretidas. Passeando pelos canais, vi um conjunto *completo* de espadas e facas sendo vendido na QVC, aparentemente "para fins decorativos", por uma boa quantia, e, se o número de compradores divulgado pelo canal era qualquer indicação da realidade, eles estavam vendendo aqueles conjuntos às *centenas*. Nunca, em todos os meus anos, imaginei que, passando pelos canais da TV, tropeçaria num leilão de um arsenal medieval transmitido no meio da tarde. Se o rei Arthur tivesse TV a cabo, poderia ter armado todo o seu exército com uma única ligação livre de impostos, embora tivesse de esperar de quatro a seis semanas para a entrega, porque assim o frete é gratuito, pois o custo da entrega imediata, recebendo a coleção já no dia seguinte, é bem maior. *Algum* de vocês precisa de um monte de espadas e facas? *Hein?* Alguém? Tenho certeza de que a maioria das pessoas que compra essas merdas é um maníaco à espera do apocalipse, imaginando que quando os zumbis aparecerem, caso estejam sem munição, um golpe de espada poderá arrancar as cabeças desses fodidos imediatamente, se for dado com força suficiente. Nem é preciso afiá-las: se algum maldito tentar invadir seu abrigo, Merlim, sua espada larga de aço inoxidável garantirá que ele parta sem uma das mãos.

Nossa, estou muito doido hoje! Críticas em massa não são nem o começo do que está na porra da minha cabeça agora. Será que foram as doze xícaras de café? Bem, tecnicamente, geralmente ponho duas cápsulas de café para fazer cada caneca, então estou em *24* xícaras no momento – isso faz sentido, porque estou começando a me sentir como Jack Bauer às vésperas de um final de temporada. Estou enlouquecido e sem limites: não há tempo para galanteios, dr. Jones. Piadas à parte, acho que vou pesquisar sobre como ser desclassificado como "ser humano", porque está ficando muito constrangedor. Não posso ser associado a um gene ou uma espécie que comete tantos atos de idiotice... Tenho uma reputação a zelar... Claro, ela está bem suja por si só, mas, ei, estou tentando, droga!

Como eu disse antes neste livro, costumo correr no calçadão de Venice, na Califórnia. Vejo muitas coisas fofas, como famílias indo à praia para ver o mar e casais mais velhos pedalando juntos para manter a forma... Não é fofo? Eu também falo "Oooooh!". É adorável! Os casais mais velhos chegam até a usar roupas que combinam. Eu amo ver essas coisas porque me dão a esperança de que o amor talvez seja essencial para a longevidade. Porém, quando você ouvir o que estou prestes a contar, poderá achar que a chave para a sobrevivência é manter essa chave bem escondida de idiotas que não se preocupam em fazer qualquer coisa a não ser respirar e cagar. Estou perdendo o fio da meada... Vou fazer o melhor que posso para me manter no foco.

Quando corro no calçadão, vejo várias pessoas: outros corredores, famílias passeando com seus cachorros ou levando seus bebês em carrinhos, amigos indo para a enorme área de atividades para fazerem musculação ao ar livre etc. Também preciso me esquivar das pessoas que alugam bicicletas gigantes apelidadas de "navios", grandes monstros que parecem saídos dos anos 1950. Basta ver as pessoas andarem nessas porras para notar que é preciso uma verdadeira força nos quadris e nas pernas para mantê-las em pé, para não falar em fazê-las andar pelo concreto. Contudo, não posso fazer nada a não ser imaginar por que eles simplesmente não caminham, observando o caminho que segue pelo píer de Santa Mônica. Mas, independentemente do que penso sobre esses "navios", *pelo menos* eles estão fazendo algum exercício e queimando algumas calorias dos traseiros gordos.

São as pessoas naqueles carrinhos elétricos de segurança de shopping que me deixam puto.

Existem serviços que levam as pessoas em passeios guiados pelo calçadão (não sei por que eles são "guiados"... Você pode ver a porra do mar a quatro quarteirões de distância) nesses carrinhos também, mas parece que essas pessoas não conseguem conceber o pensamento de *andar* e todos se locomovem nesses carrinhos eletrônicos. Eles gastam com passagens, pagam uma boa nota em quartos de hotel, alugam carros, compram várias lembrancinhas e... queimam seu dinheiro andando num carrinho motorizado. O negócio não é nada mais que um pódio com rodas. E eis a verdade: *ninguém parece legal num carrinho*. Não importa quem você seja... Brad Pitt em *Clube da Luta,* em forma pra cacete e pronto para brigar, pareceria um cuzão nesse carrinho. É ainda pior quando todos estão usando capacetes. Sim, eu sei que o criador do troço caiu acidentalmente de um penhasco, mas esses fodidos estão literalmente no nível do mar, com uma cama de areia ao lado. Vocês parecem idiotas e deveriam se sentir idiotas gastando dinheiro nessa babaquice.

Eu me pergunto se alguém já disse a eles algo como "Ei, cara... Você sabe que caminhar é *gratuito*, não sabe?"

Eles passam em seus carrinhos alugados, ocupando mais espaço do que deveriam, sorrindo, apontando e não prestando atenção *nenhuma* no que estão fazendo. Vi todo um grupo nas camuflagens que usam fora de suas cidades (tons pastel e shorts acima dos joelhos), e eles quase *atropelaram* uma mulher que levava seu bebê num carrinho. E nem pararam para ver se estava tudo bem porque não sabiam o que havia acontecido – eles são desligados assim! Eles apenas continuaram sorrindo e apontando como um exército incompetente que tentasse invadir a Ilha de Páscoa numa caça a ovos de chocolate. Podem existir idiotas ainda piores, mas ainda não vi no meu território.

A merda está em todos os lugares: bifes Kobe que custam centenas de dólares, pessoas que pagam milhares de dólares para comer flocos de ouro na comida e, se tiver milhões de dólares à sua disposição, você pode inclusive comer um animal ameaçado de extinção, desde que conheça os restaurantes certos. A moda é um jogo: solte o boato de que um saco de estopa é *très bon* e verá prateleiras cheias da novidade na Beverly Drive. É como se o mundo mal pudesse esperar para gastar dinheiro em algo que as pessoas *dizem* que vale a pena. Todos os malucos adeptos de teorias conspiratórias estão convictos de que não há ouro lastreando o dólar americano, mas ninguém, nem por um segundo, direciona suas observações revoltadas e desafiadoras para onde estamos gastando nosso dinheiro "inútil". Conhecendo alguns desses maníacos, posso dizer que, se eles se envolvessem na questão, teríamos uma nova sensação na internet: bolsas da Gucci na rua em que o presidente foi assassinado, carne de tubarão sendo vendida na cozinha do hotel Beverly Hills e, por um preço caro, camisetas irritantemente sarcásticas boiando nas águas do Triângulo das Bermudas.

Tenho acompanhado esse assunto por um bom tempo. Lembro que quando eu era adolescente todo mundo que gostava de heavy metal e andava de skate queria um skate Pushead com personalização da banda Metallica. E eu realmente quero dizer *todo mundo*! Falávamos sobre o skate antes da escola, quando fumávamos no estacionamento. Discutíamos sobre o skate no almoço, quando fumávamos atrás do ginásio. Sonhávamos com eles quando voltávamos para casa em nossos skates baratos... e fumávamos, sim. Eu fumo há um bom tempo. Vamos esquecer isso e voltar ao assunto. Conseguiu voltar? Não? Jesus Cristo, *tudo bem*!! Vou parar de fumar! Sim, eu *sei* que é relevante para este capítulo, porque gasto rios de dinheiro nessas porcarias! Falaremos sobre isso *depois*, OK? Cara... Calma, preciso recuperar o fôlego...

Enfim, meus amigos e eu cobiçávamos aquele skate, ou a prancha Zorlac, como é chamado às vezes. O problema é que ele era caro, pelo menos para nós. Nossas famílias eram de classe média ou pior, e parecia ser possível comprar um carro com a quantidade de dinheiro que esse skate custava. Isso, contudo, não impedia que desejássemos ter um e andar por aí como um rei, segurando-nos em para-choques como Marty McFly e passando pelas crianças reunidas em frente ao colégio. Bem, é melhor eu ir de uma vez à essência desse pequeno conto. Finalmente, um de nossos amigos alcançou a glória daqueles tempos e ganhou no aniversário o mais santo dos graais: um skate Zorlac novíssimo, com eixos novos e rodas *slimeball*. Era uma obra de arte, com um design Pushead matador e muita lixa para a aderência das solas de seus tênis detonados.

Estávamos todos por perto quando ele abriu o presente e deu a primeira volta. Meu amigo, que eu chamarei de Jon, sorria de orelha a orelha. "Isso é tão maneiro, não é?", comentou ele, segurando o skate acima da cabeça. Estávamos absortos demais no brilho do skate para prestar atenção – alunos do sétimo ano não são conhecidos por sua disciplina –, mas todos nós nos afastamos para a volta inaugural. Jon pôs o skate no chão, colocou um pé nele e, olhando em volta para beber da nossa inveja óbvia e sorrindo como alguém que fosse sair numa foto, disse: "Olhem só isso!" Então, ele foi até o fim da rua e voltou com puro prazer. Depois de um belo *kick flip*, pegou o skate por um instante e pulou no ar para um *acid drop*.

Quando aterrissou, o skate partiu-se ao meio.

Posteriormente, descobriríamos que esse foi um problema recorrente nas primeiras edições do skate com a personalização do Metallica. Não é culpa da banda, mas era verdade. Quase todos os skates racharam ao meio. Eles eram feitos de aglomerado ou compensado. Certamente, pareciam "fodões", mas eram bons para um ou dois truques e, então, quebravam como ondas na praia. É difícil descrever a tensão que pairou no ar enquanto víamos Jon entorpecido, olhando para seu "skate irado" quebrado e inutilizado.

O silêncio pairou como um peido numa sauna, uma coisa úmida e feia. Então, Jon soltou um grito cortante, de um jeito que nunca mais ouvi em qualquer outro lugar na minha vida. "*Que porra é essa, cara*?", gritou ele conforme voltávamos à realidade. "*Vocês estão brincando, porra! Meus pais vão me matar, caralho!*" Nós nos aproximamos para ver os restos daquilo que fora, certa vez, o objeto de todos os nossos desejos. Se estou lembrando corretamente, Jon pegou as duas metades de seu skate e voltou emburrado para casa, abatido e arrasado, consciente do inferno que o aguardava quando chegasse ao seu destino. Naquele momento, percebi que preço nem sempre garante qualidade. Você pode gastar muito dinheiro em algo, mas isso pode não valer merda nenhuma. Posso ter cometido meus deslizes ao longo dos anos, mas, no geral, essa é uma lição que estou determinado a não esquecer.

Todos nós podemos desenvolver uma compulsão por compras. Veja todas as pessoas que saem e gastam centenas de dólares em tênis especiais que deveriam tonificar sua bunda. Vocês sabem... Aqueles que fazem com que todas as mulheres pareçam ter pés tortos. Após milhões de dólares gastos ao redor do mundo, descobriu-se que esses mesmos tênis criavam mais problemas nas costas e nos joelhos do que realmente sugeriam. Ah, e os Tamagochis... Você se lembra? Eram mascotes digitais em chaveiros que todos *tinham* de ter! Depois de consumirem um monte de capital inútil, os Tamagochis residem agora nos porões do mundo ou nas caixas eternamente reservadas para serem despachadas. Não são idiotas as coisas em que decidimos gastar dinheiro no calor de um momento dourado? Não é triste como nunca aprendemos com essas lições conforme o ciclo se repete de novo... e de novo... e de novo?

Posso mergulhar ainda mais no passado: velhas senhoras morrendo em busca daquelas bonecas Cabbage Patch Kids, o cubo mágico, as coisas gelatinosas que grudavam na parede, o videogame Sega, aquela cópia do primeiro livro da Madonna, as calças da marca JNCO com todos aqueles zíperes, o Thigh Master, o Ab Belt, o Shake Weight, as máquinas instantâneas de refrigerante, o... Quer saber, isso está ficando ridículo. Se eu continuar, não sobrará espaço para o restante das minhas maldições, do meu humor adulto e das minhas observações excêntricas. Deixe-me resumir isso: não podem confiar em si mesmos diante da atual liberdade de comércio. Sei que vocês estão pensando com seus botões que esse conselho está vindo de um cara que gastou 10 mil dólares numa porra de um Best Buy. Sim, é verdade, esse cara está bem aqui, cheio de filmes como provas, dizendo para vocês que chegou a hora de toda a espécie humana deixar suas ideias monetárias serem conduzidas por mim pelo resto de suas vidas. Sim, eu também não sou fã da ideia, mas já tive meus problemas. Superem isso, idiotas.

Todos nós vivemos em um mundo onde as pessoas não podem ficar em casa, menos ainda pagar suas contas. Há crianças morrendo de fome – não com fome, mas *morrendo de fome* – enquanto as grandes empresas têm o mundo numa camisa de força mais apertada do que nunca. Mesmo assim, a maioria das pessoas anda por aí como se não estivesse acontecendo nada. Elas atravessam as ruas e esperam morrer enquanto outras enfiam agulhas nos próprios olhos para não ver os níveis absurdos de sofrimento que já não podem controlar. Os ricos são *realmente* ricos e os pobres são pobres *pra cacete*, e a parte do meio, a parte confortável, está ficando cada vez menor, até o ponto em que não poderemos passar uma folha de papel por ela. Quando o mundo não puder mais cuidar de si mesmo, quando as fichas forem apostadas contra os favoritos, alguém será obrigado a ceder. Então, eis aqui minha solução, porque sempre pareço ter uma: sempre que vocês comprarem algo pateticamente insípido, doem a mesma quantia para uma instituição de caridade que luta contra a pobreza.

Esse é o resumo nu e cru deste capítulo. Cessarei fogo contra as massas que limpam seus traseiros com dinheiro que poderia ser usado em qualquer outra coisa, se resolvessem ajudar outras pessoas que precisam desesperadamente. Ultrajante? Eu discordo. A maioria das pessoas que caem ao nível da pobreza não são vagabundos, e sim pessoas que *querem* trabalhar, mas muitas empresas americanas ainda mantêm a maior parte de seus empregos em outros lugares, e esse é um problema em todo o mundo. Essas pessoas são descendentes dos fodidos que ajudaram a formar e defender esse mundo, independentemente de onde vocês morem. Se esse espírito está sendo destruído porque só se pensa nos lucros, algo drástico precisa ser feito. Talvez, *talvez*, se eu fosse o filho da puta que assinasse os cheques e aprovasse os balanços financeiros, as pessoas não desperdiçassem tanto dinheiro em decisões ruins. Se elas continuarem a gastar, mas dando as mesmas quantias a pessoas que precisam, todos nós ganharemos. Talvez as pessoas gastem menos, mas em coisas mais essenciais, e ainda estarão colaborando com as pessoas que precisam de ajuda. A pressão das grandes companhias irá afrouxar quando dermos nosso passo para a frente. Não seremos mais reféns do Chefão, os pobres terão uma chance de se reestabelecer na economia e o Chefão não terá mais poder sobre nós. Boa noite e boa sorte: é hora de defendermos um ao outro.

No final das contas, somos apenas macacos excepcionais com limite de crédito, nascidos numa segunda-feira, descarregados no mundo em uma terça-feira e ferrados já na quarta-feira. Em um dia bom, nos comprometemos com o mito das doações para obter descontos fiscais e limpamos nossas contas bancárias por qualquer capricho, sem pensar no longo prazo ou nas consequências. É quase pornográfico. A distinção grosseira entre Ter e Não Ter está tão desajustada que não dá para passar o pneu de uma bicicleta no espaço que separa os dois. Isso não me incomodaria se o mundo não estivesse tão inclinado a se impressionar com bugigangas superficiais e distrações temporárias. Sou o único cuzão que acha que nossas almas análogas estão em perigo digital? Alerta incômodo: acho que sou o último desse grupo. Mas defendo minha posição e vou tocar o mesmo disco várias vezes, mesmo que seja um 78 tocado em 33 ⅓.

Se não entenderam essa referência, dou permissão às crianças para pedirem explicações aos seus pais. Apenas não mostrem a eles o capítulo sobre música, que vocês ainda não leram, porque eu ainda nem escrevi, então esqueçam que sugeri isso... *Abortar! Abortar a missão!*

Deixem que eu conte uma história sobre como quase me fodi.

Em 2000, eu estava no redemoinho de uma turnê do Slipknot. Nós estávamos na estrada, sem parar, desde o Ozzfest em 1999, indo de show em show e levando vingança ao cenário musical que se recusara a ir aonde nós queríamos que ele fosse. Além disso, quando comecei a sair em turnê, mudei algumas das minhas coisas para a casa da minha avó, a fim de gastar pouco (e também porque transformaram nosso velho apartamento em uma hospedaria, mas isso é irrelevante). Também vendi meu carro velho, de modo que, quando *voltei* para casa, não tinha nada para dirigir. Então, numa rara semana livre, decidi comprar um carro novo – na verdade, uma caminhonete com grandes rodas em estilo antigo e com o cheiro de uma década que não vivi. Eu não estava exatamente "nadando em dinheiro", por isso fui a uma loja de carros usados para checar quais eram minhas opções naquela região. Por sorte, havia uma loja não muito longe da casa da minha avó. Fui lá para conferir.

Estava com sorte: havia mesmo uma caminhonete que se enquadrava em tudo o que eu queria! Ela estava enferrujada e maltratada, mas eu a amei. Mal podia esperar para dirigi-la. Pude dar uma volta no quarteirão e gostei, então voltei, entreguei meu dinheiro (talvez um pouco mais do que valia, mas eu realmente havia gostado daquela caminhonete) e levei-a embora, ligando o rádio na única estação AM que pude sintonizar. O manejo do volante era uma bosta, o exaustor estava vazando, a caminhonete inteira tinha cheiro de gasolina e os pneus estavam carecas, mas não me deixei abater. Em retrospecto, eu poderia ter deixado isso me abater *um pouco*.

Voltei para casa e passei um tempo com alguns amigos. Senti fome depois que eles foram embora, então peguei minhas chaves e fui à procura da melhor das *fast-foods*. Entrei na caminhonete, enfiei a chave na ignição, girei... e o carro não pegou. Havia acabado de comprar a coisa, e ela não pegava. Usei o carro da minha avó para impulsionar a caminhonete, fui ao Hardee's, engoli um hambúrguer e voltei para casa. Após desligar o motor, tive a curiosa sensação de que ele não pegaria novamente. Então, tentei a ignição outra vez, e ele não pegou. Quando estava prestes a pegar o carro da minha avó outra vez, percebi uma trilha que parecia começar na entrada da garagem e seguir por todo o caminho rua abaixo. Após uma inspeção, percebi, apavorado, que a porra da caminhonete estava perdendo gasolina desde que tinha comprado a filha da puta.

Também me ocorreu que, enquanto examinava a gasolina derramada, tinha um cigarro pendurado na boca. Boa, Taylor: da próxima vez você pode pôr fogo em si mesmo antes mesmo de estar cercado de fluidos inflamáveis.

A merda foi que, quando levei a caminhonete de volta à loja para trocá-la, o cara botou a culpa em mim pelo fato de a caminhonete ser uma bela de uma bosta. Eu tinha comprado a coisa três horas antes, mas ele estava convencido de que, nesse intervalo de tempo, eu tinha estragado o motor e furado o tanque de gasolina. Antes que eu dissesse que ele era um idiota (e antes ainda de certa necessidade de socar o imbecil bem na sua cara burra), recordei-lhe com um impressionante comedimento de que eu tinha minha garantia como consumidor e que, legalmente, ele era obrigado a me dar outro carro do mesmo valor se algo acontecesse nas primeiras 24 horas de posse. Relutantemente, ele me ofereceu o único outro carro que parecia valer alguma merda: um Berlinetta branco com para-choque preto e um interior laranja. Soltando um suspiro de resignação e pegando as chaves, entrei no carro para dar uma volta. Então, retornei ao estacionamento, desliguei o carro, liguei novamente e, após decidir que ele serviria para mim, troquei a caminhonete pelo carro, sem maiores danos.

Você pode estar se perguntando por que voltei ao *mesmo* lugar e peguei outro carro se o primeiro era um lixo ou por que não peguei meu dinheiro e fui a qualquer outro lugar. Essas são perguntas maravilhosas. Por que eu procuraria um vendedor de carros usados que claramente não dava a mínima para o estado dos automóveis que comercializava? A resposta é simples: eu havia ficado tão estressado com a experiência que não queria mais lidar com isso, por isso aceitei minha parte com certa graciosidade ignorante e saí daquela porra. Eu só queria um carro que andasse. Ficaria satisfeito com isso. Assim, acabei com um carro que eu não queria por um preço que eu estava certo de que era ao menos três vezes mais do que valia. Há mais um detalhe: uma semana depois, instalei um som que valia mais do que o carro. Quatro meses depois, parado na frente da casa da minha avó, o carro foi invadido e os filhos da puta dos ladrões roubaram o som. Eles também levaram todos os meus CDs, mas isso foi mais culpa minha, que não deveria tê-los deixado ali para início de conversa. Para resumir a história, fui um enorme idiota. Gastei todo aquele dinheiro num carro que não era bacana nem quando foi lançado e depois perdi um som que era melhor do que o próprio carro. Se eles tivessem levado o carro e deixado o som, teriam meu respeito e gratidão, mas não foi assim. Perdi dinheiro quando por fim vendi o Berlinetta, mas fiquei satisfeito por desfazer-me dele. Eu o queria fora da minha vida; era só um lembrete constante de como posso ser burro pra caralho com meu dinheiro.

Deixe-me concluir este capítulo dizendo que aceito o fato de que o que vocês, idiotas, fazem com seu dinheiro, honestamente, não é da minha conta. Sei muito bem que não é. Às vezes, quando estou com conhecidos que estão prestes a tomar uma decisão financeira horrível, mantenho minha boca fechada. Sabem por quê? De que outra forma eles aprenderão? Se querem escavar o quintal e construir uma piscina de bolinhas para os filhos que estão prestes a ficar velhos demais para aproveitar, quem sou eu para dizer algo? Se alguém quer decorar seu velho Honda Accord para que pareça um cocô dourado na estrada, o que posso dizer que não me faça parecer um idiota hipócrita? Quero dizer, porra, quase explodi minha cara por causa de uma ponta de cigarro e de uma caminhonete que devia ter sido levada para o campo e tomado um tiro muito tempo atrás. Não sou uma autoridade no que se refere a boas e más compras.

Entretanto, turma, anotem...

Burrice é burrice. É simples assim. Mas existe burrice e existe constrangimento, e o que vocês estão prestes a fazer com seu suado dinheiro pode claramente ser considerado constrangedor. A consternação com que vocês perseguem cada uma de suas "preciosas" gastanças estaria quase perto do fascínio se não fosse tão ofensiva. Vocês *poderiam*, apenas por *hobby*, enfiar seus dólares, libras, ienes, dólares canadenses, rublos e euros num barril de pólvora e atear fogo. Isso aqueceria a alma e suas mãos, e pelo menos o dinheiro teria mais utilidade, considerando o que vocês *fazem* com ele. Entre as meias com dedos nas cores do arco-íris e 4 x 4 gigantes no tom cinza metálico de armas, a insanidade reina nos balcões de loja da Terra, e isso numa época em que "caridade" é uma palavra suja e em que "bondade" significa mais "bagunça" do que "gentileza". Nem me faça mencionar a neurose extrema dos cupons de desconto: comprar papel higiênico em grande quantidade para poupar centavos faz sentido até que você tenha uma infestação por fungos e perca todo o seu estoque. Ou, pior, tenha um problema na xoxota que cause corrimentos por um ano, coisa que você não vai poder descarregar em outra pessoa. Estranho pra caralho...

Essa necessidade, esse fogo por mais e mais, pode deixar-nos queimados e cobertos de fuligem, e para quê? Para ter uma casa cheia de modismos e merdas insignificantes que não terão o mesmo valor daqui a alguns anos? Isso é justo para com todas as horas que você passou trabalhando? Podemos ficar bem com as barganhas por mais um níquel, por mais uma moedinha, apenas para comprar aquelas toalhas chiques com o rosto da rainha da Inglaterra sob a frase "Eu seco você em nome do império"? E aqueles aplicativos que compraram para seus telefones e que agora estão acumulando megapixels de dados inúteis porque foram usados por alguns meses e substituídos por uma nova sensação? Certamente vocês podem dizer que é apenas um pouco aqui e ali... Qual é o problema? Mas o que você diria se percebesse que tem 125 dólares em aplicativos inúteis em seu telefone, dinheiro que você poderia ter usado para pagar uma parcela de um carro ou do seu aluguel antes que as contas se atrasassem? O ponto é que isso tudo se acumula e que, em última instância, você paga o preço.

Se você é mais jovem, não compreenderá isso. O dinheiro ainda tem aquela sensação de "cofre dos pais" quando você é jovem. É como a despensa que se abastece por conta própria, que sempre tem cereal, sempre tem leite, sempre tem suco ou refrigerante. Sempre há dinheiro para gasolina e cigarros. Entretanto, quanto mais velho você fica, mais começa a compreender o fato de que o dinheiro é finito e nem sempre está pronto para ser gasto por aí. Eu poderia culpar os pais que estão determinados a garantir que seus filhos tenham mais do que eles tiveram, mas isso me faria parecer um grande idiota hipócrita. A coisa mais importante que posso dizer é que posso ser superprotetor quando se trata das pessoas de quem cuido. Entretanto, bem no fundo, sei que posso estar prejudicando meus filhos ao não ensinar desde cedo o valor do dinheiro e o respeito e a responsabilidade que vêm junto com ele. Por isso, tive de começar novamente, treinando meus filhos em relação ao que acontece hoje em dia. Dói, mas é fundamental e beneficiará a todos no longo prazo.

Encorajo todos vocês a fazerem o mesmo. Não sejam tão frívolos com seu dinheiro suado. Não comprem uma porcaria se não precisam dela. Se vocês podem comprá-la, olhem realmente para o que estão comprando e perguntem a si mesmos: "Vou mesmo usar isso por um bom tempo?" Obtenham o máximo do que vocês compram. Não há nada errado em deixar uma distração temporária passar a fim de poupar para um passatempo mais permanente. Algumas merdas duram bastante. Algumas merdas valem o investimento. Entretanto, várias armadilhas e trivialidades estão nadando por aí, prontas para fazê-los abrir a carteira. Se forem espertos, vocês acionarão o radar e correrão antes que os kamikazes venham atrás e suas carteiras fiquem vazias. Todo comercial, anúncio, e-mail e oferta de produtos neste planeta é infernal, e não uma bênção divina. Eles não ligam para vocês. Eles não ligam para suas casas, seu aluguel, seus filhos, poupanças escolares, preocupações ou lutas. A única coisa que querem é seu dinheiro, e, se preciso for, eles vão depenar vocês.

Não quero que olhem para alguma merda do passado com arrependimento. Quero que sintam que saibam o que estão fazendo. Prestem mais atenção ao que estão fazendo. Por mais que eu adore apontar para vocês e rir, tenho várias outras merdas para me divertir. Para citar esse homem sinistro que aparentemente é o dono do J. G. Wentworth: "É *seu* dinheiro. Use-o quando precisar." Mesmo que queiram algo especial, mostrem certo comedimento. Sua pele pode se recuperar e as florestas podem ser reflorestadas, mas sua carteira não se abastece automaticamente. Se o dinheiro chega ao fim, chega ao fim e pronto.

O tempo está acabando.

Faça alguma coisa *agora*!

CAPÍTULO 7

Gostem uns dos outros, cachorrinhos

Foi uma noite doida e enigmática no ano da graça do nosso Senhor de 1992, numa desnivelada entrada para carros na parte sul de Des Moines.

Era uma noite como qualquer outra... Sério, era uma noite em que você falava para ser ouvido por outras pessoas, não apenas porque estava apaixonado pela própria voz. Era uma noite para chá gelado e risadas... Uma noite de limonada, como gosto de chamar. Era parte reflexão, parte distração e, o mais importante, várias partes de ambição. As conversas foram algumas das mais revigorantes e sensíveis das quais já tive o privilégio de participar. Algumas pessoas estavam sentadas nos degraus de concreto da varanda, diante da porta da frente da casa da minha avó. Outras ficaram empoleiradas em seus carros. Outras ainda sentaram no capô do carro marrom da minha avó, um modelo que ainda é um mistério para mim. Talvez fosse um Chevy ou um Ford. Tudo o que sei é que, na época, eu já havia vomitado naquele carro duas vezes e quatro amigos meus tinham cometido atos de alívio sexual atrás dele, onde as luzes da rua eram fracas o suficiente para escondê-los. Ainda me lembro do número da placa: UAK 470. Olhando bem, você verá que há um "AK 47" no meio dela. Esse era o carro marrom da minha avó, de ano indeterminado, um verdadeiro original da zona sul da cidade.

Meus amigos e eu nos reuníamos nos degraus à noite, após ensaios com a banda ou festas, e conversávamos sobre umas boas merdas. Você nunca sabia onde as conversas iam parar, mas sabia que seriam perfeitas para o momento. Era uma conversa incrível, entremeada por várias gírias, e você poderia sair ileso de um homicídio, caso se expressasse corretamente, e eles até agradeceriam pela morte. Nós nos sentávamos lá, fumando cigarro atrás de cigarro, bebendo garrafa atrás de garrafa de vários refrigerantes geralmente misturados com algo mais satânico, evitando nossos deveres por um tempo e planejando nossa invasão ao mundo real dos adultos. Esses eram momentos preenchidos com pensamentos que nunca eram esquecidos, apenas deixados em fogo brando para que não cozinhassem muito depressa. É importante que você entenda nosso modo de vida, nossa constância absoluta mesmo quando nossas aspirações se quebravam nas ondas de empolgação que pareciam vir sem parar. Éramos originais, entende? Éramos singulares e tínhamos orgulho de sermos assim. O mundo não teria a menor chance... E não teve.

Sim, a entrada de carros da casa da minha avó foi o marco zero de rodadas de provocação e de jogos completamente brutais – projetados para fazê-lo grasnar como um garoto perdido ou morder seus lábios e sentir-se derrotado – conhecidos como Duelos Verbais. O lugar também era o cenário perfeito para alguns discursos infames em nosso círculo de amizades e de confiança bestiais: a cena do metro quadrado, o solilóquio do vidro de bolinhas de gude, a noite dos falsos treinos ninjas, o debate sobre temperatura e termômetro, a reunião da bola de pano ruim, o constrangimento do "Live, Mighty Cougar!", o experimento de queimar a cartola e, mais importante, a fantasia da capa de álbum. Naquela soleira, menti para um completo estranho sobre um pai que eu não conhecia em vez de admitir que não tinha a menor ideia de quem ou o que ele era ou onde estava. Naquela soleira, sofri nas mãos da humildade: envergonhei a mim mesmo mais vezes do que ouso admitir, jogando meu orgulho teimoso na cara de pessoas com quem alegava me importar, sem nunca, *jamais*, admitir que estava errado. Então, dá para ver que aquela soleira foi um lugar tanto de comédia como de tragédia, mas vamos voltar à comédia antes que eu me queime.

Foi nesse mundo de imaginação e cogitação que algo aconteceu, algo tão incrivelmente ridículo que só posso contar aqui. A coisa veio do nada, como uma tempestade de raios em volta de um castelo de areia, algo tão completamente fora de lugar que você se sente chocado por um bom tempo e tem até dificuldade em superar. A graça ridícula do que aconteceu é tão genuína e tão baixa que ainda sorrio ao lembrar. Pensando bem, fez sentido que algo assim acontecesse, pois se encaixa no tipo de sociedade na qual estávamos enfiados: os subúrbios da zona sul, cheios de atletas, líderes de torcidas e afinidades com os anos 1950. Nesse pano de fundo, eu era o diabo de calças jeans, o adolescente maluco de quem os vizinhos reclamavam, ouvindo música alta e pesada de todos os tipos no telhado da minha casa e encarando os engomadinhos que passavam. Aquilo pareceu quase uma pegadinha ao contrário, mas as pessoas envolvidas não têm essa mesma lembrança, e eu agradeço muito por isso.

Naquela noite, éramos apenas eu e Shawn Economaki conversando na varanda. Acho que havia algumas pessoas na casa, mas éramos só nós dois lá fora, na escuridão muda. A fraca luz nas ruas garantia uma relativa privacidade nas sombras. Àquela hora, ninguém passava por ali, e nós estávamos rindo e falando umas merdas. Eu tocava acordes distraidamente no meu violão. O carro marrom da minha avó estava muito perto da soleira, então quem passava pela rua não conseguia ver a gente ali. Por isso, você pode imaginar minha reação quando um Monte Carlo do final dos anos 1970 parou do outro lado da rua.

A princípio, pensamos que eram amigos nossos que tinham vindo ver que tipo de maluquice estava nos nossos planos para aquela noite. Mas, quando subi em cima do carro da minha avó, pude ver que só havia duas pessoas naquele carro – um homem e uma mulher –, e que eu não conhecia nenhuma delas. Shawn e eu ficamos um pouco perplexos por um segundo. "Que *porra* é essa?", perguntou ele. Continuamos prestando atenção, imaginando se eles estavam planejando alguma coisa. Então, a resposta veio repentinamente, e foi uma resposta tão óbvia que nos sentimos idiotas por não termos percebido antes. Enquanto observávamos nas sombras, a mulher deu uma olhada ao redor e mergulhou entre as pernas do homem. Não sou nenhum intelectual, mas não demorou para que eu descobrisse o que ela estava fazendo. Porém, uma vez que descobrimos, foi preciso muito autocontrole para não rolar de tanto rir.

Nós ficamos sentados por alguns segundos, tentando pensar em como lidar com aquilo. Eu não me atreveria a chegar perto daquele carro, porque qualquer casal com toda aquela "classe" certamente teria uma arma enfiada em algum lugar, mas, por outro lado, não queria duas pessoas grosseiras se chupando na frente da casa da minha avó. O que fazer? Então, do nada, tive uma epifania. Eu andava brincando com um acorde modificado de dó, que soava um tanto quanto espanhol. Não havia progressão: era apenas um acorde estranho, sem nenhuma utilidade musical para mim. A ideia me veio. Olhei para meu violão, sorri para Shawn e disse:

— Devo tocar "The Head Song"?

Shawn riu.

— *O quê?* – perguntou ele.

Antes que eu soubesse o que estava fazendo, pulei no capô do carro da minha avó e, tocando esse acorde muito alto, furiosamente, berrei como Jim Carrey tentando cantar uma música flamenca e como Chevy Chase em *Three Amigos!* O barulho foi tão alto que nos assustou, mas Shawn caiu no chão de tanto rir. Mal pude continuar porque estava tendo meu próprio acesso de risada. O efeito foi instantâneo: a mulher tirou a cabeça da virilha do cara imediatamente. O homem, retirado abruptamente do ato sexual, reagiu como se tivesse sido atingido por um taco de beisebol enquanto tirava uma soneca. O Monte Carlo foi ligado e começou a acelerar. Eu pulei do capô e corri pela rua atrás do carro, ainda cantando fora de tom, mas tremendo em cada nota arrancada, como um cantor de ópera surdo, recusando-me a sair do palco por qualquer motivo. Quando parei, caí no meio-fio e comecei a rir como uma criança com um segredo.

Após contar essa história centenas de vezes para meus amigos, completa e com uma execução de "The Head Song", percebi que a parte mais importante da história é o casal ridículo, perambulando pelo subúrbio para que o cara conseguisse um boquete. Ao longo dos anos, tentei criar uma história interessante para esses depravados. Talvez estivessem em seu aniversário de casamento e tenha sido um pedido do marido para apimentar as coisas. Talvez ela estivesse tentando arrancar algumas drogas do cara, e esse era o preço a pagar. Talvez fossem *swingers* e esperassem que alguém se juntasse a eles. Fossem o que fossem, uma coisa é certa: as pessoas fazem merdas juntas. Esse é o preço que pagamos por relacionamentos sexuais, românticos ou o que quer que seja.

Agora, antes que entremos nesse assunto bagunçado, vamos determinar o que a palavra "relacionamento" realmente implica, sim? Para fazê-lo, recorrerei ao Dicionário.com para buscar a definição, mas não temam: ainda haverá comentários (e talvez uma piada de pau).

Re-la-cio-na-men-to
substantivo
1. uma conexão, associação ou envolvimento.

Bem, isso é muito útil, não é? Achei desgraçadamente genérico, se você me perguntar... As pessoas têm conexões, associações e envolvimentos com várias coisas, como lactose, paranormais da TV e secadoras de roupa em uso, se você se inclinar e se aproximar corretamente.

2. conexão entre pessoas por sangue ou *casamento.*

OK, está ficando um pouco mais específico, mas talvez signifique qualquer coisa, de casamento à rivalidade entre irmãos. Estar numa banda dá a impressão de ser ambos, mas sem o sexo. Bem, acho que depende de quem está na sua banda...

3. conexão emocional ou de outra natureza entre pessoas.
Ex.: *o relacionamento entre professores e estudantes.*

Isso inclui toda uma *lista* de outros significados... Parabéns, internet. O relacionamento entre professores e estudantes... Isso pode querer dizer qualquer coisa, desde o quanto eu odiava minha professora até a mulher que foi presa porque fodeu tanto com seu aluno que eles tiveram filhos.

4. envolvimento sexual; caso.

Bingo: o rala-rala. É isso que chamo de relacionamento. Acho que é o que todo mundo chama de relacionamento.

Relacionamentos podem ser intensos, como um romance fogoso ou uma rivalidade. E eles podem ser bastante inócuos, como lidar com colegas de trabalho ou com pessoas que vão à igreja (não que eu saiba muito sobre isso). Pode ser uma energia específica entre você e um não humano, como alimentos, roupas e tal. Relacionamentos são o equilíbrio que alguém coloca entre si mesmo e o mundo exterior. É um termo muito relativo, porque todo mundo tem um relacionamento com algo ou alguém. É como se referir a algo como "natural". Não me diga, sr. Holmes. Obrigado pelo aviso!

Outro relacionamento que todos nós temos é com nossa família, seja de sangue ou não. Preciso ser honesto e dizer que esses relacionamentos estão se tornando brutais. Reuniões de família, criadas para manter a ninhada próxima na vida adulta, estão virando uma luta do UFC, mas com frango frito e aquela gelatina verde que ninguém come. Há ramos de árvores genealógicas que nem podem ser citados na presença de determinadas pessoas. "Por que Janice não veio?"; "Foda-se a Janice! Ela não consegue manter a boca fechada, *porra*!" Sério, é como *A guerra dos tronos*, com um jogo no final do qual ninguém realmente quer participar, mas que todos querem ganhar desesperadamente.

Fui abençoado com uma família incrível nessa fase que chamo de "entardecer da minha vida". A família da minha mulher me aceitou de uma maneira como nunca me senti aceito em todos os meus anos neste planeta. Então, deixem-me dizer, com todo o amor do mundo, que eles são o *maior* grupo de pessoas loucas que já conheci.

Dos Bonnici aos Bennett, todos são maravilhosos, estranhos e inesquecíveis. Eles são *barulhentos*. São incrivelmente teimosos. Amam com a força do Hulk. Eles me assustam um pouco, mas eu amo cada minuto que estou com eles. Não me entendam mal: eu amo meu lado da família também, mas minha família é um pouco mais dispersa e só sou próximo de alguns, como meu avô e meus primos. Meus sogros? Eles são muito parecidos com os Vingadores e a Liga da Justiça tomando margaritas numa segunda-feira e passando a noite inteira debatendo desde física quântica até o motivo pelo qual a série *Quantum Leap nunca* deveria ter sido cancelada.

Todos os jantares começam e terminam com alguém gritando por cima da voz do outro. Vou tentar descrever uma cena: quinze pessoas da família esperando por uma mesa no Cheesecake Factory. Alguns reclamam sobre fumar cigarros na rua e outros fazem comentários sobre os muitos e variados sabores que apareceram no restaurante ao longo dos anos. "Turtle cheesecake? Por que eles têm Turtle cheesecake? Aposto que é requintado..." Finalmente, conseguimos uma mesa lá fora, sob os aquecedores, e assim começa a marcha da morte de Bataan. Alguns se separam para ir ao banheiro e passam mais dez minutos tentando encontrar a mesa, esperando que tenham servido as entradas que eles queriam. Leva mais de trinta minutos até todos decidirem o que querem comer e, durante todo esse tempo, as conversas oscilam entre coisas importantes – "Acho que você precisa mesmo ir ao médico... Essa coisa parece inchada" –, banais – "Não vou tirar minhas luzes de Natal! Essas cores são sazonais, e acho que são mais bonitas no verão!" – e simplesmente insanas – "Você faz isso *toda* vez que vem aqui. *Sabemos* que está chateado porque eles mudaram seu prato favorito, Corey. Aceite isso de uma vez e peça logo um hambúrguer". No final, começa um debate sobre quanto cada um deve, qual será o valor da gorjeta e quem vai levar as sobras. Então, a longa e barulhenta procissão segue em direção à saída, onde, como a maioria de nós fuma, leva-se mais trinta minutos em despedidas, sendo que provavelmente veremos as mesmas pessoas no dia seguinte. Esse é um típico jantar fora de casa: cinco minutos no carro, dez minutos de espera, trinta minutos de comida e duas horas falando sobre praticamente qualquer coisa que vier à mente. Você pode pensar que é uma loucura, mas eu adoro.

Suponho que, além da família, o único relacionamento que todos temos em comum seja o arauto da dor: namorados. Para muitos, essa é a última experiência desconhecida. O que quero dizer é que crescemos em meio a uma família, fazemos amigos e começamos a entender responsabilidades como educação, respeito e ética somente para, de repente, quando você acha que domina toda a ciência da vida, a puberdade acertar todos nós nos testículos e nos peitos, e jogar uma angústia chamada de tensão sexual na nossa cara. Como um adolescente, nem tão criança e certamente não um velho de merda, isso é como ser obrigado a recomeçar do zero, porque, dependendo de sua preferência sexual, você precisará reaprender quem é você. O resultado pode ser incrível, mas essa merda não está certa.

Com esse tipo de adversidade pairando sobre nossas cabeças numa idade tão precoce, seguimos apanhando por um caminho de erros ridículos, que leva à idiotice com a qual todos nós nos identificamos, sejamos gays ou heterossexuais, homens ou mulheres: o encontro. Parece simples aqui no "papel" virtual. Após anos de experiência tentando e falhando em atrair membros do sexo oposto ou idêntico, você pode pensar que desbravamos o caminho – a piada é intencional –, mas, no final das contas, a vida e o carma guardam aventuras ainda mais estranhas para você. O engraçado é que poderíamos ser melhores em qualquer coisa a qual dedicássemos metade da vida. Na verdade, como lidamos com encontros do jeito *errado* por tanto tempo, nós nos fixamos nisso e desenvolvemos crises emocionais, aversões e silêncios gelados. Que porra é *essa*?

O mais louco é que relacionamentos românticos podem levar ao sexo, algo que qualquer pessoa sã *amaria* fazer. Com isso, você pode pensar que nós nos esforçaríamos mais em descobrir o melhor caminho num encontro. Não. Nem chegou perto. Eu descobri o que acontece. O negócio é o seguinte: para os homens, trate-se de outros homens ou de mulheres, o caminho é quase sempre voltar inconscientemente ao que funcionou na primeira vez em que levamos alguém para a cama. Não importa se foi ainda no colégio ou na semana passada, os caras têm uma tendência a armazenar a merda que funcionou e esquecer o que não foi eficaz, dando a eles um repertório a consultar quando estão em perigo. Contudo, esquecemos uma regra fundamental: as mesmas chaves *não* funcionam em todas as portas. Homens e mulheres ficam excitados com coisas diferentes, e acreditar que uma fórmula funcionará em todos os sentidos, sexuais ou não, é uma receita para relacionamentos desastrosos. Se os homens pudessem aprender a adaptar-se a todas as situações até encontrar uma que os deixasse mais satisfeitos, eles seriam muito mais felizes, assim como seus parceiros ou parceiras, e perderiam menos tempo em *happy hours* ou socando uma merda de um saco de areia na academia.

As mulheres vivem um dilema pior: elas assistem a filmes demais.

Nicholas Sparks e semelhantes *precisam* parar com as comédias românticas melosas e açucaradas que fazem com que todos os homens do planeta pareçam energúmenos insossos sem espinha dorsal ou boçais merdosos que estão cagando para qualquer coisa que não seja carro, cerveja e xoxota. Mesmo que alguns homens certamente se encaixem nessas descrições, a vida não é assim. Mas vocês, mulheres, veem o Ryan Gosling e o Josh Duhamel e pensam: "Por que não existem mais homens como eles?" Simples: é uma porra de um filme. Eles são assim porque o *roteiro é assim*. Não estou dizendo que eles não sejam caras decentes na vida real, mas, porra, por Judas Iscariotes... *Diário de uma paixão? Para sempre?* Porra, vocês estão de sacanagem comigo? Merdas assim são possíveis, mas não plausíveis. A vida real continua depois do final feliz e dos créditos. Mas, independentemente de coisas assim poderem acontecer, mulheres jogam essas expectativas em nós, homens, que mal conseguimos manter nossas cuecas limpas (fácil: não compre mais cuecas brancas). Você quer falar sobre entrar no jogo com uma desvantagem? Para um homem, é tão difícil fazer uma mulher feliz quanto achar uma agulha em um palheiro. Assim, a maioria dos homens finge tentar por um tempo, mas desiste, porque é exaustivo pra caralho. Quantas vezes teremos de ficar na chuva e dizer o quanto esperamos por vocês, pedindo a Deus para que nosso corpo pareça legal mesmo que não tenhamos feito flexões suficientes naquela manhã? Cristo, é como jogar beisebol, mas usando vendas nos olhos e rebatendo granadas.

Não estou dizendo que todos os homens e mulheres são assim. Estou dizendo que a maioria dos homens e mulheres cai nessas armadilhas e que esses números estão crescendo. Se houvesse uma pesquisa mundial conduzida com toda a sinceridade, a masturbação apareceria em ascensão em ambos os lados da cerca. Não culpo as pessoas: quem quer esse tipo de pressão quando um relacionamento deveria fazer com que nos sentíssemos bem por dentro e por fora? Olhem, não sou nenhum especialista, mas posso distinguir boas escolhas e teorias incompetentes. O problema aparece quando ninguém conversa. Como iremos *realmente* saber o que excita alguém se não conhecemos a pessoa? Mas ninguém se dá ao trabalho. Se gastássemos mais tempo conversando e menos tempo enviando mensagens de texto, perceberíamos muito mais coisas. As pessoas não conseguem se afastar de seus *smartphones* nem para prestar atenção por onde estão *andando*. Você espera que elas consigam se esforçar o suficiente para descobrir o sobrenome de alguém, sua graduação e o que essa pessoa pede quando vai ao Starbuck's? Boa sorte, porra...

Esse não é apenas um problema romântico. As pessoas estão tentando fazer *downloads* de si mesmas para pequenas telas ou óculos escuros que pareçam chiques. Elas acham que navegar em redes sociais é a mesma coisa que sair com humanos de verdade, de carne e osso. Por que ficamos tão desconfortáveis e constrangidos quando estamos com outros humanos? É muito simples: a vida real não tem memes, nem manchetes, nem tuítes, nem biografias, nem álbuns de fotos para escolher as pessoas que mais nos convêm. Você precisa realmente *falar* com as pessoas. É assim que você conhece alguém. Desculpe-me se o espaço compartilhado com "humanos pegajosos" não é tão esterilizado e clínico quanto você gostaria. Por outro lado, tendo visto o que acontece nessas "baladas", eu também não sairia com outras pessoas. Das merdas que testemunhei na pista de dança até o que alguns caras tentam fazer com as garotas quando acham que elas já beberam o suficiente, esses parecem ser os lugares mais grosseiros que se possa imaginar. Até Calígula preferiria ficar em casa.

Se vocês costumam ir a esses lugares, vou dizer que terminarão uma noite dessas com gonorreia, na melhor das hipóteses, ou num episódio de *Law & Order*, na pior.

Para citar um garoto de oito anos que uma vez chutou meus testículos: "Eles são todos bundas... e peidos."

Vamos estabelecer aqui o que é essencial para ter um relacionamento com outra pessoa, qualquer que seja o sexo. Acho que precisamos de uma lista só para o primeiro ano de um relacionamento, tipo um "Contrato de rompimento", estabelecendo um número de coisas que dão direito ao término a qualquer momento, independentemente dos sentimentos da outra pessoa. Acho que isso resolverá dois dilemas: o medo da conversa que dá fim ao relacionamento e a culpa esmagadora que vem com ela, e o medo de ficar num relacionamento que não está dando certo, pois, após tempo suficiente vivendo com esse contrato, as pessoas se sentirão mais confortáveis com a ideia de conversar e menos propensas a continuar em relacionamentos de merda, não importando o número de filhos ou quantas vezes vocês tentaram dar ao outro o que achavam que queriam. Como eu disse, se não aprenderem a conversar, vocês nunca descobrirão do que seus parceiros gostam nem saberão quando as coisas não estiverem bem. Esse é o único limbo em que acredito: sem bebês que nunca foram batizados e sem almas inocentes esperando pelo êxtase; apenas milhões de pessoas que não conseguem falar umas com as outras, vivendo como estranhas e infelizes até a morte.

De qualquer maneira, minha lista seria assim:

O primeiro mês seria chamado de "o mês livre". Esse geralmente é, de qualquer maneira, o mês gasto tentando conhecer o outro, então faz sentido cometer as falhas mais flagrantes nesse período, porque existe uma grande chance de que a outra pessoa possa considerá-las excêntricas ou precoces – ela ainda não *conhece* você! Pode ser só um nervosismo a ser aprimorado com o tempo! Além disso, o que é um mês? Qualquer um pode aguentar um mês... Um mês não é uma década. Tentem por mais um tempo. Contudo, vocês devem prestar atenção às reações diante de suas esquisitices. Se vier na forma de uma risada verdadeira, está tudo bem. É uma esquisitice que você pode manter. Mas se as respostas forem coisas como uma risada nervosa, um silêncio constrangedor, um revirar de olhos, uma testa franzida ou uma frieza de pedra, você pode querer sua esquisitice na lista de coisas que aparecerão no próximo mês.

No segundo mês vem o primeiro abalo. Tudo, desde sapatos deixados sob a mesa de centro até o sexo oral, passa por um exame detalhado. O sexo provavelmente será divertido, por isso é preciso ser cauteloso para não cair na armadilha. Você deve ficar atento a duas questões principais: Vale a pena continuar?; e Estou me divertindo? Pode ser que um mês não seja suficiente para chegar a essa resposta, mas esse é um bom hábito, especialmente com as coisas que você precisará fazer nos meses seguintes. Então, o segundo mês é um pouco a "história até agora": "Bem, ele não me pediu ajuda para esconder nenhum cadáver, mas *mergulha* chocolates em potes de manteiga de amendoim. Talvez baste comprar um pote só para ele mergulhar os doces?" Tudo certo até aqui: o diálogo continua e você não está namorando um assassino, mas um cara que realmente gosta de manteiga de amendoim e chocolate.

O terceiro mês exige um pouco mais de atenção. Essa é a época em que você capta as sutilezas, as nuances e as merdinhas. Coisas como roer as unhas em vez de cortá-las e calcinhas no chuveiro são assuntos para discussão. Honestamente, não conheço mais ninguém que deixe calcinhas no chuveiro, mas já vi um ou dois pares de meias encharcadas no banheiro, e isso fez meus dentes rangerem. As discussões não recomeçarão até o quarto mês, então esse é mais um tempo para tomar notas e se envolver. Pode ser que o sexo esteja menos intenso, e você terá algum tempo longe das algemas e mordaças para fazer umas listas.

É algo bom, porque essas coisas começam a machucar depois de um tempo. Mas não se preocupe: com o passar dos dias, você começará a desenvolver calos nos lugares certos. Então, será uma questão de fazer seu parceiro mastigá-los... Desculpem-me... Acho que falei demais.

O quinto mês será silencioso por um tempo. É porque você estará olhando para seu parceiro ou parceira sob a luz certa, isto é, se eles são bonitos pelados e se estão devorando milhares de calorias. Estão mantendo a forma? Você se importa que ela tenha, em cada coxa, uma tatuagem de um caracol e uma tartaruga apostando corrida até a xoxota? Seu parceiro aparece de repente e deixa você nervoso? Essas merdas são importantes, porque a questão é prestar atenção nas variações. Também é o mês em que vocês marcam aquele primeiro jantar com os pais do parceiro. É bom encarar os pais frente a frente e ainda existe um bônus: vocês conhecem aquela frase de que "as mulheres ficam parecidas com suas mães"? Isso se aplica aos homens e seus pais também. Então, podemos ver as versões mais antigas e ter uma ideia de nossa futura vida sexual.

No sexto mês, vocês terão *a* discussão sobre o relacionamento. É aqui que darão vazão a toda e qualquer queixa: flertes com os amigos do parceiro, alho demais na comida, abaixar o assento do vaso, *levantar* o assento do vaso etc. Também é uma boa época para abordar coisas que foram ignoradas anteriormente. Ela ainda corta as unhas do dedão na sala? Ela ainda fica reclamando das amigas enquanto você está assistindo ao seu programa favorito? Ele ainda está batendo na sua bunda com muita força quando estão na cama? Ela ainda fica reclamando das amigas enquanto você bate na bunda dela na cama? É nesse momento que você põe tudo em uma lista, porque o próximo mês é sobre as coisas em comum, portanto é preciso resolver logo a discussão e tentar manter o foco.

No sétimo mês, você se pergunta o que vocês têm em comum. Começaram a brigar mais? Ainda estão conversando? Ainda fazem coisas juntos? É hora de olhar para as coisas que vocês compartilham, além de enxaquecas e potes de sorvete Ben & Jerry's após um bom filme. Não precisa ser tudo: todos são e devem ter o direito de serem diferentes de várias maneiras. Mas olhem para certas coisas: vocês gostam dos mesmos filmes ou programas de TV? Vocês assistem a eles juntos? Ainda saem juntos ou voltaram a sair com seus amigos? Falam sobre outras coisas além do que está certo ou errado no relacionamento, como o novo filme da série *Star Wars* ou as chances de uma das Kardashian ter injetado gordura da bunda no rosto em mais uma tentativa desesperada de parecer humana?

Isso diz respeito a relevância e relatividade. Ninguém quer ter as mesmas conversas mil vezes.

O oitavo mês serve para falar sobre o que é permitido e proibido na cama. Algumas pessoas estão dispostas a tudo, inclusive a dedadas e a enfiar tudo durante o sexo anal. Outras pessoas não têm a mente tão aberta ou não são tão flexíveis. Você precisa ter certeza de que os limites estarão definidos. Anal? Não? Tudo bem. Oral? Para ambos? Boa pedida. A amazona inversa? Graças a Deus! Chupar os dedos do pé? Faz cócegas, não? Uma pena, mas eu entendo. É simplesmente um saco (sem trocadilho) estar tenso ou constrangido. Se puder superar isso e *confiar na pessoa*, poderá ter momentos incríveis. Essa é uma das coisas sobre as quais se deve conversar tanto quanto possível, porque pode ajudar a desenvolver a confiança dentro e fora da cama. Além disso, quanto mais vocês se conhecerem, mais você verá o reflexo da personalidade de vocês na cama.

O nono e o décimo meses são bem simples. Vocês já estão morando juntos? *Façam* isso e então deem uma olhada no mês seguinte.

O décimo primeiro mês representa um último esforço para descobrir o que está acontecendo. Ele é maníaco com o lixo e perde a calma se não for tirado antes de ir para a cama? Ela fica maluca se você não for romântico o suficiente, colocando pétalas de rosa na cama de vez em quando ou organizando um almoço tranquilo à beira de um lago, que terminará numa sessão de amassos? Ele é fiel? Ela o está traindo? Ambos começaram a se sentir atraídos por outras pessoas? Talvez eu não tenha explicado bem que a *qualquer* momento durante esse primeiro ano você pode simplesmente dizer adeus. Em qualquer mês. Se não aproveitou as oportunidades oferecidas aqui para cair fora com dignidade, a culpa é sua. E, depois do décimo segundo mês, você merece a merda gigante que surgirá no seu caminho se não estiverem mais felizes. Qualquer idiota, homem ou mulher, pode descobrir, ao longo de um *ano inteiro*, se a outra pessoa não é *sua cara-metade*, especialmente considerando as *chances mensais* de cair fora com honra e inteligência. Se você estragar o relacionamento no ano seguinte, merecerá o castigo e a encheção de saco que virá de todo mundo, porque você é um idiota que não sabe o que quer e não deve ser autorizado a namorar ou ter um romance com qualquer pessoa durante o próximo ano. Merdas acontecem, seus babacas. Da próxima vez, conheçam a si mesmos um pouco melhor para não desperdiçarem o tempo dos outros.

Vamos nos afastar dos romances e de todas essas baboseiras por um segundo e examinar as relações que temos com o que não é humano. As pessoas enfrentam problemas estranhos com alimentos. Algumas conseguem ereções e ficam loucamente excitadas com carros, dinheiro, casas caras e outros enfeites. Como meu amigo Leon costumava dizer: "Não é nada, não é nada, filho da puta... Agora me dê um cigarro." Bem, ele não era exatamente um amigo, mas um cara que comprava drogas com os pais do meu amigo. Mas acho que essa é uma grande citação. Ela se aplica a muitas situações e eu a uso muito quando preciso da quantidade certa de humor com uma dose razoável de palavrão.

Sobre alimentos, alguns podem lidar com eles e outros não conseguem manter seus desejos sob controle. É como estar com viciados, só que há comida em todos os lugares, encarando-o quando você realmente precisaria de um descanso. Algumas pessoas têm compulsão por comer e vomitar, afligidos por bulimia, anorexia, dismorfia corporal ou qualquer coisa que tenha sido transformada em doença ao longo das últimas décadas. Tento não ser muito cínico sobre esses problemas, porque sei que as pessoas sofrem de verdade. Mas também sei que o buraco é mais embaixo e que interromper esse ciclo não é suficiente. Alguns não dão a mínima para obter ajuda e preferem morrer a parecerem gordos no espelho. Outros realmente não conseguem controlar esses dilemas compulsivos. E estamos falando de alimentos, uma coisa da qual todos precisamos para permanecer vivos. Minha cabeça dói quando penso nisso.

Essa é uma consequência de não querer nada? Um efeito colateral de ter todas as suas necessidades garantidas? Um inferno que decorre da opulência sutil de ser livre num país que oferece milhares de oportunidades? Talvez. Pense nos acumuladores, naquelas pessoas que transformam lares em túmulos cheios com pertences ao mesmo tempo significativos e patéticos. Sei que existe um ângulo psicológico aí, que, assim como acontece com bulímicos e anoréxicos, exige tempo e terapia para ser trabalhado, mas, tendo crescido em casas nas quais todos mostravam indícios de acumulação, posso dizer que não é nenhuma maravilha não ser um acumulador em uma casa de acumuladores. Há um egoísmo sádico no acumulador, mas ninguém quer falar sobre isso: são pessoas que não conseguem parar de encher suas casas com lixo e coisas que possam ser vendidas. Ninguém fala sobre aqueles que nunca tiveram escolha e que sofreram por não poderem levar amigos para casa, porque se o fizessem seriam constantemente zoados. Sim, a vida não é justa. Mas ela é justa com as pessoas que são obrigadas a lidar com essas doenças, mesmo que elas próprias não são sejam doentes?

Mas a parte mais baixa disso tudo são as pessoas que simplesmente querem mais – não por serem acumuladoras, mas por serem lábios vaginais gananciosos que engolem tudo, aproveitando-se das pessoas, confiscando suas contas bancárias, sugando-as até que sequem e passando para o próximo coitado com uma conta bancária gorda. Sim, entendo que algumas pessoas deveriam ser um pouco mais esclarecidas e cientes das raposas, dos golpistas que comandam o espetáculo. Mas, por outro lado, as pessoas não podem apenas parar de serem *tão ruins*? É pedir demais, porra? É pedir demais que as pessoas gostem umas das outras por quem são, e não pelo que têm? Estou sendo ingênuo quanto à natureza dos filhos da puta sob as asas quebradas da mãe natureza? Não, foda-se isso... As pessoas têm tanta capacidade para serem boas quanto têm para serem merdas. É uma escolha. As pessoas fazem escolhas. Então, precisam fazer escolhas melhores.

Há também a estranha fronteira entre as religiões e nossas "relações" com o desconhecido. Cara, todo mundo tem um deus hoje em dia! Todo mundo tem seu caminho interno com o melhor final e uma verdade amarga. Todo mundo tem um livro diferente, cheio de fatos divertidos sobre como ter melhor compreensão ou melhor relacionamento com seu deus. O que é muito louco é que qualquer um *acharia* que isso leva as pessoas a um relacionamento melhor com os outros, mas não. Todos se acham tão inteligentes hoje em dia que pensam que entendem melhor do que os outros o que esses livros estão realmente dizendo sobre seus deuses, e, no caso de interpretações diferentes, eles *sabem* que estão certos. Há pouco rebanho para muitos pastores: isso é o que acontece quando criaturas tolas tentam colocar na cabeça que há uma divindade lá fora, no céu, em algum lugar. Ninguém concorda sobre deuses. E adivinhem só? É assim que as guerras começam, crianças.

Não é assustador que, mesmo que ridicularizemos ou sintamos pena dos antigos, ainda estejamos usando os mesmos argumentos sobre deuses que não existem? Pensem nisso antes de se acharem o máximo por conseguirem programar um videocassete ou alterar a porra do toque do celular.

No final das contas, são as relações, de todos os tipos, que definem quem somos por dentro, aquilo que ninguém vê nem discute. Elas são reflexos da alma porque, ainda que se abrir seja difícil para alguns, aqueles com quem você passa tempo são uma boa indicação de quem você é ou quer ser. Dizem que é possível julgar uma pessoa pelas companhias, mas o que não dizem é que se deve cavar um pouco mais fundo para entender como as pessoas e suas companhias se relacionam ao longo da vida. Existem infinitas trocas de diálogo e de energia entre as massas, e uma pessoa não é babaca só porque tem um amigo babaca. No entanto, talvez essa pessoa tenha momentos de babaquice quando está com o amigo babaca, fazendo coisas e agindo de maneiras que nunca consideraria se estivesse com outros conhecidos.

A forma como abordamos nossas relações com *qualquer coisa* nesses dias é um exagero. Ninguém sabe encontrar o equilíbrio e relaxar. Todo mundo tem de obter *exatamente* o que quer, *exatamente* quando quer, *exatamente* de quem quer, ou de sua comida ou do que mais seja. As pessoas estão obcecadas com a satisfação das suas necessidades, o que é mais importante do que qualquer outra coisa na vida. O egoísmo faz com que um milhão de "bundas e peidos" andem por aí convictos de que nunca serão felizes a menos que obtenham *exatamente o que querem*. Não sei se nossa liberdade pessoal nos persuade a pensar que precisamos de tantas coisas ou se, apenas por existirem tantas coisas ao nosso redor, tão disponíveis, como informação e tecnologia, nós nos tornamos dependentes de uma gratificação instantânea. De qualquer maneira, somos um bando de crianças mimadas, errantes nessa pedrinha galáctica, gritando e discutindo quando não temos o que queremos.

A vida não é a internet, cuzões.

A vida não cede quando vocês tentam forçá-la a dar o que desejam, seja um amante ou um transplante de fígado. Por causa da vida, aprendemos a desviar dos socos, mesmo que seja preciso levar alguns na cabeça para descobrir a verdade da maneira mais difícil. Satisfação só gera egoísmo: não é uma coisa ruim, mas, dependendo do que você está perseguindo, alcançar a satisfação pode significar qualquer coisa, desde a morte do desejo à destruição da capacidade de sonhar. Quando sempre conseguimos o que queremos, desenvolvemos uma alergia, como se fosse uma doença, à sensação de apreciar algo ou alguém. Mais importante: tornamo-nos intolerantes a qualquer coisa, imaginada ou real, que pareça ser um retrocesso ou uma perda. Ao contrário, estamos destinados a nos desenvolver como pessoas e expandir nossa compaixão e empatia. Quando perdemos isso, o problema nem são os relacionamentos: estamos *fodidos* como espécie. Então, caminharemos para o dia em que nós, apenas macacos finamente vestidos, atacaremos uns aos outros com merda (merda mesmo!) misturada a pedrinhas e caroços de frutas.

Não fiquem com raiva de mim: são *vocês* que parecem manchas marrons nas cuecas do mundo. Estou apenas mostrando esse fato. Vocês sabem por que as pessoas não querem mais casar e continuar juntas? Porque acham que seu desejo momentâneo por outra pessoa é amor, e, quando esse desejo queima até secar, as pessoas querem ir embora e encontrar outra pessoa. Você sabe por que tantas pessoas são obesas hoje em dia? Não me refiro aos padrões de medida universais que ouvimos dos médicos... Estou falando do teste do olho mesmo, sabe? As pessoas são assim porque ninguém pode suportar a ideia de não comer toda e qualquer coisa que desejar, tanto quanto possível, em todos os malditos momentos. A humanidade não tem mais força de vontade. A humanidade não tem mais paciência. Ela se transformou no Gollum, cuidando de um precioso nas cavernas e comendo o que mata. Nossas costas estão arqueadas e nossos corações estão negros. Queremos tudo e queremos *agora*. Não importa que não saibamos o que é o amor verdadeiro: queremos amar *agora*. Não importa que não possamos desfrutar de alimentos, drogas, álcool, sexo ou qualquer coisa com moderação. Queremos tudo *agora*. Não importa que não saibamos como ser verdadeiramente felizes, porque o único caminho que conhecemos para a felicidade é conseguir o que queremos agora.

Quero isso *agora*.

Nós queremos essa porra *agora*.

Vocês querem ouvir a verdade?

"Sim, queremos a verdade *agora*."

Vocês são uns merdas em viver a vida.

Agora...

Lidem com isso ou mudem.

CAPÍTULO 8

Crianças pentelhas

Eu estava na fila do aeroporto em Columbus, Ohio, imaginando por que porra de motivo aquela maldição estava demorando tanto, quando me ocorreu que "alguém atropelaria aquela criança e eu riria".

Deixem-me explicar.

A patroa (também conhecida como esposa) e eu tínhamos voado para Ohio para que eu pudesse me ferrar: tinha sido, obviamente, por ocasião do 3º Rock 'n' Roll Roast, que ocorreu no final de semana do Rock On The Range e em que o homenageado (e digo isso com apenas uma ponta de sarcasmo) fui eu. Aparentemente, a coisa seria indolor de um jeito muito doloroso, e assim foi. Entretanto, o evento lotou e conseguimos levantar um bom dinheiro para uma fundação chamada MusiCares, que ajuda viciados da indústria musical a conseguirem tratamento e muito mais, e todos se divertiram bastante. Bem, quando digo "todos", quero dizer quase todos. Sebastian Bach jogou um copo cheio de café em Don Jamieson enquanto o comediante *ainda* estava no palco, mas, além desse incidente isolado, foi um grande sucesso. E o Clown bebeu seu próprio mijo e ameaçou a todos com uma faca gigante. No final das contas, foi só uma quinta-feira atípica.

No dia seguinte às festividades, a patroa e eu acordamos prontos para voltar para casa. Fizemos as malas, almoçamos e chegamos ao aeroporto internacional Port Columbus com tempo mais do que suficiente. Foi aí que começou... Mesmo que ela e eu sejamos eficientes quando se trata de qualquer tipo de viagem, às vezes o dia simplesmente está contra nós. Fizemos o *check-in* bem depressa, mas então entramos numa fila tão desnecessariamente lenta que seria mais rápido beber a seiva de uma árvore usando um canudo de papel de trinta metros. Isso é para você ter uma ideia de como a fila estava lenta. Nós éramos os segundos: havia um homem sozinho à nossa frente e uma família de três pessoas já no balcão. Ficamos ali por quarenta minutos. Isso não é exagero. Era só para despachar a bagagem. Nós nem precisávamos pegar as passagens. Não apareceu ninguém atrás de nós por 25 minutos. Mesmo para uma tartaruga, isso é extraordinariamente lento.

Um dos motivos para aquela lerdeza abismal era a família que estava "sendo ajudada" no balcão. A família consistia em um homem, uma mulher e um filho, que parecia ter dois anos de idade. A pequena família, no entanto, tinha oito malas. A atendente atrás do balcão estava fazendo o melhor que podia para ajudá-los com um sorriso, mas eles abriram e arrumaram suas estúpidas malas *duas* vezes para poupar dinheiro na distribuição de peso. Todos os envolvidos pareciam perdidos, inclusive o homem que estava na nossa frente, que perdeu duas oportunidades de avançar para o balcão porque não estava prestando atenção. Foi uma mistura torturante de espera, raiva e ódio. Na maioria dos dias, tenho a paciência de um homem aguardando a santidade, mas essa sexta-feira não ajudaria minha ficha.

Enquanto esperava, comecei a prestar atenção no garoto de dois anos, que gritava "PA!" a cada dois segundos. Ele estava num carrinho antigo, acho que da década de 1980, o tipo de carrinho que uma tia mais idosa pode usar para trazer compras para casa numa tarde de domingo. A criança não estava exatamente entusiasmada com a ideia de continuar presa naquela bugiganga, então se mexia e jogava no chão qualquer coisa que estivesse segurando, esperando que sua mãe ou seu pai pegasse e lhe devolvesse, para que pudesse imediatamente arremessar a coisa novamente. A melhor parte dessa brincadeira é quando a mãe ou o pai não quer mais jogar e segura o objeto. Isso produz um berro do pequeno tirano, mantido por uma quantidade excessiva de tempo, até que os pais cedam e devolvam o item num surto de exasperação... E, então, o ciclo se inicia novamente. Isso aconteceu por um tempo antes que o pai, um homem que praticamente usava pijamas e tentava parecer autoritário, tomou uma decisão numa fração de segundo.

Ele tirou a criança do carrinho.

Foi aí que aquele pensamento do início deste capítulo surgiu na minha cabeça. Por dez minutos, observei a criança vagar por conta própria: *um garoto de dois anos de idade que mal podia andar* gritando "PA!" para todos ouvirem. Ele vagava pelo "tráfego" em meio ao fluxo constante de viajantes cansados, que tentavam correr na velocidade da luz. Toda vez que ele avançava, o pai tinha de parar o que estava fazendo no balcão e pegá-lo, trazê-lo de volta e colocá-lo no chão... apenas para que ele vagasse novamente. Havia centenas de pessoas caminhando por ali, todas em uma velocidade normal, porque, que choque!, elas estavam num aeroporto e estavam com pressa! Após a quadragésima vez que vi a criança quase ser atropelada pelos passageiros, eu disse em voz alta:

— Alguém vai atropelar essa criança e eu vou rir.

Minha esposa me olhou por um segundo, surpresa, mas então pensou sobre a situação e concordou relutantemente. Quando olhei de novo, a criança simplesmente havia *desaparecido*. O pai correu do balcão em direção ao último lugar onde vira o filho, e, enquanto ele estava de costas, a criança apareceu, saindo às pressas do banheiro feminino e berrando bem alto seu grito de guerra.

Em algum momento, qualquer pessoa perguntaria a si mesma como uma criança que só está viva há dois anos pode ser mais esperta e hábil que ela. Porém, essa é mais uma doença da modernidade, um exemplo horrível de como nós, adultos, estamos decepcionando nossos filhos com tentativas débeis de não ferir seus sentimentos. Se não estão fazendo isso, os pais estão tentando ganhar a amizade de seus filhos e dos amigos deles. Se não estiverem fazendo *isso*, são aqueles pais que ignoram tudo sobre os filhos, a menos que a criança possa beneficiar suas insignificantes existências, geralmente quando outros imbecis estão prestando atenção. Esses e outros motivos são as razões pelas quais, após um cuidadoso exame, mastiguei alguns números e cheguei à seguinte conclusão: os pais de hoje em dia são uns babacas.

Digo isso sinceramente. Digo isso com a certeza com que digo que "Deus não existe" e "Espero nunca mais ouvir a voz da Avril Lavigne". Os pais modernos são uns idiotas traumatizados pela mídia e por outros cuidadores.

Por um lado, alguns acham que estão sendo negligentes se não fizerem *tudo* com seus filhos. Então, fazem tudo com seus filhos. Uma coisa é fazer algumas coisas, como sair para pequenas compras ou encaixar no dia algum momento de lazer. Entretanto, as crianças são submetidas a algumas merdas obsessivas, compulsivas e quase abusivas.

Por outro lado, os pais que não estão sufocando *não* estão sufocando e também não estão fazendo nada. Eles tratam os filhos como manequins, algo para enfeitarem quando aparece uma visita ou os amigos perguntam pelas crianças. Prestam atenção suficiente apenas para responder a uma série de perguntas caso as autoridades sejam envolvidas. Fora isso, não estão nem aí. Mal sabem o nome completo da criança, e foram *eles* que deram o nome. Nem sei quantas vezes vi uma criança andando sozinha pelo parque enquanto sua mãe – e geralmente é a mãe, destruindo *essa* imagem em particular – mandava mensagens de texto ou tuítes, ou passeava pelo Facebook em busca de alguém com quem trair o marido. É patético. Não sei o que é pior: aqueles que fazem a porra toda ou aqueles que não fazem porra nenhuma. De qualquer maneira, são seus filhos que estão sofrendo, e isso pode se voltar contra você de mil maneiras.

Se eu ganhasse uma moeda a cada vez que vejo um pai fazer algo imbecil que envolva seus filhos ou outras crianças, não precisaria escrever esses livros. Eu poderia até me aposentar do meu outro emprego como cantor dessas bandas em que estou e viver confortavelmente pelo resto da minha vida. Porra, cara... Coleiras? Vocês estão caminhando com seus filhos em coleiras? Vocês mantêm a porra do pote d'água limpo também? Vocês compraram uma cama ou eles dormem num cobertor? Por que não levar isso até o fim e castrar as crianças quando chegarem à idade certa? Tenho certeza de que não se importarão, e pelo menos vocês não se preocuparão com uma gravidez na adolescência. Se forem tratar seus filhos como um filhote, então iremos mesmo julgá-los. Vocês sabiam que seriam julgados quando compraram essa desculpa esfarrapada de educação parental. Agora fiquem sentados e calem a boca.

Honestamente, não sei o que é pior: a coleira ou o modo como os pais tentam integrar suas crianças à sua rotina de atividades físicas sem que pareçam idiotas. Nunca vi uma criança animada por estar presa a um carrinho empurrado em alta velocidade pela mãe, que vem correndo rua abaixo porque precisa perder uns quilos. Outro exemplo é o pai que equipa uma criança de quatro anos e a arrasta para andar de patins agressivamente... sem nem colocar uma camiseta. Lembrem-se de que não tenho problemas com pessoas que estão tentando entrar em forma e que eu mesmo malho tanto quanto possível, mas que Deus não permita que outra pessoa cuide de seus filhos por meia hora... É preciso que todos saibam que vocês são bons pais: "Ela não saiu do meu lado! Viu? Estou prestando atenção! Você está brincando? Ela *adora* os empurrões e o enjoo com o excesso de movimento." Senhora, você é uma mula! Crianças enjoam por conta própria e não precisam de mais motivos para fazê-lo.

Isso me leva à minha próxima acusação mordaz, e sei que ninguém gostará dela. Sendo eu mesmo pai, vocês devem compreender a seriedade da minha opinião: seus filhos são uns *chatos*... E a culpa é de vocês, pais.

Chegou a hora de mastigar a verdade nua e crua. Certos limites nunca deveriam ser transpostos; é como se o provedor não pudesse aceitar que existe uma versão mais jovem e mais rápida, pronta para a ação. Ou tratamos nossos filhos como acessórios para recreação e exercícios ou tentamos agir como se tivéssemos a mesma idade e disputamos o centro das atenções. Sim, mãe, tenho certeza de que sua filha adora o fato de você querer que as pessoas pensem que vocês são irmãs, porque nada faz uma adolescente ou uma mulher de vinte e tantos anos se sentir melhor a respeito de si mesma do que ser comparada a uma mulher de cinquenta anos. Parece que você está *tentando* criar uma puta com problemas. Ah, e mais uma coisa:

parem de dar em cima dos namorados das suas filhas. Isso é grosseiramente inapropriado!

Pronto! Já tornei o assunto embaraçoso, então vamos nos afastar dele... por ora.

Vocês sabem de quem sinto pena? Daquelas crianças carregadas em cangurus, balançando por aí com o olhar mais triste conhecido pela humanidade. Já vi pais cobertos por essas coisas: dois cangurus, duas crianças e punhados de comida enfiados nas bocas vazias das crianças enquanto seguem seu caminho pelas ruas da cidade, cobertas de sujeira. Os pais alimentam as crianças às cegas, tentando desesperadamente encontrar a boca dos filhos enquanto acabam esbarrando em merdas como postes telefônicos, caixas de correio e outros seres humanos. E os pais estão correndo. Crianças às costas e à frente, biscoitos caindo de mãos desafortunadas e o pai, que continua correndo. Foi para isso que ele saiu de casa: não está levando os filhos para uma caminhada nem para fazer compras. Ele está se exercitando para que as outras mães olhem para ele e pensem: "Veja só essa maravilhosa possibilidade extraconjugal." Na realidade, as pessoas o consideram "um idiota a um passo de abusar de seus filhos". Desculpe-me, Jim Fix Jr. Ninguém gosta de um babaca que carrega a ninhada para todas as suas atividades.

Ter filhos causa algumas merdas loucas em sua mente, sua identidade e seu senso de satisfação. O que aprendi quando tive meus filhos é que, pelo resto da vida, não se trata mais de você. Você tem seus momentos, é claro. Todos precisam se desconectar ocasionalmente do papel de pais e se divertir por conta própria. Não há nada de errado com isso, e você não deveria se envergonhar. Contudo, vivemos numa era de extremos. O ser humano comum não faz ideia do que seja equilíbrio e, portanto, não faz nada com moderação. Então, algo que seria comum se torna anormalmente ridículo: ou você tem a ausência absoluta ou o controle completo, significando que ou você está vigiando seus filhos em excesso ou não faz ideia de onde estejam e não dá a mínima. Não é nenhuma surpresa que essa nova geração esteja furiosa... e eu não os culpo. Eu também estaria se minhas escolhas fossem "merda" e "merda com cabelo". "Ei, crianças, são dez horas da noite... Vocês sabem onde *seus* pais estão?"

E, além de tudo, existe uma nova onda de pais – os antenados com suas teorias infundadas – que acreditam que as crianças podem cuidar de si mesmas e assim agilizar seu processo de individualidade. Esses *hippies* acham que uma criancinha que cuide de si mesma conseguirá formar sua individualidade mais rapidamente do que uma criança comum louca pela Disney. Por um lado, faz algum sentido, e eu até já vi evidências de que essa abordagem pode fazer diferença. Nós somos amigos de um casal que tem um filho pequeno mais maduro que a maioria dos adolescentes que eu conheço, mas é preciso estar especialmente equipado para fazer isso – em outras palavras, é preciso saber que porra se está fazendo. Vocês não podem ser loucos e usar esse método Sedona como desculpa para simplesmente não se esforçar. Acreditem em mim: haverá repercussões.

O filho de outro casal que conheço bem é praticamente um Wolverine. Nós chamaremos a criança de Seamus para protegê-la de ataques futuros. Não sei se é porque esse casal não é muito atento ou se é porque o esforço é grande demais para eles, mas, após quatro anos como "pais", eles se viram criando uma barracuda. Na casa da família, você entende imediatamente que o lugar é comandado por um maníaco. Há comida no chão e nos móveis. Rabiscos loucos nas paredes parecem representar uma raça que se extinguiu há várias eras. Merdas quebradas por todos os lugares. Então, você ouve um rugido a distância e o som de pequenos pés maliciosos correndo em sua direção. É nessa hora que, se estiver atento, você imediatamente protege suas bolas. Seamus está vindo e, quer ele goste de você, odeie ou nunca o tenha visto, ele investirá de cabeça contra sua virilha ou acertará suas bolas com um taco de beisebol.

Essa criança faz uma revolta numa prisão parecer um passeio escolar. Ele tenta tirar a comida do seu prato. Ele põe as mãos nas suas coisas, como seu telefone, e tenta quebrá-las se não puder brincar com elas. Ele grita até que você o deixe fazer o que quiser. Ele bate até que você o deixe fazer o que quiser. Essa criança se tornará o valentão da escola ou apanhará regularmente do valentão da escola, e estou aqui para contar para vocês que, porra, não é culpa dela! É culpa de seus pais, que não lhe ensinaram merda alguma sobre limites, sobre acalmar-se ou sobre paciência. Eles não fizeram nada e agora estão sofrendo com isso. A criança é um Stálin dentro de casa: dá trabalho o dia inteiro, tem um temperamento irritadiço e é desprovida de piedade. Então, eles tentam reclamar comigo sobre como é difícil ser pai. Como amigo, eu sou sincero e direto: "É culpa de vocês, imbecis! *Vocês* fizeram isso! *Vocês* são os pais... Se não impõem regras, como a criança vai saber como se comportar? Vocês não ensinaram merda nenhuma a ele... Como ele vai saber?"

Para ser sincero, eles não me convidam para visitá-los há um bom tempo.

Mas, de qualquer maneira, por que eu iria lá? Para ficar constantemente em guarda contra uma criança que acha que é uma pequena máquina esmagadora de bolas? Foda-se *toda* essa merda! Eu nem *pensaria* em levar meus filhos naquela casa... E se essa merda for contagiosa? Talvez seja como no filme *Extermínio,* com um equivalente juvenil ao vírus da raiva. Posso ouvir cada um de vocês sacudindo a cabeça com raiva, e reconheço que esse pensamento possa ter sido ridículo. Mas sou um pai e não vou arriscar! Essa merda pode ser como piolhos ou lêndeas: uma vez que esteja com você, uma simples lavagem não resolverá o problema. Seria uma coisa horrível... Imaginem as conversas durante o almoço: "Ouvi dizer que Judy pegou raiva... Pobrezinha... Era tão jovem..." Isso poderia acontecer. *Isso poderia acontecer sim!*

Tenho um hábito terrível para contar a vocês: às vezes, fico tão frustrado com os amigos de Griffin que, quer seus pais estejam por perto ou não, faço o possível para deixá-los assustados pra cacete, só para que nunca mais sejam malcriados perto de mim, e às vezes eles nem querem voltar à nossa casa. Por sorte, continuam a gostar de Griff, porque ele é um garoto divertido, então o convidam para jogos e festas de aniversário, mas todos hesitam no segundo em que põem os pés na nossa casa. E com razão... Não que eu não possa ser um pai divertido. Eu gosto de sair com os garotos e faço umas merdas como jogar bola com eles no quintal ou levar todo mundo ao cinema, mas eles sabem que não se safarão se fizerem merdas na minha casa. Além disso, se eu não pegar os desgraçados, Stephanie pegará, e, comparado a ela, eu sou um Papai Noel do Exército da Salvação. O outro apelido dela é Hulk. Acho que não preciso dizer mais nada. Você deve ter entendido.

Griffin tem dois amigos em particular que me enlouquecem e preciso sempre lembrar a mim mesmo de que não posso atacá-los porque são crianças e muitas vezes não sabem o que estão fazendo. Um é o garoto que chamo de "Milt" e que mencionei no primeiro capítulo. Milt é bem parecido com Griff: pequeno para sua idade, mas cheio de energia e imaginação. Esses garotos são escorregadios como ladrões, mas acho que Griff não entende algumas das coisas que esse garoto faz. Se entendesse, não seriam mais amigos. Deixe-me falar sobre a primeira noite que Milt passou em nossa casa. Steph estava viajando e havia alguns amigos hospedados conosco, então a casa estava cheia. Fui buscar Griff na escola, e ele apareceu com Milt. Eles correram até mim e disseram: "Milt dormirá lá em casa porque o pai dele disse que está tudo bem." Bom, a primeira coisa errada é que ninguém perguntou a *mim* se estava tudo bem e se estava claro que Milt havia dito à sua família que ele dormiria na nossa casa. Eu reclamei com os dois, dizendo que não podiam planejar essas coisas sem antes perguntar, mas deixei passar, porque Griff não costuma levar muitos amigos para casa (os pais dos amigos dele ficam apavorados comigo). Entramos no carro e fomos para casa.

Então, o telefone de Milt tocou.

Primeiramente, vamos falar sobre isso. Por que um pré-adolescente precisa de um *smartphone*? Por que você deixaria seu filho levá-lo para a escola? Se você vai buscá-lo, não há necessidade para isso; qualquer ligação que ele possa precisar fazer deveria vir do telefone da escola. Vejo mais e mais crianças com essas porcarias. Tenho certeza de que alguns são permitidos pelos pais, mas não *todos*. Isso me deixa simplesmente louco! De qualquer maneira, o telefone de Milt tocou. Foi aí que começou a diversão.

Aparentemente, ele *não* havia conversado com as pessoas que o buscariam na escola, e eu basicamente levava para casa uma criança que não é minha. Acusações de sequestro passaram pela minha mente enquanto eu perguntava a Milt: "Cara, você *perguntou*? Ou você pensou que poderia ligar quando chegássemos em casa e tudo ficaria bem?" O coitado tinha mesmo falado com o pai, que fora trabalhar e não dividira a notícia com mais ninguém em sua extensa família, pessoas que nesse momento vasculhavam o terreno da escola atrás do garoto. Peguei o telefone e desculpei-me com sua tia, perguntando-lhe se ela queria que eu o levasse para casa. Ela respondeu que, se ele tinha a autorização do pai, estava tudo bem. Devolvi o telefone a Milt e fomos para casa.

Ao chegarmos lá, anunciei que comeríamos tacos, para a alegria de Griff. Nós não só comeríamos tacos, mas pediríamos o favorito de Griff no Taco Bell, aquela coisa com Doritos. Eu não entendo como ele pode gostar, mas tudo bem... Cada um na sua. Griff deixou escapar um grito de felicidade, mas Milt franziu o nariz e, como um velho num restaurante, suspirou e disse: "Bom... Não gosto muito de tacos, não."

Eu olhei para aquele garoto como se fosse um monstro das neves. Que criança não gosta de tacos? Mesmo assim, engoli meu arsenal de fúria e respondi: "Bem, Milt... Nós pediremos tacos e você comerá tacos." Ele sorriu com desdém e afastou-se.

Você sabe o que o pequeno filho da puta fez?

Milt foi lá fora, ligou para o pai e pediu um lanche do McDonald's.

Leia essa frase novamente, porque falaremos sobre todas as coisas que estão erradas nela. Esse garoto, que, de qualquer maneira, tinha dez anos na época, saiu da casa, telefonou para seu pai, *que estava no trabalho*, e o fez ir ao McDonald's somente para comer o que queria. Milt mora do outro lado da cidade e posteriormente descobri que seu pai trabalha num lugar ainda mais distante. Milt, como se fosse a coisa mais natural, telefonou ao pai para dizer que não *queria* tacos. Queria McNuggets. Ele queria o que ele queria. Saibam que eu compreendo que existe uma diferença nutricional muito pequena entre McNuggets e Taco Bell. E eu estava completamente preparado para dar *fast-food* ao meu filho. Não estou julgando o tipo de comida. Estou, contudo, julgando a porra do fato de que esse garoto de dez anos fez um telefonema para um homem que estava ocupado no trabalho para reclamar que as coisas não estavam acontecendo como ele queria. E esse homem, em vez de dizer ao seu filho para calar a boca e se conformar, saiu do trabalho, passou por um *drive-thru*, comprou os nuggets e levou para o garoto. Agora, vejam a situação: de quem é a culpa? É do Milt? O merdinha me irritou tanto com seu golpe que nunca mais deixei Griff convidá-lo. Eu sei... Sou mais velho e mais experiente, mas também sou babaca o suficiente para guardar ressentimentos contra um babaquinha que nem chegou à puberdade.

Ou isso é culpa do pai? Já estive na casa deles – não dentro da casa, mas para deixá-lo –, e sei que ele não é filho único. Sei que provavelmente recebe atenção suficiente. Então, por que em todo esse doce mundo seu pai atenderia imediatamente a um pedido assim? Que parte desse pai acha que essa é uma boa coisa a ser feita? Por que esse garoto acha que isso é aceitável, a não ser... que tenha feito isso antes? Por que você acha que ele chegou à conclusão de que isso é aceitável, e não uma completa perda da porra do tempo dos outros? Eu vou dizer exatamente por que ele chegou a essa conclusão: porque ele é uma porra de um *pirralho* e de um otário. Esse merdinha vai crescer com tamanha certeza de que tem direito a tudo que isso terminará por desabar em cima de seus pais, que, eu tenho certeza, estão trabalhando duro para cuidar de uma família que não é pequena. Um dia, Milt irá se rebelar contra eles... Eu já vi isso antes. Por causa do jeito como foi criado, ele não estará pronto para o soco no saco que a vida oferece. Ele não vai aguentar, seja no parquinho, entre as aulas no ensino médio, em entrevistas de emprego etc. Milt pode não sobreviver no mundo adulto... Tudo porque seus pais tiveram medo de feri-lo ao lhe dizer *não*.

"Não" é uma palavra boa pra cacete para pais. Digo "não" a Griff constantemente. Às vezes, dou um desconto e deixo que ele faça o que quiser, mas também sei quando é a hora certa e quando não é. Você *precisa* ter essa válvula em sua máquina ou terminará com uma cara de bosta, dando uma desculpa de merda no trabalho para levar McNuggets para a porra do seu filho, tudo porque ele é descolado demais para comer tacos. Desculpem... Ainda estou sensível. Eu queria poder dizer que aprendi a gostar de Milt, mas realmente não aprendi. Na verdade, disse umas merdas para ele que fizeram meus amigos saírem da sala, porque não podiam acreditar que eu estava dizendo aquilo para um garoto de dez anos. Não falei nada tão sério... Tirem isso da cabeça! Apenas umas merdas sutis sobre as quais ele pode vir a pensar e dizer: "Nossa, o sr. Taylor foi um *babaca...*" Porém, talvez ele seja esperto o suficiente para dizer: "Nossa, o sr. Taylor tem razão... Eu *fui* um cretino..."

Apenas o tempo nos dirá, como se diz há muito tempo...

É um pouco mais complexo falar do segundo amigo de Griff. Ele é um de seus melhores amigos e, em vez de muita atenção, não recebe nenhuma de seus pais, principalmente porque eles estão tão enrolados na própria vida e em seus dramas mútuos que não fazem muito por ele ou por seus irmãos. É uma coisa difícil de se ver, e fazemos nosso melhor para preencher as lacunas, mas, no final das contas, não há muito que possa ser feito. Quando ele vem dormir aqui, nós o tratamos como se fosse da família, o que quer dizer que pego tão pesado com ele quanto com Griffin. Gosto de pensar que isso faz algum bem; eu mesmo cresci desse jeito e é maravilhoso sentir que existe certa estabilidade. Quando era mais novo, eu passava *muito* tempo com a família do meu melhor amigo, Darold, antes de mudar para Des Moines para morar com minha avó. Eles eram bem parecidos com a família da minha esposa, e todos me proporcionaram a mesma coisa: conforto no caos e amor.

Olha... Eu não sou um monstro e não estou julgando todo mundo. Podem ter certeza de que cometi minha parte de estragos ao longo dos anos. Houve um período, quando Griff era bem pequeno, que, por meu sentimento de culpa de estar sempre na estrada, eu o levava constantemente para lojas de brinquedos. Talvez seja por isso que ele, às vezes, ainda espere ganhar coisas que não mereceu ou simplesmente queira coisas, seja seu aniversário, Natal ou não. É minha culpa, e estou fazendo o que posso para mudar isso. Mas também conheço meu filho e sei que às vezes ele tem o maior coração do mundo. Falo de um garoto que gosta de comprar brinquedos para outras crianças no próprio aniversário, uma criança tão sensível que, às vezes, ao ver outra criança chorando quando estamos em algum lugar, ainda se preocupa com a criança muito depois de irmos embora. Não estou preocupado com ele nesse ponto, porque sei que sua empatia pelos outros o impedirá de chegar à categoria dos mimados estragados. Todas as crianças têm seus momentos nessa área, não importando como sejam criadas. Mas elas superam isso. Vocês precisam se concentrar menos no que eles são e mais nas pessoas que se tornarão. Você deve ficar atento ao futuro adulto.

Pais, eu me importo. De verdade. Mas, tendo crescido da maneira como cresci, vou dizer uma coisa: estou observando e fazendo anotações. Cresci como um criminoso amador, então conheço os sinais. Cresci como um viciado, então sei onde procurar por essas merdas também. Vocês precisam ser melhores pais ou arrumar outro emprego para juntar o dinheiro da fiança. Se vocês veem o jeito como o mundo está, sabem que é uma questão de tempo até que algo dê errado, e posso jogar boa parte da culpa em vocês. Mas vivemos na era das desculpas. Hoje, a culpa de alguns desses comportamentos abomináveis não é dos pais, e sim de outra pessoa. Se o menino tem notas de merda, o problema não é a criança ou os pais, e sim os professores. Se o menino é pego furtando em lojas ou com drogas, não é culpa dele nem dos pais, e sim dos seus amigos ou da sociedade. Todas essas desculpas são insignificantes e existem desde que eu era moleque. Vocês sabem por que seus filhos não assumem responsabilidades? Porque vocês não assumem responsabilidade por si mesmos. Vocês nunca são culpados, então por que eles seriam?

Tudo começa em casa. Quando seus filhos saem de casa, eles são uma representação ambulante do que acontece em seu ambiente doméstico. Um filho estável e prestativo é geralmente um sinal de uma criação decente. Se seu filho não faz nada em nenhum lugar além de reclamar, chorar, encher o saco ou chamá-lo para trazer alguns McNuggets do cacete (sinto muito, mas esse filho da puta me irrita... Milt!), a *culpa é sua*. Sente-se nela. Aceite-a. Faça algo a respeito, mas não passe o bastão, seu imbecil. A porra da culpa é sua.

Agora, vamos falar sobre algo terrivelmente inapropriado.

A maioria dos recém-nascidos é feia, cara!

Desculpem-me, mas essa merda é verdadeira. Já vi recém-nascidos tão feios que, considerando seus rostos, você daria por certo que eles *nunca* se desenvolveriam. Então, tudo o que posso fazer é me esforçar para não soltar minha merda quando vejo pais falando animadamente sobre como seus bebês são lindos. Ah, cara... Sério? Você não está vendo o que está errado aqui? O nariz *ainda* está ao contrário, cacete! Os olhos parecem ter sido arrastados para as laterais da cabeça, e essa é a *melhor* parte! Essa criança é tão feia que quero chamar os Caça-Fantasmas. Dizem que a beleza está nos olhos de quem a vê. Estou aqui para lhe dizer que você pode estar ficando cego! Já vi gatinhos mais bonitinhos, e eles tinham sido enfiados em sacos e atirados em rios. Vocês precisam conferir seus óculos e remédios, sejam eles quais forem. Jesus...

Eu era obrigado a me afastar de meus amigos quando faziam perguntas às quais sabiam muito bem que eu responderia com sinceridade. Existe *muita* verdade nisso, entende? Tenho um amigo cuja filha tem um rosto muito rígido, como se tivesse sido esticado. Se eu fosse forçado a testemunhar num tribunal, juraria que a criança é parecida com um personagem muito famoso da série Harry Potter. Ela me perguntou se eu a achava bonita. Eu não sabia o que fazer, então usei uma simples série de movimentos que apelidei de “Comprometimento não ofensivo”. Quando vocês se encontrarem numa situação delicada, tentem usar essa merda para se safar.

Você começa estreitando os olhos como se estivesse tentando ver algo que está muito longe. Se você tem uma visão perfeita e não sabe do que estou falando, finja que está limpando a caixa de areia de gato e tentando não sentir o cheiro. Então, lentamente, mas com firmeza – e essa é a chave! –, *balance a cabeça* de um jeito lânguido, rápido o suficiente para que pareça que você está respondendo que sim, mas lento o suficiente para que você no fundo *saiba* que está respondendo que não.

Ao mesmo tempo, você precisa fazer uma espécie de barulho, como “Mmmmmm...”, que *pode* querer dizer sim ou não. Tudo isso se encaixa em qualquer coisa que o outro esteja esperando ouvir em resposta. Se esperam ouvir que sim, verão uma pessoa concordando enfaticamente. Se esperam ouvir que não e acham que a criança poderia fazer uma cirurgia plástica, verão mais uma pessoa que enxerga o problema. Todas as crianças são bonitas... por dentro. Algumas parecem ter sido iniciadas recentemente numa gangue. Não é? Aquela criança é *feia*! Mas você não sabe se estou falando sobre seu filho ou não...

E talvez nunca saiba.

O foda é que isso nem é o pior que posso dizer sobre seus filhos. Devo contar o pior? Merda, vou contar, porque ninguém vai acreditar. Vocês estão familiarizados com apostas? Você escolhe um lado, põe seu dinheiro numa aposta e reza para as coisas irem bem. Isso pode ser aplicado a qualquer coisa e já existe há muito tempo. As pessoas apostam como bandidos. Se você arranja muita gente para colocar dinheiro no pote, a coisa pode ficar bem tentadora. Isso o levará a fazer umas merdas malucas. Isso o levará a apostar... no futuro de crianças.

Eu sei, eu sei, mas eu já disse que não sou uma boa pessoa. Não sei por que vocês continuam querendo acreditar que sim.

Sim, meus amigos e familiares, eu aposto se crianças vão ou não fazer coisas como, ah, não sei... roubar um banco, fracassar na escola, usar a pele de outros como pijama, você sabe... merdas normais que as crianças fazem. Nesse momento, tenho vinte dólares apostados num garoto que tenho certeza de que abrirá alguém com uma espátula daquelas que pedreiros usam. Acreditem em mim: se vocês já tivessem visto esse ser ou falado com ele – *ou ela* –, não dormiriam sem que houvesse algumas portas fechadas entre você e ele – *ou ela*. Sim, é fodido apostar no colapso absoluto do potencial e da sanidade de crianças. Mas, ei... Não é todo dia que temos esportes na TV! E, se a maioria dos pais não fosse péssima, eu não teria razão para apostar na destruição social quase inevitável que são seus filhos.

Este capítulo obviamente já saiu dos trilhos (esse parece ser o jeito como escrevo livros)... Entendeu? Sair dos trilhos? Esse é um capítulo sobre crianças idiotas! Certo? Eu sei! É *impecável*!!! Bem, eu precisava dizer algo que soasse um pouco mais engraçado e menos parecido com meu manifesto contra a parte mais jovem do genoma humano. Falando sério, não odeio todas as crianças... apenas as suas. Elas são pequenos pivetes dedicados a quebrar suas merdas, acertar os outros no rosto e espalhar comida suficiente pela casa para que as baratas de todo o mundo considerem seu lar um verdadeiro Taiti, o maná do Paraíso e a casa de João e Maria – ou, nesse caso, uma casa de cereais e pedaços de sanduíches de peru. Não leio mentes, mas acho que vocês não compraram essa casa para atrair e alimentar insetos de todo e qualquer continente. Então, por que deixam seus filhos fazerem tanta merda?

Estive observando e posso dizer que a situação está piorando a cada geração, com pessoas ocupadas demais fodendo e procriando para pensar de antemão se ter filhos é ou não uma boa ideia. Então, quando elas têm esses filhos, não sabem o que estão fazendo, mas ficam magoadas se você oferece algum conselho, como "Talvez você queira impedir que seu filho enfie a boca naquela lixeira, Marge...". Você poderia pensar que o mau cheiro alertaria a criança a não tentar saborear aquele lixo, mas acho que algumas crianças são imbecis só para mostrar que estão ali e que existem, mesmo que isso signifique entregar suas línguas aos deuses da imundície. Não me entendam mal: eu *vou* rir. Mas não vou gostar.

Manter a criança viva até que possa se virar por conta própria certamente é parte do papel dos pais, mas outra parte é *não* deixar que sejam babacas insuportáveis, e, eu sinto muito, vocês estão começando a ficar muito negligentes nesses seus benditos deveres. Não estou incentivando punição física... Deus sabe que apanhei por meus filhos e pelos filhos *deles*, mas não há problema em dar tapinhas ocasionais na bunda para lembrá-los de que existem consequências para mau comportamento. Estou cagando para o que esses *hippies* dizem! Não é abuso dar tapinhas nos filhos. Acho que é pior criar merdinhas mimados. Mas, se vocês criarem seus filhos corretamente, não precisarão recorrer a palmadas. Isso faz parte de ser pai, inclusive não largar seu filho no parque, estacionado como uma bicicleta, para que você possa fazer compras.

Sempre – e eu quero dizer *sempre* – que estou longe dos meus filhos, fico com os nervos à flor da pele, tenho dificuldade para dormir e nunca me sinto completamente feliz. Considerando que passo muito tempo longe, vocês podem imaginar o que é ser esse maldito C. T. Mas, no pouco tempo em que estou com eles, tento ser o melhor pai que posso ser, quer isso signifique brincar, ensiná-los ou mantê-los sob controle. Essa merda é difícil, cara! Não é fácil ser um *bom* pai... É muito trabalhoso. É por isso que nem todo mundo dedica tempo a isso. Claro, todos querem foder como coelhos e ter uma criança para que possam postar *selfies* com o bebê ao fundo, mas eles não o criarão bem, não o alimentarão bem, não o tratarão bem e não se importarão com nada, porque isso não tem nada a ver com *eles*. O egoísmo está transformando nossas crianças em monstros ingratos, e eu não posso fazer nada.

Mas, esperem... Algum dia vocês precisarão de alguma coisa de seus filhos ou dos filhos de outras pessoas. Vocês aparecerão numa loja, num departamento público, num aeroporto (odeio!) ou num McDonald's (MILT DO CARALHO!!!), e sabem o que verão? Um adulto fodido agindo como um adolescente porque não aprendeu a ter respeito nem responsabilidades. Vocês precisarão de ajuda. Precisarão de alguém que tome conta de vocês. Precisarão de alguém inteligente, esperto e carinhoso, porque haverá muitas coisas que vocês não poderão mais fazer por si mesmos. Vocês olharão para essa geração criada como se fosse quebrar e diluída em líquidos deploráveis, e pedirão ajuda. Vocês pedirão para que seus filhos sejam pessoas e para que ajam como pessoas que se importam. Vocês precisarão de empatia. Precisarão de inteligência. Precisarão de outro tipo de briga que não seja com punhos e loucura. Pensarão sobre como criaram seus filhos e como seus amigos criaram os filhos que tiveram, e ficarão preocupados. Esperarão e rezarão para que as coisas fiquem bem.

Vocês precisarão de ajuda. Precisarão que seus filhos sejam algo que, infelizmente, não foram criados para ser. Fecharão seus olhos, sussurrarão "por favor" e esticarão um braço desesperadamente em direção a eles, precisando sentir calor, segurança, força. Precisarão dessa ajuda de seus filhos. Vocês vão procurar por eles.

E ninguém estará lá.

E a culpa será sua.

CAPÍTULO 9

Que porra de barulho é esse?

Isso pode deixar um milhão de pessoas furiosas comigo, mas tenho uma confissão a fazer. Estamos falando de uma novidade mundial, então lá vai...

Eu *odeio Glee*. Eu odeio pra cacete.

Sério, eu odeio *Glee* pra cacete. Agora, antes que você saia por uma tangente maluca sobre como eles incentivam a diversidade e a aceitação, e sobre sua visão positiva de amizades entre jovens num mundo perfeito, meu problema não é com isso, embora a atuação seja medíocre e o jeito como endeusam o garoto Monteith seja grosseiro e inapropriado. Não, meu nível máximo de veneno não tem nada a ver com essas coisas. O que me irrita é o que eles fazem com a música. Não são os originais, mas as adaptações que fazem são puro lixo, e o fato de algumas serem sucessos simplesmente transgride o significado do termo "sucesso". Para mim, é o jeito como tratam o material de outras pessoas. A maneira como usam o autotune, "modernizam" e castram algumas músicas é uma porra de uma piada. O único subproduto bom dessa "febre *Glee*", como é conhecida em certos círculos, é que os artistas que *escreveram* essas músicas obtêm um aumento em suas vendas no iTunes e em discos. A ironia é que muita gente que assiste ao programa não faz uma porra de uma ideia de que o elenco está arruinando músicas que foram escritas talvez vinte anos antes de terem nascido. Ouvir "adolescentes" destruindo esses clássicos é como ver o Wolverine polindo um Aston Martin DB7. Posso apenas agradecer a Satã pelo fato de que *Glee* chegará ao fim e nem existirá mais quando este livro for publicado. Como eu sempre digo, é ótimo se livrar de um lixo.

Muitos de vocês conhecem minhas opiniões sobre música. Bem, caso eu nunca mais escreva um livro, vou aproveitar esta oportunidade para realmente expressar como me sinto a respeito da noção de "música popular" hoje em dia. Com sorte, isso porá um fim às constantes perguntas que ouço em todas as entrevistas que dou.

Sou assaltado por esse lixo todos os dias. Acordo pela manhã, ligo a TV e sou picado por um milhão de abelhas medíocres sob a forma de letras terríveis, *synthpop* fraco, vocais gargarejados e um suposto rock-and-roll nasalado. Tudo soa igual: todas as músicas têm um familiar *riff* excêntrico, uma tentativa lamentável de versos compostos por pessoas que abandonaram o colégio e uma melodia em falsete disfarçada de isca, que serve como o grande refrão. Elas podem ter tons diferentes e ser executadas por bandas diferentes, mas *todas as músicas são iguais*. E fica pior: todas as músicas são criadas para fazê-lo comprar algo. Toda música "popular" que você ouve está ligada a seguros de carro, sites imobiliários, produtos da Apple, fones de ouvido, *tablets*, concessionárias de automóveis ou qualquer coisa interessada em tirar mais do seu dinheiro. Os comerciais estão nas músicas, e todos os canais de televisão são a MTV. É genial e grosseiro, e está matando minha alma lenta e inevitavelmente.

Se vocês observarem de perto, a maioria dos comerciais que usam essas músicas incluem o nome da banda e o título da canção em letras bem pequenas, como aquelas condições de promoção em anúncios de automóveis. É assim que eles se dão bem, pois as bandas se convencem de que essa é a melhor maneira de levar sua "arte" até as pessoas. Elas vendem a porra de sua integridade, caso a tenham, para sentirem um gostinho rápido do que poderiam ter tido antes da era da internet, a verdadeira matadora de gigantes. Por causa da internet, todos os meios que uma banda tinha para se sustentar dignamente foram destruídos ou desmantelados. Discos, vídeos e mesmo shows ao vivo, de certo modo, foram substituídos pelo apertar de botões no mouse. De repente, tudo pelo que você trabalhou pode ser baixado ilegalmente. De repente, vídeos de música deixaram de ter um refúgio seguro na TV e, ainda que tenham ganhado uma nova vida no YouTube, não é a mesma coisa. A demolição foi programada e ninguém se importou.

Então, umas pequenas bandas *indies* e moderninhas descobriram que podiam levar seus singles de merda para a televisão, licenciando-os para corporações, mas, com isso, deixaram de ser independentes e descoladas. Seus ideais tornaram-se transparentes e seu estilo tosco, abrindo as comportas para centenas de imitadores dispostos a falsificar um gênero para tentar chegar a algum lugar. A banda Fun ganhou um Grammy por um álbum com dois singles que apareciam em pelo menos oito comerciais, e essa é apenas a primeira coisa que me veio à mente. Não ligue para o fato de que essa banda ganhou o prêmio por Melhor Álbum de Rock (eles são quase tão rock-and-roll quanto Pat Boone). Hoje em dia, músicas pop não são nada mais do que hambúrgueres e sandálias de salto alto, mercadorias usadas para arrancar a última coisa que consideramos preciosa no mundo: dinheiro. Tudo gira em torno de dinheiro. Tudo gira em torno de capital. Tudo tem uma etiqueta de preço, e, no fim, não podemos arcar com nada. Tudo isso é repugnante para mim, pois minha indústria, meu modo de vida, a única coisa no mundo em que sou bom ou com a qual me importo, faz com que eu queira abrir a boca do planeta e vomitar descontroladamente dentro dele. Eu me envergonho de ser cantor. Sinto-me constrangido por ser compositor. E o pior é que realmente não sei o que fazer a respeito.

Ninguém está ouvindo. Ninguém se importa. As pessoas simplesmente aceitam as coisas como são. A arte foi descartada há muito tempo. Eu me sento, bebo meu café, coço minha bunda e sinto meu coração se partir. "Não toque nesse controle! Logo estaremos de volta, mas, primeiro, aqui está um monte de lixo para sintonizá-los com as novidades da música, das quais vocês não precisam, mas sem as quais aparentemente não podem viver! Foda-se. Minha. Vida.

Vocês querem saber por que ainda estou furioso após todos esses anos, após deixar para trás todos os pesadelos e dores da minha infância? É muito simples: o mundo barateou *todas as coisas* que passei minha vida sonhando em fazer, e *vocês* permitiram que isso acontecesse. Vocês. As grandes sanguessugas do consumo mundial. Vocês, o caminho mais curto entre os pontos A e B. Vocês, o senso global de privilégio e expectativa. Vocês, os guardiões das chaves e promotores de mudanças. Vocês fazem o que fazem porque é fácil pra caralho. Suas habilidades de criar desculpas para se sentirem bem com o que fazem também me deixam com uma séria vontade de me matar. Vocês buscam qualquer meio para terem suas ações perdoadas, mas seus argumentos são tão rasos quanto uma poça d'água num deserto. Vocês entram na internet e procuram por idiotas como vocês, que reforcem suas ideias e pareçam um bando de pirralhos mimados tendo um chilique, jogando-se no chão como criancinhas furiosas que não conseguiram um pedaço de doce. Encarem a verdade: vocês roubam música. Vocês *roubam*. O pior é que eu sei por que vocês roubam. Porque 98% da música ouvida por aí hoje em dia não é digna de ser comprada.

Eu estou sentado aqui, indignado com a situação dos músicos, mas sei muito bem que, se eu fosse apenas outro ouvinte como vocês, provavelmente estaria roubando música também. A música moderna é uma piada. Se não é Katy Perry balançando numa árvore e miando como uma boneca com implantes, é uma porcaria como um bando de artistas enganadores e ladrões "pegando emprestado" músicas de artistas superiores para criarem um amálgama de lixo tão hediondo que é impressionante terem permitido que a coisa seguisse em frente. Mas esses ladrões são espertos e conhecem seu público. Em outras palavras, eles conhecem *vocês*. Eles sabem que vocês não pesquisam e que não se lembram do passado. Eles sabem que, se não pagam pelas músicas que ouvem, por que prestariam atenção? Eles sabem que, mesmo que ouvissem o original e o plágio descarado, com um especialista apontando todas as similaridades e as passagens *descaradamente* copiadas, vocês não se importariam o suficiente para ficarem incomodados, deixando que esses vômitos de segunda categoria se safem. Bom para vocês! Isso não é melhor do que dar prêmios de participação para todas as crianças: como conseguiremos reconhecer a excelência quando estamos tão ocupados em premiar a mediocridade para não ferir os sentimentos das pessoas? Fodam-se esses sentimentos! Quero *sentir algo* que não seja repugnância.

Há um álbum de rock que saiu em 2013 *tão* sustentado em outras referências que é impossível descrevê-lo num livro. É quase uma cartilha: *cada* música nesse álbum é uma canção do Metallica, do Megadeth ou do Iron Maiden. Um *verdadeiro* fã de heavy metal entende isso e evita esse álbum como se fosse uma praga, mas os falsos fãs não conhecem a história do nosso gênero, os grandes hinos e as bandas mais importantes. Em outras palavras, eles não conhecem porra nenhuma. Então, a banda que lançou aquele disco e outras bandas como ela continuam com seu assassinato musical. É uma vergonha, mas é verdade. Antes que perguntem, não, eu não direi nomes. Esse é um exemplo de como quero que vocês façam o trabalho braçal. Acreditem em mim quando digo que ficarão tão desapontados quanto eu fiquei. O que eles vão fazer? Vão me processar? Isso significaria admitir que estou certo, algo que nunca acontecerá atualmente. Isso também significa abrir mão do anonimato que lhes dei aqui, enfiando-os com segurança nessas páginas ensanguentadas. Então acho que veremos o que acontecerá... Nem mencionei *outra* banda que faz a mesma coisa de um modo ainda mais flagrante. Um de seus "sucessos" (não consigo chamar isso de "sucesso" sem cuspir no chão) roubou os versos melódicos da música "The Ultimate Sin", do Ozzy. Está lá para todos verem. Mas ninguém vê, exceto, é claro, eu.

Odeio quando estou certo.

Um comentário engraçado: não é curioso que Chad Kroeger tenha casado com Avril Lavigne? Acho que essa é a merda mais engraçada que já ouvi em anos, e tenho de dizer que Lemmy me contou uma piada suja quando estávamos numa área de fumantes na Alemanha, envolvendo avós e punhos, que vem em segundo lugar, e a uma boa distância, na lista das coisas mais engraçadas que já ouvi. Kroeger e Lavigne juntos faz um sentido estranho em níveis tão hilários que, se pensar muito sobre o assunto, posso acabar com uma dor de cabeça.

O que me apavora é que ambos são feitos da mesma matéria e, se ficarem muito próximos por muito tempo, podem acabar abrindo um buraco negro aqui na Terra. Outra coisa que pode acontecer é voltarmos no tempo ou algo assim. Vamos apenas esperar que as duas forças se anulem em paz, porque a última coisa de que precisamos é uma viagem global no tempo ou um ataque sério a Toronto. Com sorte, eles se separarão em breve, salvando-nos da desolação. (Nota do autor: *Eles se separaram*. Essa é uma pequena vitória em meu livro.)

Uma consequência surpreendente da péssima música atual é que voltei no tempo e descobri, ou redescobri, músicas antigas maravilhosas, às quais eu nunca tinha dado uma chance. Um gênero em particular é o jazz, seja livre, bebop, swing, não importa. Comecei a entrar mais e mais nessa exploração incrível. A melancolia rouca de Billie Holiday, a intensidade de John Coltrane, os movimentos maciços de Sonny Rollins, Dizzy Gillespie e seus acrobatas dos metais, Dave Brubeck e seu oceano de jazz... Há *tanto* para ouvir e desfrutar que você nunca conhecerá até realmente se entregar. Lembrem-se de que é preciso ter ouvidos, para início de conversa. Se vocês forem atletas de final de semana, que só ouvem as paradas das rádios, há chances altíssimas de que não gostem de Miles Davis. Contudo, se gostam de aventuras envolvendo riscos e improvisação, existem centenas de anos de músicas a serem investigados. De Bix Beiderbecke a Thelonious Monk, vocês não ficarão desapontados.

Não mencionei Charlie Parker.

Parker, Dizzy Gillespie e um punhado de outros são responsáveis por moldar o som do jazz moderno, o que eles fizeram nos anos 1940. Um disco como *Koko* tem o mesmo abandono incrível que você percebe nos primeiros discos de rock-and-roll ou nas músicas punk dos anos 1970. Foi explosivo *assim*. É insano pensar que foi gravado em torno de 1945. Mas, entre todos os climas e sensações que Parker tinha a oferecer, tenho de ser honesto e dizer que meu preferido é um jam lento. Algumas pessoas se concentram em seus vícios e neuroses, mas esse disco pode silenciar a todos. "Lover Man", gravada no final dos anos 1940, quando Parker havia desaparecido na escuridão de Los Angeles, é uma das músicas mais tristes que já ouvi. A sensação de melancolia e arrependimento deixa você tão pensativo que fiquei à beira das lágrimas ao ouvi-la. As versões ao vivo são boas, mas eu recomendo as gravações em estúdio. Enquanto ouvem essa música, pensem que foi uma tomada ao vivo, gravada antes dos computadores, e que soa tão boa hoje em dia quanto no dia em que foi lançada. Após colocar as coisas sob essa perspectiva, vocês compreenderão por que a música moderna pode, sinceramente, chupar a porra do meu pau.

Vamos falar sobre o fenômeno da música eletrônica. Bom, não tenho problemas com essas pessoas ou suas músicas. Já vi essa merda ir e vir: antes da eletrônica, havia a música techno. Antes da techno, havia a rave. Antes da rave, havia os DJs. Eu já vi e entendo. Não há nada novo e cada um segue na sua. Mas eu tenho uma porra de um problema: as pessoas ganham quantidades *enormes* de dinheiro a cada festa eletrônica. As piadas de Andy Samberg sobre isso não são apenas engraçadas, mas certeiras. Esses "artistas" ganham muito dinheiro em festas. Contudo, não se trata de um show de verdade, não é? Na realidade, não, porque eles essencialmente ligam umas coisas, plugam o computador... e apertam um botão. É isso que eles fazem: apertam uma porra de um botão. Isso porque a música é pré-programada e ajustada para começar uma vez que eles subam ao palco. A pessoa nem precisa aparecer! Basta mandar seu laptop e pronto. Eles não estão *fazendo nada*. É por isso que balançam os braços como malucos. Eles não fazem *nada*, e dizer que estão se "apresentando" é uma porra de uma mentira. É isso que realmente me incomoda... Quem está se apresentando sobe no palco e sangra, dá tudo de si. Esses DJs (eu não ligo se é assim ou não que são chamados, porque é isso o que são) sobem no palco, apertam *um botão*, sentam-se e ganham milhões.

Ah, vai se foder!

Isso é um insulto para todos os filhos da puta que sobem num palco e se matam todas as noites. Isso é um insulto para todos os músicos que impediram que essa indústria sucumbisse por décadas. Chamar essas festas de "shows" é tão ruim quanto dizer que as duas vitórias de George W. Bush nas eleições presidenciais foram legítimas.

Fico envergonhado que as pessoas joguem dinheiro nesses DJs. Alguns poucos são realmente criativos ao vivo, mas a maioria são *impostores*. Se tivessem alma, ela se afogaria em culpa. Mas eles não têm e nem se importam que eu diga isso. Mas a piada são eles... Como eu disse, já vi essas tendências irem e virem. Eu dou dois anos a eles. Não deixem a porta bater na sua cara quando voltar.

E não é só a música: são os programas e os filmes na TV. Existem programas tão ofensivamente idiotas que praticamente só assisto a shows de marionetes em shoppings. Há dias em que nem ligo minha TV, e olha que sou um viciado em recuperação em TV a cabo. Eu poderia resumir a confusão que é o lixo moderno de maneira muito simples. Seria preciso apenas duas palavras... Prestem atenção... Lá vai...

American Hoggers.

Eu.

Desisto.

Todos os canais gabam-se de ter programas de "sucesso", mas, então, você vê os comerciais. E eles se mostram mais um pedaço de lixo em que um bando de caipiras bêbados festejam, brigam, transam, citam frases de adesivos como se fossem escrituras divinas e tentam, um tanto desesperadamente, ignorar o fato de que não têm, absolutamente, uma porra de um futuro e de que, se não tivessem esse programa, estariam escavando valas ou dando a bunda para quem escava valas. Eles fingem que as pessoas ligam para suas existências espalhafatosas. Eles precisam fingir: a outra alternativa é lúgubre demais para absorverem. A verdade é que não faria diferença se eles não existissem.

Nossa, como estou amargo...

Estou tão cansado de quem é o melhor *chef*, artista, aprendiz, reformador de casas, de restaurantes e de carros... Estou de saco cheio de modelos esnobes, garotas más, vadias do rock, donas de casa, *nerds*, *outros nerds*, cantores, vozes, dançarinos, rostos, talentos britânicos, talentos americanos, solteiros disputados, solteiras disputadas, guardadores de depósito, líderes de torcida anãs, líderes de torcida anãs e *gordas*, sobreviventes, celebridades sobreviventes, *big brothers*, *big sisters*, vencedores de programas de reabilitação, gente que perdeu peso, gente *diferente* que perdeu peso e competições esportivas, que quase vendi todos os meus televisores centenas de vezes nos últimos cinco anos. Acredito seriamente que esses programas já deveriam ter sido cancelados, mas canais como Bravo estariam falidos. É desconcertante. A única coisa real em *reality shows* é a enxaqueca que me dão quando tento explicar para alguém que existem produtores do outro lado da câmera dizendo àquelas pessoas o que fazer. Algumas pessoas não querem ouvir isso. Algumas pessoas estão convencidas de que a garota com a rosa e o cara com cabelos arrepiados que está sempre um pouco suado demais viverão felizes para sempre. Alguns acham que aquela Honey Boo Boo é adorável e pouco compreendida, e não horrivelmente irritante e rude, que é o que ela realmente é. Para ser justo, não é só ela. Toda aquela família é uma dose massiva de diabetes com uma câmera GoPro. Eu preferiria adormecer ouvindo discos com gravações de peidos de 1920 do que assistir a essa porra de pesadelo.

Talvez eu não fosse esse filho da mãe velho e irritante se a balança da estupidez e da esperteza não estivesse tão desregulada, mas quase tudo na televisão é uma porra de uma baboseira. Se eu tiver de ver estilistas chorando novamente porque suas roupas rasgaram, vou dar um tiro no meu próprio pé. Vocês podem estar dizendo: "Mas você não *precisa* assistir a esses programas, sr. Taylor". Em primeiro lugar, obrigado, ninguém me chama de sr. Taylor; prefiro capitão Fluffy Bug. Em segundo lugar, isso não é *inteiramente* verdade, é? Porque parece que todos os canais anunciam em *outros* canais. Não assisto Bravo ou outros canais de *reality shows* porque não gosto desses programas, mas eles são anunciados nos canais que eu realmente *assisto*, grudando essa merda de cavalo na minha cara como crianças que param do outro lado da rua e xingam, achando que não há regras porque não estão em minha propriedade. São sempre os mesmos programas inúteis... Não dou a mínima para quem será a próxima *top model*, *top chef* ou *top* atirador. O único "*top*" que me interessa é o maldito *Top Gear*.

Voltando para a música enquanto meu coração ainda bate, comentei aqui que a música moderna fede como uma caixa de areia usada e tem um gosto quase tão doce, mas acho que isso não é justo. A caixa de areia está simplesmente cumprindo sua função. A música moderna não tem desculpa. As pessoas "escrevem" essas músicas, produzem, gravam, enviam para consumo e depois proclamam entusiasmadamente que é um "sucesso instantâneo". Eu sinceramente gostaria de saber como esses sucessos são feitos e quem escreve essas músicas.

Em primeiro lugar, nenhuma estação de rádio continua tocando seus pedidos. Eu já vi isso pessoalmente: os DJs já programam a próxima música e, quando você liga e tenta pedir algo, garantem que talvez toquem sua música depois. Como as ligações são gravadas, eles perguntam se você gosta da música "Blá-Blá-Blá". Se você disser "Sim, eu gosto da música 'Blá-Blá-Blá', eles editarão a gravação para que pareça que você ligou e disse: "Oi, eu posso ouvir 'Blá-Blá-Blá'?" É claro que pode! Na verdade, essa é nossa próxima música! E a música que você realmente pediu? Eles nem a tem. É isso que acontece quando você pede uma música nova: eles jogam novamente a porra da "Blá-Blá-Blá" pela bilionésima vez. É por isso que as estações de rádio estão sumindo, e os satélites estão tomando conta. As pessoas preferem esperar e ouvir a próxima música (sem comerciais) do que se sentirem ignoradas. Merdas acontecem, mas são sempre nessas rádios que tocam o que *eles* acham que *você* quer ouvir, mesmo que você *não queira*.

Agora, quanto à questão do "quem escreveu isso", eu ouvi dizer que de seis a dez pessoas escrevem para gente como Katy Perry, Rihanna e Miley Cyrus. Isso significa seis a dez pessoas sentadas numa sala, fazendo um *brainstorming*. Isso significa três a cinco pares de seres humanos pensando juntos e dizendo: "Nós precisamos reciclar nossos hits mais fodidos para que pareçam relevantes!" Posso estar errado, mas talvez sejam as mesmas seis a dez pessoas que escrevem para *todas* essas estrelas de merda, medíocres e que se acham, e *esse* pode ser o motivo pelo qual *toda música pop merdosa que surgiu nos últimos seis anos soa como a mesma porra de novo e de novo e de novo! Ah, meu Deus, não consigo parar de gritar! Alguém dê o alerta médico, porque essa merda disparou!*

Ai, assim está melhor... Obrigado.

Prestem atenção no número de pessoas necessárias para compor essas canções, e elas nem estão na banda, se esses idiotas tiverem mesmo bandas. São necessárias de seis a dez pessoas para escrever essas músicas? Você está brincando comigo? Adivinhem só? Tenho plena certeza de que Dave Grohl escreveu "Everlong" por conta própria. E de que Ray LaMontagne escreveu "Burn" por conta própria (embora suas coisas mais recentes soem um tanto quanto Coachella). Eu escrevi "Through Glass" por conta própria. Freddie Mercury concebeu "Bohemian Rhapsody" por conta própria. Falo por experiência quando digo que existe uma dinâmica maravilhosa em escrever em grupo, mas essa dinâmica vem de escrever como um grupo que *toca* junto, que se apresenta junto, que assume riscos junto. É assim que se escreve uma música. É assim que você faz um sucesso. É assim que se faz música de verdade – não enfiado numa sala de reunião de alguém, cuspindo bordões em torno dos quais, acredita-se, os adolescentes gravitarão "especialmente no verão"! Eu juro, cara! É suficiente para fazer com que eu queira arrancar minha própria cabeça e chutá-la pela rua.

Isso é sério para mim. Não é mais engraçado. Bem, talvez vocês estejam rindo, mas isso é porque sou hilário quando fico temperamental. Pode ser engraçado, mas ainda estou chateado. Para mim, a música era a única coisa real no mundo. Você tinha de ser *bom* e fazê-la ou pelo menos *parecer* bom, mesmo soando mal, o que pode ser igualmente incrível. Agora? Isso não importa. As pessoas já esperam alcançar certa quantidade de sucesso dependendo de quanto dinheiro os selos despejam no futuro astro. Não há mais heróis. Não existem mais histórias reais de sucessos surgidos da noite para o dia. Toda decisão é um cálculo e todo lançamento é uma preparação para um próximo lançamento. Tudo que há no meio é uma porra de uma mentira. A não ser que tenha a confiança monetária da alta cúpula, você pode acabar engavetado para jogarem mais dinheiro na nova fase da catinga genital do One Direction.

Sinceramente, tenho de retirar o que disse em nome de uma sensação que estourou nos últimos anos e que tomou o mundo.

Qualquer um que diz nunca ter murmurado "Gangnam Style" é um mentiroso. Talvez seja apenas eu, mas parece que Psy surgiu do nada e basicamente, por meio dos poderes do YouTube, fez com que todo mundo parecesse um punheteiro louco. Talvez seja por isso que amo essa música... Bem, pelo menos amei nas primeiras milhões de vezes que meu filho a tocou para mim. Depois, até eu queria que o desgraçado desaparecesse. Mas isso provou para mim que o verdadeiro espírito da descoberta musical ainda está vivo. Portais como YouTube e Spotify permitem que as pessoas pesquisem músicas sem furtá-las. A internet é a voz das ruas, as luzes da cidade e a vontade das pessoas, tudo misturado com *pop-ups* pornôs e *cookies* desabilitados. Até pouco tempo atrás, eu não sabia quem era esse garoto, Shawn Mendes; agora, minha sobrinha e suas amigas não param de falar dele. Isso faz com que eu queira colocar *piercings* em cachorrinhos! Eu honestamente não conheço o garoto, mas, se Bieber é qualquer indicação do que está por vir, estou ansioso para odiá-lo até a morte.

Aliás...

Fall Out Boy Will Save Rock-and-Roll!

Coma merda e morra, Fall Out Boy!

Pessoal, são os comerciais que estão acabando comigo!

Eu xingo e desligo minha TV mais vezes do que quando era mais jovem. Se tivesse um pedaço de pau, eu o estaria balançando no ar como um jogador de polo. Enquanto escrevo, está passando um comercial que me assusta, que ri de mim e que impõe sua presença dentro da minha casa (casa cujas *contas eu pago*... Desculpem-me, entrei demais no personagem aqui...). Eu me levanto pela manhã e, assim que aperto os botões do controle remoto, sou assaltado por suas balas banais de condescendência. Estou começando a ouvir essa porra desse jingle nos meus sonhos. Eu juro que acordo com as unhas cravadas na palma da minha mão. É música de baixa qualidade para uma clientela chapada, considerando que a maconha está rapidamente se tornando legalizada neste país. Eu entendo... Conheço seu público, mas, pela santa mãe dos filhos da puta, odeio isso com uma força profunda!

Estou falando daquele "S, apostrophe, M-O-R-E... S'more for you and S'more for me...", sabe?

Esse jingle faz com que eu queira matar pinguins na frente de crianças.

A marca Dairy Queen perdeu um cliente para *sempre* com aquele *hippie* barbudo e sua horripilante música acústica vinda do inferno. Desde "Kumbaya" e "The Hokey Pokey", nada fez meu sangue coalhar e minhas veias clamarem tanto por vingança. Pensei que havíamos cruzado o limiar da decência quando a abelha do Honey Nut Cheerios começou a fazer paródias de músicas hip-hop ("Ei... Tem que ser o *mel*!!" Puta que o pariu...), mas o idiota nos comerciais da Dairy Queen, que parece um lenhador *hipster*, faz com que eu me envergonhe de saber tocar violão. E a presença de crianças na propaganda em recuperação *crianças, pessoal! Crianças sugestionáveis!* em recuperação faz com que eu queira ligar para o Departamento de Defesa e denunciar o diretor e todas as pessoas envolvidas em pesquisa naquela empresa por exporem a sociedade ao perigo. Deus do céu, estou nos *Estados Unidos*!! Eu quero *justiça*!!

Estou falando sério... Pessoas que fazem comerciais deveriam ser quimicamente castradas.

Entre Owl City e Carly Rae Jepsen fazendo juntos uma música que é tão açucarada que seus dentes caem se você a ouvir com muita frequência e a propensão de bandas consolidadas abandonarem suas raízes no rock de vanguarda para fazer música que possa ser vendida para as massas dilapidadas, temporariamente obcecadas com passos de dança, você pode compreender minha raiva homicida. As coisas não estão melhorando em nada. Não estão soando melhor. Em alguns momentos, tenho uma necessidade incontrolável de esmagar todos os instrumentos ao alcance das mãos, como se tivesse chapado de heroína, cocaína e indignação. Se o mundo vai mesmo acabar, só espero que a trilha sonora não seja uma porra tão ruim. Mas ouvir melodias eletronicamente corrigidas, das quais a humanidade é retirada, faz com que eu implore pelo apocalipse. São merdas assim que me fazem monitorar os hábitos musicais dos meus filhos. São merdas assim que fazem com que eu queira me aposentar antes do tempo.

Mas tenho uma ideia melhor...

Começarei uma nova banda.

Nós nos chamaremos The Buseys. Serei eu e outras quatro pessoas com pescoços enormes. Nós vestiremos camisas de flanela, calças de veludo e botas de trabalhadores. Deixaremos nossas barbas crescerem até atingirem proporções ridículas e enfeitaremos nossas sobrancelhas com lantejoulas brilhantes. Quando tocarmos ao vivo, usaremos capacetes de todos os tipos: de batalha, de futebol americano, de motocicleta, quase tudo com uma tira presa sob o queixo. Usaremos protetores na boca, como boxeadores, que não tiraremos durante todo o show: nós cantaremos com eles, cuspiremos com eles, falaremos com o público com eles etc. Durante as músicas, daremos cabeçadas furiosas uns nos outros. Todas as músicas serão um punk rock invocado, começando com um quase ininteligível "1-2-3-4-1-2-3-4!!!". Quando formos ao estúdio, usaremos os capacetes e os protetores. Não venderemos camisetas; venderemos apenas (espere...) capacetes e protetores para a boca.

Será a coisa mais ridícula que o mundo já viu. Mas também será *burro o suficiente* para que os Buseys conquistem toda a indústria musical. Nossos álbuns (um amontado incoerente de ruídos porque gravaremos com os protetores bocais e daremos cabeçadas uns nos outros) receberão discos de platina tripla num mundo em que o *download* ainda reina. Grammies serão deixados em nossas portas, principalmente porque os comitês de premiação estarão apavorados demais para convidar-nos para as cerimônias. Forneceremos músicas para filmes do Bond, da Marvel, dos Transformers, da Cameron Diaz... O mundo será nossa ostra, e nós a comeremos com vinagre e sal. Assim que pensarem que chegamos o mais longe que poderíamos, gravaremos EPs com covers numa estação espacial, uma única apresentação na lua... Então, voltaremos às sombras como se nada tivesse acontecido.

Um dos membros dos Buseys se casará com uma Kardashian (nem todos podem ser gênios). Outro usará a infâmia para se candidatar ao Senado. Outro, ainda, aplicará o dinheiro que ganhou numa empresa com um esquema de pirâmide voltado diretamente para pessoas mais ricas, agravando a economia mundial com um ataque selvagem à infraestrutura do 1% mais rico do planeta. Outro morrerá após uma noite inteira bebendo doses de tequila com veneno de baiacu. Eu simplesmente abrirei um parque itinerante, onde ficarei puxando alavancas de brinquedos e desafiando forasteiros a "acertar os alvos e ganhar uma grande bosta de um bicho de pelúcia otário!". Negarei que fui parte da banda e usarei um tapa-olho para evitar toda e qualquer conversa sobre meu "antigo grupo". Então, quarenta anos depois, faremos uma reunião dos Buseys, e um de nós terá um derrame no palco após uma cabeçada durante nosso single de sucesso "Nnnnhhhhnnnnmmmet". E esse será o fim de uma ideia que concebi estritamente para protestar contra a música de merda que existe hoje em dia.

Coisas mais estranhas já aconteceram.

Hollywood Undead começou como uma falsa banda de hip-hop. Eles são um enorme sucesso agora. Stormtroopers of Death começou como algo único e agora são reverenciados pelo cenário do metal. Se acham que os Buseys não poderiam agarrar o mundo pelas bolas e arrancá-las enquanto gritam na sua cara grande e burra, vocês não sabem o que este planeta tem achado fascinante. Dos Gorillaz ao Dethklok, às vezes o louco é engenhoso. Às vezes, é preciso algo fora do comum para chutar a cultura bem no "pop". Não importa se a banda é uma ficção demente de alguém ou se nem mesmo é humana, ou se é literalmente bidimensional... Se as pessoas gastarem energia com ela, vocês podem apostar que será um sucesso da noite para o dia. Veja Babymetal. Se não fosse tão fofo e viciante, eu ficaria assustado.

A verdade é que realmente não importa se sua música é uma merda (e é). Simplesmente não importa se seus artistas adorados estão entorpecidos (e estão). Não importa que as pessoas que vocês põem em pedestais, sejam músicos, políticos, estrelas do pop, estrelas do rock, estrelas de cinema, ou o que for, não sejam dignas do prestígio que recebem durante a maior parte do tempo (e não são). Esquadrões da morte são essenciais nesse momento, com bolsas pretas com bolsos secretos permanentemente vazios... e tudo o que fazemos é cantarolar juntos, distraídos demais pelas cores bonitas para fechar nossos olhos, porque, se o fizermos, perceberemos que nenhuma música está no tom. Perceberemos que o ruído no fundo é só um peido barulhento numa batida funky. James Brown está se revirando no túmulo, e não está gostando!

Como explicar para uma criança que uma banda não é um cara com um laptop? Por onde se pode começar a revelar a verdade para uma criança que nunca viu nada além de Yo Gabba Gabba! e Fresh Beat Band se sacudindo por aí, cantando a merda mais insana de todas as merdas? Sim, sim, eu sei... Melodias legais e mensagens simples ajudam as crianças a aprenderem a amar música. E, ainda assim, os responsáveis pela balbúrdia lançam bandas "reais", bandas com cinco minutos de existência, que produzem essencialmente o mesmo lixo de uma melodia infantil. E, então, ganham um Grammy por Melhor Álbum de Rock... Essa é a banda Fun mais uma vez. Isso não é nem um pouco divertido.

Meu maior medo é que isso não seja um modismo passageiro, e sim o início de uma nova fase. Algum dia, quando eu for ainda mais velho (cale-se...), colocarei meu macacão para ir regar minhas petúnias, e, de repente, um carro cheio de jovens baderneiros aparecerá, com vidros muito escuros e ouvindo música muito alta, um ruído que se passará por música popular. Eu ouvirei por um segundo e, com minha incomum habilidade de distinguir uma bosta no momento em que a vejo, perceberei, com verdadeiro pânico, que o que estou ouvindo são várias camadas de peidos no autotune, sobre uma colagem de tubas, berimbaus e guitarras. Quando os peidos não forem suficientes, mixadores estourarão o som de merda na minha vizinhança com tamanha violência que os vizinhos entrarão em combustão espontânea numa explosão de diarreia e ternos de poliéster. Assim que a merda estiver fora do alcance dos ouvidos, eu me deitarei na minha cama ortopédica ajustável e olharei pela janela, perguntando-me que porra pode ter acontecido com a capacidade auditiva da população. Colocarei minhas luvas de couro, voltarei ao jardim e recomeçarei o trabalho... e me verei cantarolando a música de peido sem nem mesmo me dar conta. A lição aqui é simples: uma coisa pode ser viciante, mas isso não é desculpa para o mau gosto. São sempre as músicas que você mais odeia que grudam na sua cabeça o tempo todo, o que enche o saco, porque o único jeito de tirá-las da cabeça é ouvindo a música outra vez, e isso não vai acontecer. Você só pode ranger os dentes e aguentar.

Música, TV, internet, livros (livros são coisas que podem ser baixadas em seus Kindle Fire, crianças)... Para todos os lados que você olha, é como se o entretenimento estivesse sucumbindo sob o peso do próprio lixo. Michael Bay sintetizou essa verdade da melhor maneira possível quando disse aos seus críticos que não ligava a mínima para o que pensavam de seu último trabalho na série *Transformers* porque todos assistiriam ao filme de qualquer maneira. Ele estava certo. Esse foi o primeiro filme, naquele ano, a passar da marca dos 100 milhões de dólares no primeiro final de semana de exibição nos Estados Unidos. Bay poderia continuar fazendo esses filmes até que seu corpo fosse congelado para voltar a viver no futuro. Não faria diferença. Os lêmingues ainda correrão para o precipício sem nada em suas mentes além da sensação do vento contra os rostos felpudos enquanto se jogam no fundo do cânion. Somos nós. Nós somos os lêmingues. Dependendo de como você encara isso, nossa sensação de entretenimento é o vento contra nossos rostos ou o chão esmagando nossas cabeças. De qualquer maneira, estamos fodidos.

Eu costumava dizer "merdas acontecem", mas agora digo "merdas acontecem, só não permita que aconteçam com você". Agora, estando o mundo como está, é hora de uma nova frase: "Merdas vendem". É isso mesmo... Vocês amam suas merdas. Desde suas músicas copiadas até filmes vazios e cheios de cores; desde vídeos exibindo suas idiotices na internet até o vício em falsos *reality shows* na TV, essa frase é uma porra de uma verdade. Merdas vendem e vendem muito bem. Isso porque as pessoas que atiram essas merdas por aí conhecem seu público. Elas sabem que vocês comprarão, assistirão e ouvirão as merdas se forem suficientemente chamativas. Elas acham que você é burro, e isso não as incomoda nem um pouco. Elas ficarão felizes em tirar conteúdo e inteligência de seus produtos, mantendo-os a um baixo custo para que possam cavar um lucro ainda maior. São apenas isso: produtos. Sem arte, sem coração, sem metas e sem alma. Apenas lixo inalterado para seu prazer. Se eu fosse vocês, me sentiria insultado. Não me sinto insultado porque não compro as merdas que eles vendem. Eu as boicoto.

Vocês querem se sentir melhor com si mesmos? Querem provar que não estão comendo merda? Então, peguem um cartaz, defendam seus territórios e boicotem as merdas também. Tomem uma decisão que não tenha a ver com votar em algum merdinha no *The Voice*. Escolham cuidadosamente quando estiverem procurando por filmes e não corram para o último filme amplamente divulgado, que em geral é tão babaca que todos os atores têm cara de otário. Evitem vídeos que mostrem virilhas de meninas e compilações *yolo* no YouTube, no Vine e no Instamerda. Alimente seu cérebro com algo que não seja um caos vazio e baboseiras medíocres. Desafiem-se a ler um livro sem imagens. Encontrem um programa que tenha alguma substância e que possa fazê-los pensar. Ouçam músicas que não repitam a palavra "baby" 23.457 vezes. Seus cérebros e intelectos são bem parecidos com seus corpos. Se receberem bons alimentos, eles florescerão, crescerão e ficarão mais fortes. Se não receberem mais do que *fast-food*, vocês se verão respirando pela boca e arrastando suas juntas pelo concreto enquanto esperam numa fila para receber o seguro-desemprego.

Perguntem a si mesmos: após matarmos uns aos outros ou atingirmos um ponto em nossa tecnologia em que poderemos deixar esse planeta e encher todo o universo com nossos absurdos, o que querem que os alienígenas encontrem quando vierem vasculhar os destroços de nossa civilização nas próximas eras? Vocês querem que sejamos julgados por Bach ou por Bieber? Querem que eles encontrem Victor Hugo ou livros de receitas de verão do programa *The View*? Eles pensarão que nosso melhor representante foi Stephen Hawking ou Johnny Manziel? Baseando-se no que encontrarão, eles pensarão em caçar todos os humanos para que não possamos propagar nossa estupidez pelo cosmos? Ou simplesmente olharão para o lixo deixado para trás, contemplando as merdas que usamos como entretenimento, coçarão seus tentáculos, olharão um para o outro e dirão: "Sério? Era *isso* que eles achavam que era tão bom?"

Sim, eu me preocupo com o que alienígenas pensarão sobre nós. Não defendo nenhuma teoria da conspiração. Não acho que fomos visitados por espécies mais avançadas. Não creio que planejem invadir a Terra. Acho que, se estiverem mesmo observando, estão fazendo a mesma coisa que eu: perguntando-se por que vocês ficam tão mesmerizadas com esse entretenimento de merda. Eles devem estar sentados em suas naves espaciais, observando nossos hábitos e chegando à conclusão de que somos macacos em roupas desenhadas por estilistas. Devem pensar que somos uns energúmenos do cacete. Devem estar impressionados por conseguirmos nos alimentar e nos abrigar, considerando toda a estupidez ao nosso redor. Pior ainda, devem acreditar que nossa estupidez é contagiosa e achar que, se vierem aqui, podem pegar nosso vírus da "babaquice". Acho que ficam assustados a ponto de cagar até seu último... bem, até o último pedaço do que quer que caguem. E esses seres incríveis, seres além da nossa capacidade de compreensão, preferem não se aproximar. Eles se impuseram uma quarentena. Não voltarão até que a casa esteja vazia e que as luzes estejam apagadas, e, mesmo assim, esperarão para ver se ainda há alguma "estupidez" pairando no ar. Isso é uma decepção para mim, porque eu realmente queria que eles viessem e me levassem com eles. Com todo o dano cerebral que existe no mundo atualmente, vocês não podem me recriminar.

A média de Q.I. do mundo está se aproximando de um único dígito. O olhar das pessoas é vítreo e lustroso, encarando o vazio além daqueles que estão por perto, olhando para o nada. E a merda é que estou ficando cansado demais para lutar...

Quem irá me ajudar?

CAPÍTULO 10

Olá, eu sou o cara com o telhado de vidro

Quero usar essa oportunidade e essa plataforma para preencher lacunas a respeito de alguns fatos pouco conhecidos sobre o atraente autor deste livro. Esse seria eu, se alguém estiver se perguntando... Babacas... Você tenta pôr uma coisa boa a seu respeito no livro, e eles acabam com você como um rato sugando seus mamilos...

Deixem-me colocar algumas coisas em pratos limpos. Em primeiro lugar, nunca comi minha própria meleca, ao menos conscientemente. Isso pode contradizer a crença popular, mas é verdade. Foi tudo um acidente, e, permitam que eu diga, não gostei nada. Sério! Poucas melecas chegaram à minha boca diretamente ou por várias vias. Contudo, nunca fiz nada que apressasse sua descida, como me inclinar para trás a fim de facilitar o acesso. Tendo lido essa última frase, posso dizer honestamente que esse assunto poderia ter sido abordado de várias maneiras e que me sinto constrangido por ter escrito dessa maneira. Mesmo assim, como vocês podem ver, não apaguei a frase, então acho que não dou um borrão escorrido na calcinha para alguém ligar ou não – ou é isso ou preciso chegar ao número mínimo de palavras. Está ficando cada vez mais difícil fazer essas porras de livros crescerem até o tamanho apropriado. Então, para resumir: nunca comi meleca de minha própria fabricação, mas, em certas circunstâncias, vim, sim, a conhecer (e a apreciar) seu gosto e sua cor. Não estou certo quanto ao papel desse fato no que realmente estamos discutindo aqui, mas a questão, suponho, é mostrar que não sou um deus presidindo o conselho. Sou tão horrivelmente fodido quanto vocês.

Tenho uma longa relação com a idiotice. Possuímos uma longa história. Somos "amigos íntimos", como pessoas que viverão mais do que eu podem dizer. Contudo, não sou alheio a isso como alguns caras são. Estou ciente de que há partes em branco no retrovisor da minha mente, como uma espécie de ponto cego, ou, nesse caso, partes marrons, como quando sua inteligência atinge a cueca antes que você ative o *know-how* de uma cagada. Pensem nos momentos em que estão prestes a fazer alguma coisa, algo que provavelmente já fizeram um milhão de vezes, e seu cérebro resolve brincar de "arquivos não encontrados". Vocês se veem no meio da cozinha, perguntando-se por que foram até ali. Até que vocês reiniciem o sistema, é exatamente onde ficarão, com um olhar inquiridor que indica a todos que você está confuso e precisa da ajuda de um adulto. Isso acontece muito comigo. Bem-vindo ao Inferno do Dã.

O Inferno do Dã é um ponto fixo num momento móvel, capaz de atravessar qualquer coisa inteligente que você já tenha feito e transformá-lo num idiota que precisa de supervisão. Todos os homens, mulheres e crianças ao longo da história, de Gandhi a Gulliver, dançaram entre as balas do Inferno do Dã, caminhando espalhafatosamente para evitar levar um tiro. Diante dele, estamos tão sujeitos a ser campeões quanto estamos sujeitos a ser valentões – assim é a vida de humanos em busca de sustento e de satisfação. Não desconheço essas propensões; por mais esperto que eu pretenda parecer, sou tão fodido quanto um entregador de mandatos judiciais frívolos. Todos nós temos nossas bolsas cheias de cruzes para carregar. As minhas bolsas lembram ancinhos que esqueço que existem ao andar pelo quintal e que sempre acabam acertando a minha cara. Isso é um problema desde que me lembro... Na verdade, preciso contar sobre a vez que fiz um buraco numa parede da casa da minha avó e pus a culpa num infeliz acidente com o aspirador de pó.

Todas as palavras dessa declaração são verdadeiras, mas vou explicar melhor...

Eu devia ter doze anos de idade. Minha irmã Barbi e eu estávamos passando o verão com minha avó e meus primos em Des Moines. Nós passávamos a maior parte do tempo na casa dos nossos primos, mas resolvemos dar um descanso para tia Sandy e fomos para a casa da nossa avó. Éramos meus primos, Craig e Todd, minha irmã e eu, e estávamos sozinhos na casa da nossa avó enquanto ela trabalhava. Agora, eu me lembro de minha avó ser uma espécie de colecionadora... Não uma acumuladora, mas apenas teimosa demais para se desfazer de qualquer coisa. Isso significa que sua casa era uma espécie de caça ao tesouro, cheia de maravilhas de cada década e de cada geração que havia morado ali. Para um grupo de adolescentes sem nada para fazer, isso era basicamente um desafio para ver o que conseguíamos encontrar. Tudo, desde artefatos dos anos 1960 até dados bonitos e chiques trazidos de Las Vegas, estava ao alcance das mãos. Então, a caça dos catadores começou.

Nós nos espalhamos pela casa, buscando descobertas e um pouco de bagunça. A casa da minha avó tem uma planta razoavelmente simples: passando pela porta da frente, vem a sala de estar; à esquerda, fica a cozinha com acesso à garagem e ao porão; à direita da sala de estar ficam os quartos e os banheiros, todos construídos em volta de um pequeno corredor. Você literalmente saía de um quarto, dava um passo e estava em outro. Vivíamos em ambientes bem próximos, mas era uma casa muito boa, onde gostei de viver. Até poder comprar minhas próprias casas, esse foi o lugar onde vivi por mais tempo e ainda hoje considero que é a casa em que cresci.

Voltando à história, Craig foi para a garagem. Barbo (como eu a chamava) estava em um quarto. Todd estava na sala de estar, mexendo em um monte de coisas. Eu estava no quarto mais próximo da sala. Era o lugar com mais cômodas e gavetas, então logo o invadi. Um dia, encontrei ali um conjunto inteiro de colorir, em que cada pedaço com um número é pintado com uma cor. Nesse dia, após terminar o desenho, vi que era uma representação muito irônica de um palhaço, uma mulher, com os cabelos castanhos esvoaçando atrás da cabeça e a pintura branca do rosto avançando por cima do batom. Talvez seja porque sou terrível colorindo, mas, para *mim*, foi um exemplo inusitadamente comovente da luta eterna entre a felicidade e o sofrimento. Foi a melhor coisa que já fiz em termos de arte ilustrativa.

Meu gato, que se chamava Scratch, mijou nela. A pintura foi jogada fora. É uma longa história...

Então, de volta ao motivo pelo qual estou tagarelando nos lóbulos fofos de suas orelhas: a gangue e eu explorávamos as "catacumbas" da casa. Enquanto eles estavam ocupados em outros lugares, eu estava num quarto cheio de maravilhas, examinando tudo que se encontrava ao alcance, ou não, de meus braços. Olhei para a parede... e meus olhos se fixaram na velha Thirty Ought Six do meu tio Alan, o que, para aqueles que não conhecem, é basicamente uma arma de fogo.

Um pensamento me ocorreu...

Garotos e garotas, ouçam: eu tinha doze anos. Não sabia nada. Mal conseguiria encontrar meu pênis usando um mapa, quem dirá discernir entre uma ideia boa e uma ideia ruim. Então, deixem-me descrever a carnificina que se seguiu, o que quero fazer com o que pode apenas ser chamado de "integridade jornalística" – quero dizer que não adoçarei meu Inferno do Dã nem para o benefício das câmeras e nem dos espectadores. É bem simples: eu queria segurar aquela porcaria nas minhas mãos como se fosse um caçador. Nas ocasiões anteriores em que tive a mesma ideia, minha avó sempre estava por perto para conter minha estupidez, mas, dessa vez, eu estava por conta própria, entregue a uma força de vontade que aparentemente não encontrava resistência. Assim, sem ninguém para me impedir, alcancei a arma em seu célebre lugar na estante, segurei-a nas mãos e balancei-a um pouco. Era pesada. Madeira e metal combinados num modelo clássico, projetado para fazer coisas ruins desaparecerem e transformar animais vivos em jantar. Ter aquela coisa em minhas mãos deveria ter sido um momento de responsabilidade, e não uma diversão. Mas, novamente, eu tinha doze anos e literalmente todas as ideias que tive até aquele momento foram terríveis. Mas nenhuma foi tão ruim quanto a que estava na minha cabeça naquele instante.

Puxei o gatilho.

Foi aí que descobri que a arma estava carregada.

Por que aquela coisa estava carregada? Eu tinha doze anos e não sabia que é preciso checar se uma arma está carregada antes de fazer qualquer coisa com ela. Não sabia que puxar o gatilho de uma arma desconhecida em um local fechado era um erro ainda maior. Então, você pode imaginar o que aconteceu. A arma disparou, abrindo um buraco na parede do quarto e enchendo-o de barulho e fumaça. Foi *extremamente* alto. Não ouvi a mim mesmo gritar, porque aquilo me assustou mais do que qualquer merda na minha vida. Não ouvi quase nada ao redor, porque meus ouvidos estavam tinindo feito sinos de igreja após a eleição de um novo papa. Perdi os gritos vindos dos outros quartos, onde estavam minha irmã e Craig, a quem eu quase tinha matado de susto. Mas o pânico verdadeiro surgiu quando percebi que a parede dava para a sala de estar. Todd estava na sala de estar. Congelei. Subitamente, aquilo não era apenas um erro, e sim uma porra de um pesadelo.

Duas coisas me ocorreram: em primeiro lugar, que o destino decidira mover Todd alguns centímetros antes que eu disparasse a arma e, em segundo lugar, que a arma estava carregada com uma munição leve, e não com balas pesadas. Então, após a explosão inicial, e mesmo considerando que a bala já havia aberto um buraco na parede, a energia dispersa ainda foi suficiente para lançar estilhaços da parede pela sala de estar. Acho que um pequeno pedaço atingiu Todd, mas não o machucou. Entretanto, algumas lascas atingiram a tela da TV e o carpete ficou cheio de pedacinhos de metal e gesso. Enquanto minha família gritava comigo por quase ter matado meu primo (eu pedi desculpas, mas vocês sabem como é...), peguei o aspirador de pó ancião da minha avó. Era um modelo muito antigo, daqueles que você carrega atrás de você, com um cano comprido conectado a um longo tubo de metal que *então* era conectado ao mecanismo de sucção. O tubo de metal tinha sido reforçado com fita adesiva porque estava sempre soltando, e o corpo do aspirador era tão pesado que era preciso usar as duas mãos para carregar aquela porra para qualquer lugar. Foi enquanto eu limpava os destroços que concebi um plano engenhoso para esconder o buraco.

É claro que o buraco na parede tinha sido grande, e dava até para ver o quarto através dele, mas reparei que eu poderia encobrir a luz que passava por ele se abrisse a porta do armário, que era tipo um *closet*. Então, enfiei um trapo no buraco, pelo lado do quarto, e abri a porta do armário para esconder a evidência. Ninguém mexeria ali se já não estivesse procurando alguma coisa. Na sala de estar, o estrago ainda era evidente, mas parecia ser apenas um buraco na parede, e não a cena de um crime.

Contei aos meus primos e à minha irmã sobre meus planos e usei ameaça de violência caso eles pisassem na bola. Quando voltou para casa, minha avó percebeu que algo havia acontecido, mas não sabia o quê. Foi aí que eu expliquei que "estava passando o aspirador de pó na sala quando a porcaria do tubo de metal se soltou. Eu perdi o equilíbrio e caí com tudo sobre o tubo de metal, que *então* bateu na parede e formou um buraco". Ela ouviu atenciosamente, balançando a cabeça e estudando o buraco. Com o trapo enfiado do outro lado do buraco, parecia que o rombo não havia ultrapassado a parede. Com uma ponta de ceticismo, ela engoliu a mentira. Pelo menos disse que sim. Estou razoavelmente certo de que ainda dava para sentir o cheiro de pólvora e de que havia um pouco de reboco no chão, mas ela disse que acreditava em mim.

Meus primos e Barbo não podiam acreditar. Todd não falou comigo por um tempo.

Obviamente, o tempo passou e não tenho mais doze anos. Envelheci, é verdade, mas não melhorei nem um pouco. Vocês sabem o que acontece? Sou ótimo para lidar com merdas grandes e com merdas triviais, mas sou péssimo com as pequenas coisas. Bem, essas pequenas coisas não parecem pequenas para mais ninguém, mas é como eu vejo. Preparar um grande jantar para toda a família? Sem estresse. Consertar o controle da porta da garagem? Impossível! Fico tão perdido quanto um controle remoto enfiado entre as almofadas do sofá. Aparar a grama, tomar atitudes ou discursar sobre a batalha de Hastings em 1066? Ótimo. Mexer nas configurações no carro, consertar o ar-condicionado ou lidar com alguma bosta num departamento público? Fico mais perdido que um garoto de dez anos com uma fita cassete: não sei o que fazer, para onde ir ou quem procurar. Sei que para vocês é bem simples. Para mim, é como tentar resolver problemas de cálculo fazendo embaixadinhas. Estou em paz com o fato de que sou ótimo em algumas merdas e um lixo em outras, mas foi preciso paciência e cerca de vinte anos para descobrir isso.

Sendo completamente honesto, a maior parte da minha ignorância profunda parece rondar qualquer coisa que tenha a ver com dinheiro. Essa é a principal razão pela qual tenho um homem muito poderoso, a quem me refiro simplesmente como "sr. Shore", para lidar com esse tipo de coisa para mim... E Deus me ajude se eu não o chamar de "sr. Shore"! Ele tem um remo com meu nome talhado na madeira! O dinheiro é um verdadeiro filho da puta se você não souber lidar com ele. Mencionei alguns dos meus maiores erros financeiros em *Sete pecados capitais*, mas foram apenas as maiores baleias. Ainda tenho alguns peixinhos excêntricos nadando na minha piscina. Uma vez, paguei cem dólares para um cara que vendia alto-falantes na traseira de uma van. Peguei meu alto-falante, que tive de arrastar até minha casa, apenas para descobrir que não valia merda nenhuma. Uma vez, troquei meu velho conjunto de bateria por uma guitarra que valia metade do valor. Vocês estão percebendo o padrão aqui? Não sou bom com "valores". Recentemente, há cerca de um ano e meio, decidi comprar ingressos para minha família e eu assistirmos a um show do comediante Daniel Tosh em Las Vegas. Sentindo-me um verdadeiro adulto, acessei a internet, encontrei um site que vendia ingressos e comprei para todos nós. Não olhei outros sites e não comparei preços. Vocês podem imaginar meu constrangimento quando me mostraram que paguei cerca de quatro vezes mais pelos ingressos. Minha defesa? "Mas são na segunda fileira!"

Não ajudou.

Se há uma história que define quão retardado sou com dinheiro, é a história do riquixá superfaturado.

As pessoas que moram em Nova York e em outras metrópoles infestadas com esses meios de transporte sabem o que é um riquixá. Qualquer um que tenha assistido a mais de 26 episódios de *Seinfeld* conhece a história de Kramer com seu próprio riquixá e a coisa *nonsense* que se seguiu. Porém, para aqueles que não sabem, um riquixá é basicamente uma bicicleta que carrega um assento de um carro e que geralmente tem alguma espécie de toldo para proteger os passageiros. Os riquixás originais eram mais parecidos com carrinhos, com o "motorista" puxando dois grandes cabos e correndo para frente como jogador num treino de futebol. Porém, os riquixás modernos parecem ter mais a ver com Lance Armstrong do que com Forrest Gump, e você não precisa de substâncias ou amostras limpas de sangue para andar pelas ruas perversas das grandes cidades. No começo, eles parecem um tanto estranhos, mas, uma vez que estejam a todo vapor, voam como um bombardeiro num ataque noturno, e são tão destrutivos quanto, atrapalhando o trânsito e acabando com a coluna dos passageiros. Agora que conseguem visualizar um riquixá, posso começar minha história...

Alguns anos atrás, Steph e eu levamos as crianças conosco numa turnê da banda Mayhem. Éramos nós, Griff, minha sobrinha Haven, meu sobrinho Drew, minha cunhada Jackie e nossa amiga Kira. Tivemos uns dias livres em Nova York e decidimos dar uma olhada na cidade. Ironicamente, o dia seria coroado com um jantar com o sr. Shore e sua amável esposa. Quando chegou a hora, descobrimos que éramos muitos para caber num único carro. Há táxis por toda a ilha, é claro, mas eu tive uma ideia "melhor", e por "melhor" eu quero dizer "uma ideia terrível que começou como uma tentativa inocente de diversão". Mas todas as ideias terríveis não começam assim? Tenho certeza de que Napoleão achou que invadir a Rússia seria ótimo. "O Natal será ótimo! Neve e vodca para *todos*!", pensou ele.

Eu já tinha ido muitas vezes a Nova York, e sempre via homens e mulheres passando em riquixás, observando-os com uma espécie de fascínio sutil. Os motoristas sempre têm pessoas a bordo e se movimentam tão rápido quanto suas pernas aguentam, engajados no que parecem ser acrobacias demoníacas, passando pelo trânsito e voando pelas ruas como demônios híbridos impetuosos. Mas, em todas as minhas passagens pela cidade, nunca tivera a oportunidade de entrar em um riquixá e de desfrutar da velocidade e de sua insanidade. Naquele momento, tentando locomover minha família do ponto A ao ponto B, fiz sinal para dois desses troços, enchi-os com minha ninhada e, com um sorriso, mergulhamos no trânsito da hora do *rush*. Eu deveria saber que estava bom demais para ser verdade.

O passeio em si foi ótimo. Nós corremos entre os carros e passamos por vários faróis vermelhos. As crianças estavam loucas. Steph morria de rir. Eu estava suando, mas me divertindo muito. Parecia que Griff colocaria os olhos para fora da cabeça. Nosso condutor pedalava com tudo, evitando carros e lombadas sem pensar em nossa segurança, mas foi animador, revigorante e fascinante. Em geral, não há como sair e vivenciar o mundo lá fora sem um monte de equipamentos de proteção, mas estar naquele riquixá, atingindo altas velocidades, é o mais próximo de estar no trânsito sem um carro, como se você estivesse voando pelas ruas sem a proteção que toda a parafernália de um carro pode oferecer. Foi como um passeio pela Disney. "Você já voou sobre a Califórnia... *Agora dirija por Nova York sem estar num carro!*" Foi um passeio incrível.

A coisa foi tão intensa que nosso banco se soltou quando chegamos ao restaurante e levantamos. Mas... eu não tinha reparado que havia uma lista de preços ao lado da cesta, com ridículas subtarifas para cada tarifa. Primeiro, pagava-se uma taxa por cada pessoa. Até achei justo, e sei que outros meios de transporte também são assim, mas não era uma taxa baixa não. Então, a coisa piorou cada vez mais. Cada quilômetro tinha uma tarifa diferente. Andar numa rua tinha uma tarifa diferente. Andar numa *avenida* tinha uma tarifa diferente. Andar numa *alameda* também tinha uma tarifa diferente. Pode ser a raiva que sinto quando me lembro dessa merda, mas tenho quase certeza de que virar para a esquerda era mais caro do que virar para a direita. Então, ao todo, um trajeto de quatro quilômetros para seis pessoas, em dois riquixás, algo que não teria custado quase nada num táxi regular... custou trezentos dólares. Por mais incrível que tenha sido a viagem, achei extremamente difícil justificar aquele preço. Já comprei passagens de avião mais baratas! Mas, como não perguntei quanto custaria, como não sabia procurar uma lista de preços naquela porcaria, como o rapaz argumentou comigo que a culpa era minha por não saber em que estava me metendo, engoli meu orgulho e paguei. Eu já disse antes que as lições mais duras são as melhores, porque a dor fica guardada na memória e não se pode apagar esse tipo de conhecimento. Tudo o que posso dizer é que minha família amou o passeio, minha esposa não me matou por ter sido muito caro e meu condutor teve uma sorte do cacete por eu não estar com meu taco de beisebol.

Eu não contei ao sr. Shore sobre o incidente. E não enviarei a ele uma cópia deste livro.

Por favor, não enviem a ele uma cópia deste livro, porque tenho medo dele.

Passei a maior parte da minha vida tentando descobrir por que meu cérebro funciona do jeito como funciona. Não sou nenhum boçal: sei lavar minhas próprias roupas (mais ou menos) e trocar o óleo do carro (não muito bem, mas vocês entenderam). Sei lidar com o contexto geral um pouco melhor do que com detalhes. E essas pequenas coisas são frustrantes pra cacete – não só para mim, mas também para minha família. Às vezes, minha esposa me pede para fazer alguma coisa em casa e sinto um olhar surgir no meu rosto como a sombra de uma pedra no deserto de Mojave. Sei que é uma mudança perceptível, porque minha esposa *vê* o olhar surgir, olha para mim e diz: "Você não sabe do que estou falando, sabe?" No passado, eu tentava rir e bufar, numa estratégia para salvar minha masculinidade, mas agora simplesmente dou de ombros e digo "Não, não sei". Ao envelhecer, você vai parando de se importar tanto com qualquer merda. É realmente incrível! Não ligo mais para o que vou vestir, aonde vou e se alguém se importa comigo. Isso é ótimo para um ego que esteve muitas vezes na arena do gladiador, cuspindo grãos de areia e com sangue nos olhos.

Acho que é por causa do jeito como cresci. Não vou reclamar sobre a porra toda ou regurgitar os abusos, pois já documentei isso em outros meios. Aqui é mais sobre o efeito do que sobre a causa. Por causa do meio em que cresci, tive de aprender a fazer tudo por conta própria. Não tive pai para apontar qualquer direção e, na falta de quem o fizesse, aprendi a fazer as coisas do meu jeito – isto é, do jeito difícil. Aprendi a cozinhar, limpar, dirigir, trabalhar, amar, viver, gastar, odiar, lutar, correr, fumar, pensar, falhar, vencer, foder e controlar por conta própria. Passei minha infância basicamente cercado por uma horda de adultos que não tinham a menor ideia do que fazer para manter suas merdas no rumo. Então, era uma questão de sobrevivência: descobrir como fazer as coisas ou sucumbir sob o peso das minhas neuroses e deficiências. As escolhas não eram muito atraentes, mas eu estaria condenado se falhasse. Então, fiz a merda do jeito difícil, encontrando atalhos que causavam mais desastres do que traziam benefícios. Nos invernos, por exemplo, eu limpava a neve que cobria o carro da minha avó. Como sou um pouco baixo, decidi usar uma vassoura para alcançar todo o teto do carro. Depois de um tempo, comecei a usar a vassoura em todo o carro, porque era mais rápido e mais eficiente, e eu conseguia sair do frio mais rapidamente. Foi só no verão que percebi que a vassoura estava arranhando a maldita pintura do carro e que o estrago era *muito* visível. Nem preciso falar que ela ficou muito decepcionada comigo. Esse é apenas um gostinho das consequências do processo de aprender a pensar por si mesmo.

Isso não é necessariamente ruim. Tenho o hábito de pensar fora da caixa e das normas, o que provavelmente é o motivo pelo qual escrevo, ajo e imagino histórias à minha maneira. Meu modo de pensar me permitiu dar a volta ao mundo diversas vezes, publicar alguns livros, deixar meu bigode crescer para um papel num filme e, principalmente, safar-me de possíveis homicídios com meus amigos. Mas nunca esqueço que parte da minha fiação está enrolada e misturada. Cara, o que se vai fazer? Eu cresci na rua, quando não estava dentro de um trailer. Ser normal não está exatamente na porra da minha cabeça. Além disso, consigo fumar pelo umbigo. O que *vocês* conseguem fazer, fodidos?

Aconteceram também umas merdas assustadoras... Você já se sentou sozinho e repentinamente percebeu que estava encarando o nada por quase uma hora? E alguém já chegou e instalou-se nesse ponto do nada que você estava encarando? E você acordou e viu que as pessoas o encaravam em resposta como se você fosse um estuprador esperando para jogá-las em sua van e levá-las para a Caverna do Estupro? Até você sair desse incrível estupor, uma pessoa já deu umas voltas e contou aos outros que você planeja enfiar sondas em todos eles. Antes que você possa se mexer, as pessoas se aproximam ameaçadoramente, tirando bastões e vidros de perfume de suas bolsas enormes, determinadas a recriar uma cena do clássico *M: O Vampiro de Düsseldorf.* E adivinha quem elas escolherão para o papel de Peter Lorre? Qual é a lição aqui? Uma pessoa pode apenas estar concentrada, mas uma multidão pode ser formada de filhos da mãe chupadores de rola.

E eles estragaram minha melhor camiseta da banda Cramps...

Do que eu estava falando mesmo?

Estão vendo? É dessa merda que estou falando, bem aí! Eu escapo por uma tangente mais rápido do que Usain Bolt após uma gorda carreira de metanfetamina e vou embora como se tivesse sido abastecido com combustível de foguete! Que *porra* é essa?! Sei que às vezes é divertido seguir um pensamento até o fim, mas, em nome do Judas Priest num palco em Wembley, onde isso vai *terminar*? Devo ficar preocupado? Devo consultar um médico ou, pelo menos, ir ao David Copperfield? Antes que vocês digam "Por que não Criss Angel?", já digo logo que *não*. Saibam que encostarei o dedinho do pé de um homem morto em cada um se mencionarem o nome desse cara. Criss Angel parece Don Knotts num teste para o papel principal na adaptação de *O Corvo*. Meu Deus, eu fiz a mesma merda outra vez! Vou sair para fumar... Isso me ajuda a manter o foco... E a dar uma cagada... Porra!!!! De novo!!! Eu já volto.

Quinze minutos depois...

Ainda não cheguei a uma conclusão... Mas agora sinto minha cabeça leve e meus dedos cheiram como as bolas do Dean Martin. Muito bem, Corey!

Só pode ser o café. Nunca fiquei ruim assim com cocaína. Após os já mencionados cigarros, café é meu único vício verdadeiro. Eu cortei *fast-foods*, não como mais como um adolescente e faço exercícios suficientes para ter energia e escapar dos pneus de gordura em volta da cintura. Só que o café me transforma num maníaco suado, parado com as mãos nos quadris, respirando como se houvesse corrido uma maratona e sem ter muita certeza de como cheguei ali. Cafeína é uma coisa, mas café é outra. Eu não ajo assim quando bebo um refrigerante ou como uma caixa grande demais de biscoitos. Isso mostra que o café é o único culpado. O café é o sangue satânico que tira meu cérebro do travesseiro e me faz grunhir. Parar de tomar café? É isso que estão sugerindo? Vão se foder! Prefiro ser maníaco a ser medíocre. Então, por que estou reclamando? Não estou bem certo. Eu só queria conseguir me concentrar enquanto estou nesse estado.

Esse, sim, é o objetivo: concentração. Sei que tenho pouca ou nenhuma concentração. O triste é que passei essa maldição para meu filho. Aos que conseguem se concentrar: como vocês fazem isso, caralho? Já perdi cenas inteiras de filmes porque um inseto surgiu na minha frente. Qualquer distração me leva por uma toca de coelho e, quando chego à superfície novamente, estou na China. Sei que não se pode cavar um buraco até a China, mas, metaforicamente, é o que quero dizer. Não discuta comigo no meio do meu livro! É meu livro! Se eu quiser usar uma alegoria completamente descabida, eu posso! Isso se chama licença artística, e eu não precisei ir ao museu para consegui-la! Eu nasci com ela! Talvez ela tenha nascido comigo. Talvez seja Maybelline.[11] Os alertas de inundação estão ficando loucos porque acabei de conduzir minha onda de confusão para um rio e estou gritando como uma *banshee* usando esteroides. Vocês querem experimentar algo insano? Tentem viver na *minha* cabeça por uma ou duas horas. Se aguentarem quinze minutos, comprarei uma porra de uma raspadinha para vocês.

Em termos de inteligência, existem poucas coisas das quais me orgulho. Uma dessas coisas é que nunca utilizei o termo *yolo* a sério. Quando ouço alguém dizer isso, alguém que realmente quer dizer isso, minha pele enruga e fico muito irritado. Além disso, nunca vi *Titanic*. Nunca. Isso deixa minha família e meus amigos loucos! Olha, não é que eu seja contra uma visão açucarada de uma catástrofe épica (o que não faz sentido, porque *Titanic* é estudado como clássico, mas *Pearl Harbor* é desprezado justamente por ser açucarado); não é porque tenho algo contra alguém no filme (até acho que Leonardo DiCaprio e Kate Winslet são bons atores); e não é por causa daquela porra de música da Celine Dion. Não... Tenho um motivo muito válido (para minha família, um motivo muito imbecil) para nunca ter visto um dos maiores filmes de todos os tempos, e ele remonta a uma entrevista que ouvi numa rádio em 1997.

Nesse ano, eu estava trabalhando no balcão de uma *sex shop* conhecida como Empório dos Adultos, laçando pornografia como um Buffalo Bill Cody num avental. Por trabalhar de meia-noite às oito horas da manhã, eu costumava deixar o rádio ligado. Enquanto limpava as prateleiras de vidro, removendo a sujeira entre frascos de látex líquido e de lubrificantes a base de óleo, o DJ começou a falar

---

11. Esta frase foi um *slogan* para uma campanha da marca Maybelline. No original em inglês, *Maybe is Maybelline*, trocadilho intraduzível entre a palavra *maybe* (talvez em inglês) e a marca de maquiagem Maybelline. (N. T.)

sobre uma entrevista recente em que James Cameron teria dito que, no ano seguinte, o mundo inteiro já teria assistido ao seu filme!

Bem, me chamem de teimoso... mas isso soou como um desafio.

Eu me lembro de ter me perguntado onde o sujeito havia encontrado a cara de pau necessária para fazer aquela declaração. Por que ele faria uma declaração tão exagerada e decidiria que *esse* seria o filme que a humanidade inteira veria, simplesmente uma tépida história de amor que termina num naufrágio? Como ele *ousou* sugerir que conhecia os gostos e os hábitos de todo o *planeta*, e tudo para ganhar ainda mais dinheiro? Naquela noite, eu me convenci de que *nunca* veria o filme, e mantive-me firme desde então. Se o filme passa na TV, eu mudo o canal. Se minha família quer assistir, eu saio da sala. Conheço a história do filme pelo que dizem por aí e por paródias, e sei que não estou perdendo nada. Ela sopra um apito, Jack congela, ela sobrevive, envelhece e morre. Fim. Já li panfletos mais profundos. E o fato de o filme ter representado um grande marco para Billy Zane faz com que eu me irrite ainda mais com as pessoas por não o colocarem em mais filmes... Ele é *melhor* do que essa bosta!! *Porra!*

Minha família meio que me odeia um pouco por nunca ter assistido a *Titanic.*

Mas aprendi a lidar com isso.

Bem, vamos concluir essa parte lamentável rapidamente. Ao longo dos anos, fiz algumas merdas. Desapareci no centro de Amsterdã e acordei no meu quarto de hotel sem saber como havia chegado ali. Pelas minhas contas, perguntei a dezessete mulheres diferentes em que mês da gravidez estavam, mas descobri que nenhuma estava grávida e que todas eram simplesmente gordas. Cheirei pimenta e fumei PCP. Esperei por quatro horas numa fila para assistir ao filme *A Ameaça Fantasma.* Fiquei preso do lado de fora da minha própria casa completamente nu (graças a Deus, eram duas horas da manhã e estava escuro). Pulei em cima de uma mesa de centro com tampo de vidro e a quebrei, usando apenas um capacete e uma saia de tule numa sala cheia de gente. Contudo, acho que a pior coisa que já fiz foi desconfiar dos meus instintos. Agora que sou mais velho, tendo a acreditar mais no que sinto, mas não fazia isso quando era mais jovem. Aqui está um exemplo:

Tenho um amigo chamado Ben Callahan, que é um pouco diferente. Eu o achava muito engraçado, mas outras pessoas tinham problemas com ele. Eu o defendia e dizia que era apenas estranho, e não um doente ou um babaca! Ninguém acreditava em mim, então, geralmente, éramos apenas nós e fazíamos nossas coisas sem dar a mínima. Numa noite, muito tempo atrás, eu estava na casa dele, e ele estava grudado no telefone, falando com alguma garota com quem ele queria transar. Antes que eu pudesse entender, ele me disse: "Pegue seus sapatos! Os pais dela não estão em casa e ela quer que a gente vá lá!" Foi aí que comecei a imaginar quantos anos essa garota teria e a pensar que talvez não fosse uma boa ideia. Mas, sendo um amigo leal, fui com ele. Nós saímos de casa e caminhamos alguns quilômetros até a casa da garota, onde eu fiquei sobrando enquanto eles se pegavam. Então, saí do quarto e desci para a sala pensando em encontrar algo na TV.

Eu estava assistindo ao filme *O Poderoso Chefão*, que já estava na metade, quando os pais dela chegaram em casa. Corri pelas escadas e avisei a eles, o que fez com que a garota decidisse esconder nós dois dentro do armário. Serei honesto e direi que eu ainda não estava surpreso com o rumo que a noite tomava. Então, em algum momento, sua mãe entrou no quarto para desejar boa-noite. Houve uma longa pausa. Finalmente, a mãe disse:

— Você estava fumando?

— N-Não! É claro que não! – respondeu a garota.

— Bem, estou sentindo o cheiro!

— Ah, minha janela estava aberta... Provavelmente veio da rua!

Vou admitir que a desculpa foi boa. A mãe saiu.

Ficamos mais quinze minutos no armário até que não aguentei mais. Então, saímos do armário, meu amigo deu um rápido adeus para a chave de cadeia e tentamos sair sem chamar atenção. O problema é que só havia um caminho, pela porta da frente, e que seu pai estava sentado exatamente no mesmo lugar onde eu estivera menos de vinte minutos antes, assistindo ao filme *O Poderoso Chefão*. Olhei para Ben e mandei ele seguir minha deixa.

Enquanto descíamos as escadas, comecei a gesticular em direção ao teto e às paredes, falando bem alto:

— Bem, parece que não houve dano nas paredes aqui. Talvez tenhamos de conferir lá fora... Veja, a *graduação* é o problema...

Ben entendeu a deixa e começou a falar umas merdas também:

— Sim, a água do solo é definitivamente um problema, em especial porque o verão tem sido muito úmido...

Nós já estávamos perto da porta, e o pai da garota continuava sentado, encarando-nos, com a boca suficientemente aberta para que percebêssemos que estava chocado. Então, gritei em direção ao alto das escadas:

— Harold! Pegue o torniquete e nos encontre lá fora!

Logo depois, agarrei a maçaneta da porta e a abri, escancarando-a, e, quando o pai dela se levantou, nós já estávamos lá fora, correndo feito loucos pela rua, rindo sem parar e rezando para que ele não chamasse a polícia. Ainda bem que essa porra aconteceu há vinte anos: hoje em dia, sei que o pai da garota teria o celular em mãos e chamaria as autoridades antes que chegássemos perto da porta. Mas foi um final divertido para uma noite extremamente estressante.

Conforme os anos se passaram, Ben tornou-se cada vez mais errático, e comecei a ver o que todo mundo já via nele. Então, um dia, nós simplesmente paramos de andar juntos. Na última vez que ouvi qualquer coisa a seu respeito, ele estava encrencado com pessoas realmente ruins. Por mais que eu quisesse ajudá-lo, sabia que isso não traria nenhum benefício. Nessa altura, eu já compreendia melhor meus instintos. Havia descoberto, pelo jeito difícil, que, às vezes, esse frio que aparece no estômago está lá por algum motivo. Se vocês ignorarem essa sensação será culpa sua quando se foderem. Se aprenderem com isso, poderão fazer maravilhas.

Essas são as digressões de um homem que sabe quão ridículas são suas divagações. Foi preciso muitas tentativas e muitos erros para perceber que não sou a lâmpada mais brilhante na prateleira. Sim, claro, sei que foi um longo caminho, mas não se chega aos quarenta anos sem aprender algumas coisas e descobrir que você não sabe tanto quanto pensou que sabia. Essa é a parte bonita da vida. Algumas pessoas são bem felizes apenas acompanhando o fluxo, sem jamais bagunçar qualquer pena das aves do paraíso. Esse é um jeito certeiro de perder o que a vida tem a oferecer. Vocês precisam cometer alguns erros. Precisam admitir desde cedo que há uma boa chance de que tudo dê errado. Não há problema em ser um idiota; o problema surge quando você não supera sua idiotice.

Estou orgulhoso da minha idiotice. Ela pode ter me impedido de fazer algumas coisas. Ela pode estar me impedindo de ganhar algum prêmio de inteligência excepcional. Mas vou ficar bem. Posso ser teimoso, mas sou honesto. A Mensa não está me ligando, mas sei esquentar meu leite sem queimá-lo e não deixo marcas de alvejante nas minhas roupas. Minha esposa ainda permite que eu dirija desacompanhado e fique em casa com as crianças, confiando que, ao voltar, elas não estarão chamuscadas, famintas ou mortas. Assim é a vida de um homem. Assim é a vida de um pai. Assim é a vida de alguém que tem uma mente incomum. Isso funciona para mim.

Posso ter passado a maior parte deste livro com muita raiva de vocês. Posso ter chegado ao pior do meu vocabulário e quase ter passado dos limites, porque me enfureço tanto que meus olhos saltam para fora como se eu fosse um baiacu. Posso cair em depressão diante do fato de que a maioria de vocês não deveria estar viva, considerando todos os vencedores do prêmio Darwin que vieram antes. Dito isso, basta lembrarem-se de uma coisa: não sou melhor que vocês. Posso ser mais bonito e atrevido, e posso ser mais ágil verbalmente, mas não aprendi a levantar o assento do vaso antes de mijar até alguns anos atrás. Sou tão idiota quanto qualquer outro, mas posso ser ensinado. Posso ser treinado. Posso até gostar, de uma maneira obscena e estranha. Então, enquanto meu *software* só precisa de uma atualização sutil de vez em quando, vocês podem estar completamente fodidos. Mas é legal... Se são parecidos comigo, sintam-se bem com o fato de que a idiotice tende a ser um problema temporário. Qualquer um pode cagar, bufar e blasfemar. Qualquer um pode reagir sem pensar, tanto sozinho quanto numa multidão. São aqueles que se adaptam e superam as dificuldades que guiarão os outros para fora do caos.

Não olhe para mim! Não quero esse trabalho. Mas, se todos vocês se virarem e correrem, verão que eu estarei liderando de qualquer forma, porque vou estar na retaguarda.

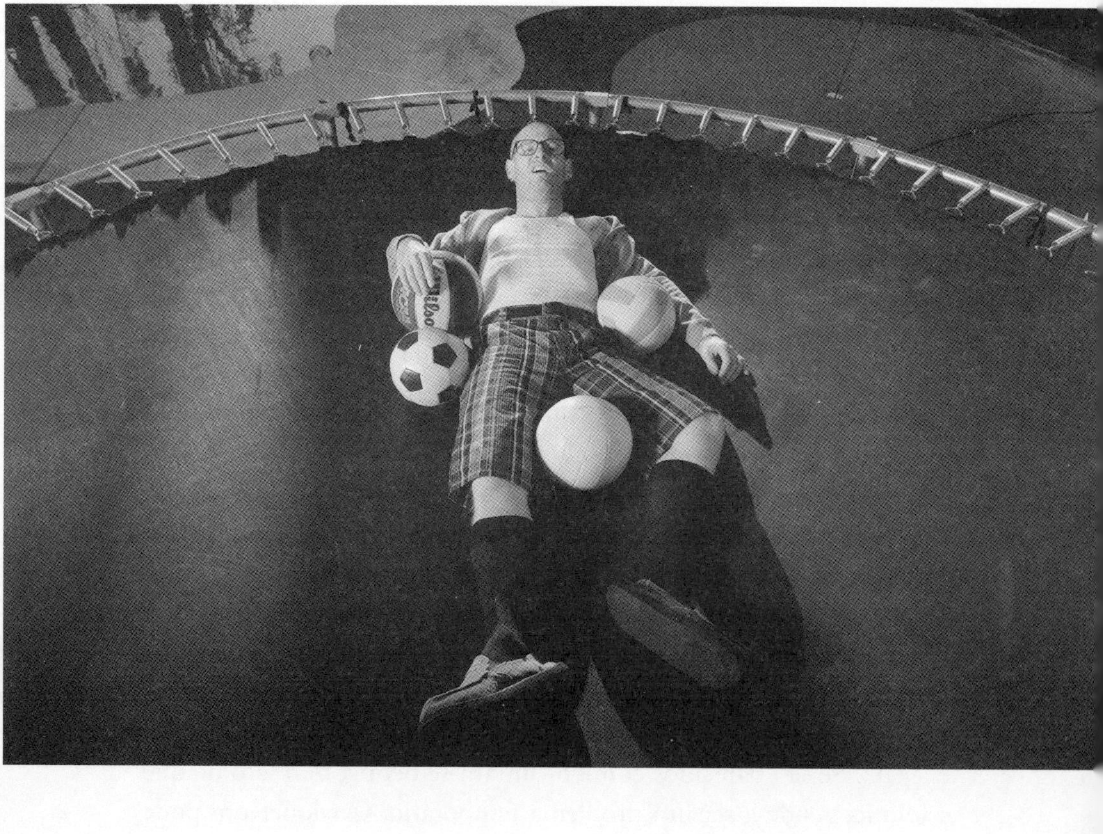

CAPÍTULO 11

Depois que os bastardos forem para casa

E então? O que aprendemos hoje? Mais precisamente, o que vocês aprenderam hoje, além do fato de que sou um babaca misantropo? Se aprenderam alguma coisa, suponho que devo pedir desculpas a vocês. Por outro lado, se vai escrever um livro chamando todo mundo de idiota, seu objetivo deve ser incinerar o nevoeiro que obscurece nossa razão. Não estou certo de que fiz isso, mas sei que xinguei muito, contei algumas histórias, demonstrei certos pontos de vista e fiz o que pude para mostrar um espelho que, na verdade, serve para ambos os lados. Entretanto, ainda que eu realmente alimente a esperança de que tenham gostado deste livro, vou fingir que vocês não aprenderam *nada*.

Como eu gosto de dizer, podem me chamar de Martelo, porque *acertei* em cheio.

Infelizmente, é verdade. Antigamente, nós nos esforçávamos por coisas melhores, para alcançar o céu e as estrelas. Agora, mal chegamos ao que está ao alcance dos braços. O único momento em que tentamos alcançar o céu é quando estamos sendo presos ou controlados, geralmente por alguém que *conhecemos*. Nós chegamos à metade do caminho e pegamos o que conseguimos alcançar. Aparentemente, ter aspirações é coisa para maricas hoje em dia. Isso não é jeito de revolucionar uma geração. É esse tipo de merda que me faz querer montar uma velha vaca de guerra e cavalgar para a batalha com meu taco cravejado de espinhos e pregos, balançando como um guerreiro chapado.

A verdadeira merda é que corremos o risco de passar isso para nossos filhos. Mesmo que pareça que estamos eliminando o racismo lenta e gradativamente, essa não é nossa única herança familiar estúpida. Somos estúpidos de diferentes formas, como as regras e as leis. Em Michigan, as crianças não podem levar sanduíches com pasta de amendoim e geleia para a escola. Por quê? Por causa de alergias. Por causa de alergias de outras crianças, como se elas pretendessem usar os sanduíches como armas contra os alérgicos. Uma criança que leva um sanduíche de pasta de amendoim e geleia para a escola não deve vir de uma família rica e não vai arriscar sua refeição numa criança alérgica. E não é só isso: em Las Vegas, os alunos não podem levar mochilas para a escola. Por quê? Por causa de drogas. Porque *todos nós sabemos* que eles estão usando drogas. Adolescentes têm a desculpa de não saberem o que estão fazendo direito. E vocês, adultos? Vocês são um bando de babacas pustulentos e deveriam saber a merda que estão fazendo. O fato de não saberem indica que os maias venceram.

Odeio dizer isso, mas boa parte da idiotice começa nos Estados Unidos, o melhor país do mundo, ou, ao menos, é o que todos nós afirmamos com bastante rapidez. Acho que agora somos legalmente obrigados a dizer isso. Para mim, algum gênio patenteou a frase "o melhor país do mundo", junto com toda e qualquer variação dessa afirmação, e agora recebe meio centavo a cada vez que alguém a usa num discurso, num programa de humor etc. O dinheiro proveniente do uso dessa frase é destinado a reparar os danos provocados pela chuva ácida em todos os monumentos nacionais. Em breve, vocês também verão essa frase em camisetas vendidas em Camden, ao lado de falas como *yolo* e "Just Do It". Isso praticamente diz tudo, porque, uma vez que coloquem suas verdades nessas camisetas de merda, suas vidas como seres inteligentes terão chegado ao fim. Vejam quantas pessoas tentam propagar sábios conselhos usando frases como "Lidere, siga ou saia do caminho" e "Não queremos garotas gordas". Você está absolutamente certo, Brandon: *ninguém* usa essas frases para parecer inteligente. Você sabe por quê? Porque clichês são a forma mais rápida de irritar as chamas da avidez intelectual. E é com pesar que digo que ninguém é tão irritante quanto os Estados Unidos.

Cheguei a uma idade em que quero oferecer ao meu país o mesmo conselho que dou aos meus amigos e aos meus filhos, e já peço perdão pelo clichê: ações dizem mais do que palavras. Vocês podem ter um ótimo discurso, mas, se não puderem sustentá-lo, tudo que estarão fazendo é desperdiçar oxigênio e mentir. Eu costumava ficar enraivecido quando as pessoas falavam merdas sobre os Estados Unidos, mas agora simplesmente abaixo a cabeça e tento ignorar, o que significa que mantenho minha cabeça baixa durante a maior parte do tempo. Basta olhar para nossos padrões de sexualidade demasiado estranhos para notar que existe algo muito errado a respeito dos Estados Unidos. Nós passamos de pessoas que tinham Benny Goodman como um símbolo sexual a pessoas que pirateiam gravações de cenas de sexo do último eliminado do programa *Survivor*. Até meu filho tem uma noção esquisita sobre o que significa ser americano. Uma vez, ele disse alguma coisa engraçada e eu respondi que ele deveria ser comediante. Ele me lançou um olhar mortalmente sério e falou: "Não sou um comediante. Sou um *mericano*." Além da acidental profundeza, o pequeno louco tem um pouco de razão.

O engraçado é que meu filho é muitas vezes acidentalmente profundo, a *tal ponto* que decidi deixar um registro para a posteridade. Ele gosta muito de brincar no jardim usando seu uniforme camuflado e, quando faz isso, pinta também o rosto com sobras de maquiagem de Halloween. Ele fica tão coberto que depois leva horas para tirar aquela merda toda. Numa vez, quando ele não conseguiu tirar todo o sangue falso, eu disse que ele precisava voltar para o banho. Ele me olhou, em choque, e falou: "Espera... Você ainda consegue ver o assassinato em mim?" Isso me trouxe paz e me mostrou que, no fundo, ele sabe o que está acontecendo. Não me preocupo com videogames violentos e com todo o pânico parental. Sei que, entre seus reservatórios de empatia e sua inteligência, ele vai ficar bem. Entretanto, outros adultos ficariam chocados. Muitos pais não têm nenhum relacionamento com seus filhos, então as crianças não falam. Se elas não falam, elas não ouvirão. Então, por que dariam atenção quando os pais pedem que desliguem o telefone ou o computador e saiam de casa? Eles simplesmente reviram os olhos e saem da frente dos pais.

Porra, meu Deus! Por falar em telefones, preciso contar a vocês sobre um momento bonito antes que me esqueça... Maldito comportamento humano!

Eu dirijo muito. Durante a produção do novo álbum do Slipknot, tive de dirigir muito na Califórnia, o que é como fazer uma lavagem intestinal a cada dia. Quando dirijo, presto muita atenção, o que significa que observo as pessoas. Vejo pessoas vagando pelo tráfego ao atravessar a rua, estando elas na faixa ou não, sempre olhando para a tela de seus telefones. Sempre que vejo pessoas completamente vidradas em seus pequenos sugadores de vida, sem prestar atenção ao redor, meu pé se move inconscientemente em direção ao acelerador. Isso é para dar uma ideia da minha irritação. Mas não foi o que aconteceu. Merda, vou explicar um pouco melhor...

Eu estava na esquina da Pico Boulevard com a Doheny Drive, preparando-me para virar à esquerda – mas não à moda californiana, que consiste em manter-se na pista da direita por quinze quilômetros e, então, decidir cruzar duas a três faixas de tráfego ao chegar à rua que você estava procurando, gritando com as pessoas que estão apenas protegendo suas vidas. Não, eu estava fazendo uma curva adequada à esquerda, o que significa que entrei na pista quilômetros antes, usei a faixa de conversão e usei seta, esperando pacientemente pela abertura no trânsito. Eu estava lá, sentado, preparando-me para fazer minha manobra, quando vi um jovem rapaz usando o que só posso descrever como roupas descoladas de uma loja de departamentos: uma camiseta cor-de-rosa pequena e com gola V, calças cáqui enroladas até os joelhos, sapatos sociais sem meias e um boné com a aba inclinada, estampada com alguma palavra imitando uma pichação. Naturalmente, o filho da puta atravessou a rua vagarosamente, olhando para seu telefone e quebrando pelo menos dois dos meus mandamentos deste livro. Meus dedos empalideceram quando agarrei o volante, meus dentes rangeram e eu traguei meu cigarro com um pouco de dificuldade enquanto acompanhava seus movimentos.

Devo dizer-lhes que tenho uma doença grave. Vocês estão lendo as divagações de um homem com terríveis problemas de raiva. Digo isso porque desejei e rezei para que algo acontecesse a ele durante todo o tempo em que o observei. Eu não uso o termo "rezar" levianamente – bem, vocês todos me conhecem! –, mas vou dizer que estava disposto a ceder, aderir a uma fé naquele instante e aquiescer diante de uma divindade *desde* que alguma merda acontecesse àquele pesadelo ambulante que parecia ter saído de um comercial da Old Navy. Eis que, de repente, um milagre aconteceu. O garoto tropeçou numa parte da calçada que estava mais alta e caiu com tanta força que pareceu ter doído. Fiquei tão assustado por meu desejo ter virado realidade que ri alto, alto o bastante para que a porra do garoto me ouvisse, seja lá qual fosse a música de merda que estava retumbando em seus fones de ouvido. Fodam-se! Não dei a mínima e simplesmente dei-lhe o mesmo sorriso que dou a todo mundo, que sugere algo como "Bem feito, seu imbecil! Da próxima vez, preste atenção, caralho!" Foi então que percebi que minha oração tinha sido atendida. Trato é trato, então eu estava totalmente pronto para passar a pertencer a uma igreja. Até eu também bater com o pé numa calçada e cair com força enquanto estava correndo. O universo se manifestara: merdas acontecem em todo lugar.

Mea culpa, Almofadinha da Old Navy!

Ao redor do mundo, a moda está mais interessada no que é novo do que naquilo que é realmente legal. Ninguém dá a mínima sobre sentir-se bem, até porque a maioria nunca se sentiu bem, mas os mais velhos *já* se sentiram bem. Tudo que os estilistas fazem é reciclar os mesmos estilos e buscar referências em vinte ou trinta anos atrás. Faz-se o mesmo com música, já que artistas preguiçosos presumem que as pessoas não se lembram das músicas do passado, mesmo que muitas ainda toquem em certas estações. Da mesma forma, estilistas presumem que os mais velhos já esqueceram aquele estilo. A mesma merda numa década diferente. É tudo reciclagem. Além disso, a regra geral costumava ser que você estava oficialmente velho quando passava a preferir conforto a estilo. Agora, a coisa não funciona mais assim. Pessoas com variados estilos de vida se vestem como se estivessem na fila para receber um prato de comida. Tendo frequentado muitas dessas filas, conheço bem esse visual. Passei os primeiros quinze anos da minha vida vestido como um *hipster*... Agora vocês querem que eu pague milhares de dólares para fazer isso de novo? Ah, vão se foder com força!

Estou tentando, crianças. Estou realmente tentando entender por que vocês fazem as coisas que fazem. Talvez seja a confusão que chega com a idade. A geração anterior nunca entende as decisões da geração seguinte e vice-versa. Mas aprendi umas coisas até agora... Aprendi que, se você está sonhando e o "personagem" do seu sonho precisa mijar, é melhor você levantar e mijar furiosamente às três horas da manhã do que molhar a cama, o que acontecerá se por acaso o personagem encontrar um banheiro no sonho. Também aprendi que a vida é como uma estátua numa pedra e que você precisa remover toda a merda que não importa, que quase sempre é feita do material que existe entre você e o que você realmente deseja dentro de si. Sim, eu sei que faço um monte de loucuras, mas nunca deixo meus olhos se desviarem do que é importante. Deus sabe que tive várias oportunidades de perder o caminho, o enredo e o meu lugar neste livro. O fato de que ainda estou no caminho significa que estou fazendo alguma coisa certa.

Sim, fiz alguns inimigos. Quanto mais olho ao redor, mais parece que eles estão conectados. Ouço rumores da minha morte há anos. Estou começando a pensar que minha principal função é irritar as pessoas. Para começar, muitas pessoas devem desejar minha morte para gerar tantos boatos. Mas sou apenas um mensageiro. Minha mensagem pode irritar e constranger de tempos em tempos, mas tudo o que escrevo são realmente conselhos. Vocês podem simplesmente me xingar no final (não vocês, que são maravilhosamente inteligentes, é claro, mas as outras pessoas, o rebanho com contas no Instagram...). Se eu passasse metade do tempo preocupado com o que as pessoas podem dizer sobre mim, seria um filho da puta calado com sangue nos olhos. Então, não me preocupo.

Apenas aceito. Não é minha culpa se existe um monte de idiotas no mundo. Contudo, eu tenho o direito (e o dever) de informá-los quando começarem a agir como babacas. Isso vai me trazer algum benefício? Provavelmente, não. Ainda assim, ninguém corre uma maratona para ir a algum lugar; é para isso que existem carros. Você não dá um grito justo de indignação para ouvir a si mesmo. Você faz isso com a esperança de ser ouvido.

Humanos se vestem como merdas, dirigem como merdas, voam como merdas, esperam como merdas, amam como merdas, falam como merdas, agem como merdas, ouvem merdas, dançam merdas, pulam em merdas, riem de merdas, compõem merdas, quebram merdas e *não engolem nenhuma merda*. Nós incomodamos uns aos outros e, então, lutamos para provar que não somos uma "vagabunda" ou que "estamos agindo de forma autêntica" ou apenas sendo "sinceros e diretos". Isso é tudo que temos? Um concurso profissional de atirar merda cujo vencedor é a pessoa que se mantém mais limpa até o fim? Estamos matando uns aos outros só porque somos tão estúpidos que não entendemos a ideia de que estamos juntos nessa? Será que seremos a razão da extinção do Homo Sapiens, assim como extinguimos outras centenas de variações da humanidade? O fato de que *eu sei* que alguns de vocês riram disfarçadamente de "Homo Sapiens" não ajuda a aumentar minha confiança em relação ao nosso futuro. Na verdade, isso me faz querer entrar embaixo das cobertas e ler *A dança da morte*, de Stephen King, até o Armagedom chegar e dar a descarga. Então, seja cuidadoso com a arma que você dispara: pode ser seu dedo no gatilho, mas o tiro pode sair pela culatra.

Deixem-me explicar para vocês quão fodido e maldoso atualmente estou.

Às vezes, nas raras ocasiões em que tenho algum tempo livre, imagino um cenário sádico e hilário: penso numa estrada até uma casa abandonada em algum lugar tranquilo, distante e sombrio. Imaginem aquela estrada que ninguém quer pegar. Agora imaginem aquela casa onde ninguém quer entrar. Bem, eu entraria nessa casa e sentaria com as pernas cruzadas no meio de um quarto afastado, aquele bem no fundo do corredor. Eu encontraria esse quarto, sentaria... e esperaria. Eu ficaria sentado até o fim do dia, assistiria ao crepúsculo e deixaria a escuridão dominar o ambiente em um ritmo efervescente. Eu sentaria e esperaria... por alguém que chegasse, explorando o lugar. Sei, por experiência própria, que garotos não conseguem resistir a *nada* abandonado. Então, eu apenas esperaria até alguém aparecer – poderia não acontecer imediatamente, poderia nem acontecer na mesma noite. Poderia levar algumas viagens. Mas, quando alguém chegasse, eu estaria sentado no escuro, ouvindo-os andando pela casa. Eu esperaria até chegarem ao quarto onde eu estaria sentado.

Então, eu daria o maior susto da porra da vida deles!

Eu controlaria minha respiração o melhor que pudesse, esperaria até eles estarem bem perto do quarto e, então, simplesmente diria: "Esta não é a sua casa." Ou apenas esticaria uma das mãos e agarraria seus tornozelos. Ou surgiria subitamente e sussurraria: "Vocês não deveriam estar aqui, desgraçados..." Ah, cacete! Isso seria uma tortura divina! Então, eu tentaria ver (tão bem quanto pudesse no escuro) e ouvir atentamente enquanto se matassem para fugir da casa. Num mundo perfeito, eles espalhariam o boato sobre "um cara demente que senta no escuro esperando por vítimas". E a história se tornaria uma lenda urbana. No fim, eu teria um gancho em uma das mãos, um tapa-olho, uma perna de pau e sangue nos dentes. Estaria armado com um bastão de críquete forrado com navalhas. Pensar nesse plano me faz sorrir até meu rosto doer. Vocês sabem o que eu faria depois? Esperaria até a poeira dar uma abaixada e faria exatamente a mesma coisa, mas vestido como a lenda diria: gancho, perna falsa, tapa-olho, bastão de críquete e boca cheia de sangue falso, pronto para o maior susto que posso imaginar.

Não faria isso apenas por mim. Faria para demonstrar um ponto de vista. Leio suas postagens, vejo seus hábitos e cheguei à conclusão que vocês são incapazes de lidar com o inesperado. Vocês não poderiam lidar com o medo de estar numa casa que supuseram estar vazia. Portanto, como vocês pretendem lidar com aluguel, hipoteca, crianças, contas etc.? Basicamente, como vão lidar com a vida? Sei que, naquela merda fodida chamada televisão, todos os programas e comerciais fazem a vida parecer uma grande porra de uma orgia, com canções acústicas e churrasco num deque reformado. Mas a vida não é assim. Vocês não podem morar com seus pais para sempre, não importa quantas vezes saiam da faculdade ou percam o emprego no shopping. Vocês não conseguirão pagar suas contas ou ganhar a vida se gastarem a vida fazendo merda nenhuma. Com o que estão contribuindo para o mundo? Se vocês não têm uma resposta, não estão fazendo merda nenhuma. Se quiserem, podem culpar a todos, sejam políticos, músicos, professores, atores, amigos e pais, mas a merda é sua, e, se não se recompuserem, estarão fodidos.

Sei o que vocês estão pensando e concordo plenamente. Este é mesmo meu Livro do Velhinho Irritado! Não tem problema... Passei pela mesma coisa quando tinha sua idade. Morei com minha avó por um longo tempo, é claro, mas depois de ser expulso da escola e morar na rua. Ela me salvou. Mas sempre mantive o foco no meu objetivo: música. Consegui ganhar algum dinheiro mesmo antes de entrar no Slipknot. Tinha um emprego para pagar o aluguel e outras merdas, mas fazia shows pela satisfação que me trazia. Nunca deixei meu objetivo escapar de mim. Ninguém mais tem um objetivo. Tudo que as pessoas querem fazer é se divertir, estar com seus amigos e fazer merdas. Como vocês sabem que estão se divertindo se não têm nada com o que comparar, quando tudo o que fazem é se foderem? E não me venham com aquela merda adolescente de "ninguém me entende". É claro que ninguém entende: você é um adolescente! Isso é, por definição, a fase em que você faz seu melhor para *não* ser entendido, e, assim, ninguém o entende. Reconheço que existem adolescentes por aí levando vidas brutais, que conseguem seguir em frente porque suas prioridades são reais. Então, não ser entendido é o menor dos problemas, logo depois da separação ou não do grupo One Direction. Vocês querem mesmo ser compreendidos? Parem um minuto e conversem; pode ser que paremos e demos a vocês uma chance de desabafar.

Estamos numa porra de uma época confusa. Pessoas ainda odeiam outras por sua cor e duas vezes mais por sua crença. Elas matam as outras por deuses que nunca conheceram. Machucam suas mulheres ao seguirem regras de livros escritos por outros que talvez não entendessem realmente o que faziam. Seu ódio se baseia numa fé tendenciosa, e não em fatos acessíveis. Não sou melhor, e vocês não são melhores. Não somos nem um pouco melhores até que tentemos fazer alguma coisa a respeito. Até que larguemos nossos *smartphones*, que só nos deixam mais burros, e façamos algo que não tem nada a ver conosco, nossas chances de atingir qualquer coisa tangível são as mesmas chances de uma bola de neve numa fornalha. As merdas que fazemos atualmente fazem tanto sentido quanto adotar um filhote de puma não domesticado. É claro que você terá uma forma de segurança, um controle de roedores e toda a motivação para fazer exercícios, tudo isso num belo pacote peludo, mas ter um puma é uma idiotice. Qualquer coisa que possa comer sua cara, quer você esteja vivo ou morto, não deve perambular pela sua casa enquanto você dorme. Acho que essa metáfora diz tudo.

Não são apenas os jovens que estão em perigo de falhar, machos ou fêmeas. Ah, não... Isso não é um incidente isolado. Tenho um amigo que conheço há muitos anos... Bem, vamos rebaixá-lo a "conhecido", porque ele realmente me dá gases, assaduras e dores de cabeça. Ele é mais velho que eu, mas é minimamente mais maduro que minha filha Angie, que completou 21 anos recentemente. Ele tem filhos, mas não dá a mínima para eles. Ele entra e sai de "relacionamentos" e parece um broxa ao fazer isso... Quero dizer, nem parece ter um pau duro. Pelo menos um pau duro tem utilidade! Ele se mostra como o prepúcio infectado de um pênis frouxo, útil apenas para mijar, se não estiver expelindo pedras. O fato é que ele é tão alheio ao seu próprio estado que anda feito um pavão por aí, exibindo-se como se fosse um vibrador com pernas. Isso é o resultado de trinta anos de irresponsabilidade: seus filhos são mais maduros do que ele, mas suas namoradas jamais serão. Isso me deixava furioso e com vergonha dele. Agora simplesmente o evito, como um pelo pubiano num urinol.

Mais uma vez, o demônio pode estar nos detalhes, mas a monotonia está na minúcia.

Como já expliquei, sou culpado pelas atrocidades conscientes que descrevi neste livro. Acho que um dos meus piores hábitos é usar constantemente a frase "ninguém se importa..." para isso ou para aquilo, em contextos como entretenimento popular, cultura ou qualquer outra coisa nos radares do *Zeitgeist*. Mas isso está errado, não está? Porque obviamente alguém se importa e é por isso que parece haver tanto foco em desordens triviais. Eu imediatamente presumo que as pessoas têm o mesmo estado mental e o mesmo gosto que eu, então disparo julgamentos como se fosse um lançador de disco tentando se qualificar para as Olimpíadas. Sou um babaca sem remorsos; é isso que eu e minha espécie fazemos diante da mudança ou da exasperação. Desse modo, acho que eu também preciso olhar para a minha merda. Preciso pensar antes que minha boca comece a falar por conta própria. Preciso usar a frase "ninguém *deveria* se importar" sobre isso ou sobre aquilo, porque é isso que quero dizer. Isso é o que espero. Não é verdade, mas tendo a ser otimista, ao contrário do que minha experiência nas ruas e a Wikipédia sugerem.

Pode ser apenas que a realidade seja somente uma dimensão refletida de quem nós somos como pessoas. Talvez a música seja uma porcaria e nosso modo de dirigir seja uma porcaria e nossas roupas sejam uma porcaria e nossos hábitos sejam uma porcaria e nossas maneiras sejam uma porcaria e nossa inteligência seja uma porcaria e nossos relacionamentos sejam uma porcaria e nosso amor seja uma porcaria porque *nós somos uma porcaria*. Deus, as coisas podem ser simples assim? Tudo é uma porcaria porque nós somos uma porcaria. Nós perdemos nosso potencial e entramos numa longa viagem genética em direção aos terrenos baldios do desperdício e da deterioração celular. Nós somos fracassados mentais que não podem passar do aspecto físico. Então este livro não serve para nada? Isso significa que me matei em páginas e páginas, palavras e mais palavras, numa tentativa inútil de superar o lixo da humanidade só para perceber que essa estrada leva ao cemitério? Nós atingimos nosso ponto mais alto no passado, tornando o futuro nada mais do que o fim de um precipício? Existe coisa pior do que um parágrafo que se estende demais e está cheio de perguntas retóricas que não podem ser respondidas corretamente? Vocês conseguem ver meu nariz? Há alguma meleca?

Como um assumido "imbecil realista", tenho de proceder com base nos fatos, que me dizem que tudo está dando errado e que ninguém concorda sobre o caminho certo para voltar à ordem. Como "autor", tenho uma espécie de necessidade masoquista de que as coisas continuem no atual caminho da destruição, porque isso me fornece um amplo repertório para escrever merdas e fazer discursos retóricos – em outras palavras, sua estupidez me ajuda. Mas, por dentro, lá no fundo, onde sei que ninguém pode ver, *tenho* de acreditar que as coisas podem melhorar. Não posso descer mais nas profundezas desse pragmatismo infernal e acreditar que nós, como espécie, não voltaremos ao ponto em que seremos capazes de inovar, e sim nos afogaremos numa dolorosa estupidez, e que seremos capazes de cortar a nós mesmos em metades, e então cortá-las em novas metades, apenas para provar que podemos. Em algum ponto, precisaremos parar de andar na contramão só para mostrar ao mundo que existimos. Nós *sabemos* que os outros existem; estamos olhando para suas roupas e rostos estúpidos. Porém, existir não é suficiente; se planejamos estar juntos em outro planeta em mil anos, precisamos aprender a *coexistir*.

Isso significa que vocês precisam pensar mais nos outros e menos em si mesmos. *Isso* é o que realmente me faz odiá-los. Vocês estão todos em suas bolhas, obcecados com o que *vocês* precisam, *neste exato momento*. Vocês estão tão profundamente enfiados no próprio traseiro que conseguem ver os restos do sanduíche de ontem. Vocês estão tão ocupados digitando mensagens e postando textos em redes sociais que se esquecem de que nem todo mundo precisa ouvir, a cada segundo do dia, o que vocês pateticamente chamam de opinião. Vocês estão tão colados em seus celulares, *tablets* e computadores que a vida nem está fugindo de você: está simplesmente passeando, com calma, porque ela sabe muito bem que vocês não vão tirar o nariz das páginas no Facebook e perceber que ela já passou. Ela tem tempo de sobra para deslizar pela noite, tornando cada manhã azul e cada segundo passado apenas partes de uma contagem regressiva para idiotas. Por que a vida esperaria por vocês? Vocês a ignoraram em todas as oportunidades que tiveram.

Vocês desperdiçam chances de aproveitar a vida procurando o melhor jeito de curtir loucamente. Vocês enaltecem personalidades abaixo da média enquanto verdadeiros talentos definham na obscuridade. Vocês gaguejam perante um desafio porque nunca tiveram de pensar ou cuidar de si mesmos. Vocês tiram vantagem de qualquer lacuna nas regras. Vocês mudam a direção quando querem e gritam quando não recebem aprovação. Vocês agem como se o que está acontecendo *neste exato momento* fosse a coisa mais importante do mundo, mesmo que isso signifique ignorar o que está à sua frente e nunca superar sua miopia do que é certo, do que é errado e do que é passado. Vocês são apenas um bando de passageiros vivendo o hoje, presos no momento, interessados apenas no que o mundo pode fazer por vocês, e não no que vocês podem fazer pelo mundo. Vocês sabem qual é a "melhor" parte de ser um passageiro?

Nenhuma.

Suas conquistas podem ser escritas no verso de uma caixa de fósforos e ainda sobra espaço para a lista de compras no mercado.

Na vida, chega o momento em que qualquer pessoa precisa decidir como será seu futuro. Esse costumava ser um momento maravilhoso para as pessoas, pois significava que elas podiam relaxar um pouquinho e aproveitar a emoção da viagem, mantendo seu senso de direção. Desde os últimos dez anos, parece que os jovens estão aterrorizados com o futuro, a menos que ele tenha a ver com encontros e eventos de gala. Agora, a ansiedade em relação ao futuro só existe porque parece não haver muitas chances de sucesso, mas acho que, em sua maior parte, as pessoas estão apenas assustadas com o iminente espectro da... responsabilidade. As pessoas enlouquecem ao pensar que ficarão presas a uma decisão ou a uma função pela maior parte da vida. Então, elas preferem distrair-se com merda. Ouçam... Se vocês não têm responsabilidade, não têm espaço para evoluir ou desenvolver qualquer caráter. Isso não significa somente quem vocês são, mas quem podem ser quando jogam a merda no ventilador. Se não têm responsabilidade, vocês não têm caráter. Vocês são apenas crianças vestidas em roupas de adulto. Desculpem-me se estou sendo um pouco áspero, mas é verdade. Sei que é verdade porque vivi isso.

Corri pela vida como uma criança corre do chuveiro, sem nenhuma precaução, sem estar realmente preocupado com ninguém, e fiz isso durante boa parte dos primeiros trinta anos da minha existência. Parti o coração de muitas pessoas e destruí a confiança que tinham em mim. Peguei muito mais do que dei, incluindo não me importar em nada com os danos que eu causava. Machuquei meus amigos. Não conheci minha filha mais velha até ela completar onze anos. Eu era uma pessoa horrivelmente egoísta, compulsiva, raivosa, inteligente e tão narcisista que não podia perceber que nenhum dos meus amigos confiava em mim, nenhum dos meus familiares me levava a sério e ninguém com quem eu trabalhava podia depender de mim. Quando se tratava de algo que eu queria ou precisava fazer, eu me dedicava, atirando-me no trabalho com uma loucura e uma concentração que beiravam o comportamento maníaco, mas, se eu não conseguia perceber a importância do que fazia, surgia uma indiferença superficial em relação a ajudar ou atrapalhar.

A vida tem um jeito de arrancar nossa merda diretamente da cabeça, diretamente da boca, diretamente do corpo. Ela vai sacudi-los como um tubarão, arrancando pedaços com seus dentes. A vida não precisa de vocês... A vida vai continuar, com ou sem vocês. Então, é razoável pensar que, se não lutarem, acabarão como vítimas. Vocês querem saber qual é o segredo? Eu descobri. Eu descobri há um tempo. É tão simples que não posso acreditar que levou tanto tempo. Sabem o que é?

É o nudcnienoNJWV...

Desculpem-me, meu dedo ficou preso no teclado...

E qual é a porra da moral *deste* maldito livro? "É tudo uma merda, então foda-se"? "Sua música faz minhas bolas caírem"? "Pessoas desprezíveis devem ser forçadas a pegar ônibus, e não aviões"? "*Nachos* de cinema não são *nachos* de verdade"? "Honey Boo Boo é tão ruim que sinto falta da Snooki"? Eu poderia continuar por um bom tempo. Frequentemente, pego-me preso em *loopings* e acho muito difícil escapar. Esse é o preço a pagar pelas horas gastas pegando fragmentos estranhos que vagam pela minha cabeça e transformando-os em palavras num papel falso. Efeitos colaterais podem incluir desconexão, coriza, indigestão, apetite descontrolado, coceira constante, tontura e narinas alargadas. Qualquer um que tenha esses sintomas por mais de quarenta anos deve definitivamente procurar um médico ou um psiquiatra, ou, pelo menos, conversar com um daqueles caras que trabalham como anúncios ambulantes na Hollywood Boulevard... Sabem do que estou falando? Aquelas setas grandes que dizem "Vendas gigantescas! Venha!" Nossa, esses caras são bruxos com aquelas coisas! Alguns são picaretas, é claro, mas isso porque nunca tiveram o *treinamento*! Eles nunca tiveram o *treinamento adequado*! Como você pretende girar aquelas coisas tão facilmente se você não tem o *treinamento*? É uma maldita *habilidade*! Habilidades precisam de *treinamento*!

É, mesmo eu não sei o que acontece por lá...

Ah, a moral... É um pouco mais difícil encontrá-la aqui do que nos meus outros livros.

Em *Sete pecados capitais*, tratava-se de ajudar as pessoas a se afastarem lentamente de sua culpa, de aliviar um pouco as coisas para si mesmas. Em *A Funny Thing Happened on the Way to Heaven*, eu quis responder minhas próprias perguntas sobre espíritos e me sentir um pouco melhor por não ser maluco. Mas este livro? Cristo, isso é difícil! Ouço frequentemente as pessoas dizerem que "burrice não se lava". *Se* fosse simples assim, poderíamos lavar todo o planeta e acabaríamos com as besteiras, mas o fato nu e cru é que somos uma tribo global e multicultural, praticamente um arco-íris de imbecis fodidos. Não podemos parar de ser assim porque, francamente, não somos burros, e sim incompetentes. Pessoas incompetentes não sabem que são incompetentes. Elas apenas passam alegremente por seus dias sem se importarem com qualquer dano que causam. Quando erros são apontados, elas percebem o problema, mas não fazem nada para corrigir sua atitude. Por que deveriam fazer? Nem tinham percebido que haviam feito algo errado, então por que deveriam descobrir o jeito certo de evitar outro erro?

Não nos comportamos bem em público; entre *selfies* em baladas e jovens babacas e ignorantes jogando coisas tão obscenas quanto The Knockout Game, não é de surpreender que mais e mais pessoas razoavelmente inteligentes estejam "vivendo" através do Second Life. Quando saímos em público e ficamos diante da *viagem* mental, deliramos como se estivéssemos drogados e agimos como Justin Bieber exigindo entrar na Disneylândia à uma hora da manhã. As pessoas que vemos nos aeroportos estão tão perdidas quanto pacientes depois de um *check-up* e minutos antes de dormirem. Quer estejamos zanzando por aí ou andando em nossas casas, nós realmente só temos dois visuais: descolado e desconfortável ou confortável e acabei de acordar. Para nós, *couture* é moletom. Ou vamos a algum lugar descolado ou vamos a um departamento público para renovar a habilitação. Vocês sabem onde está o meio-termo em que conforto e decência andam juntos e um tanto perto demais? Ironicamente, está na idade, pois, de um jeito ou de outro, passamos a não nos importar tanto.

Ao dirigir, todos correm demais ou fazem merdas demais, esquivando-se do trânsito enquanto mandam mensagens de texto ou ferrando a vida dos outros, pois qualquer coisa é mais importante que prestar atenção na rua. Desse modo, dirigimos como vivemos. Percebem o padrão? É patético, mas não tão patético quanto a forma como gastamos nosso dinheiro, seguindo sempre a última moda, desde que afastem nossa mente do fato de que talvez estejamos colocando muita ênfase em quanto dinheiro temos ou não. Muita dessa pressão, é claro, vem de familiares, esposas ou maridos, namorados ou namoradas, amigos e sociedade em geral, colocando ainda mais tensão em relacionamentos já impossíveis e guiando esse navio em direção ao esquecimento... ou a um pote de gelatina verde. Não conseguimos ter relacionamentos saudáveis, por isso não temos filhos emocionalmente saudáveis. Eles estão se tornando ferozes e virando-se uns contra os outros. Os abusos entre crianças começam cada vez mais cedo, até o ponto em que será preciso ministrar seminários sobre *bullying* nas aulas preparatórias para o parto. Estamos ficando burros e mais burros, e nossa música – e seu sabor – está ficando cagada e mais cagada. O que veio primeiro: a bunda ou o *rebolado*? Eu realmente, realmente, *realmente* espero que essa questão continue sendo um mistério para mim.

A propósito, é um mistério para mim por que ainda sou tão burro. Ainda que marcas marrons encontrem um jeito de aparecer nas minhas cuecas (cale a boca...), isso é muito raro e considero-me bastante sagaz em termos de momentos e lugares. Porém, enquanto estou pensando na minha inteligência, bato a cabeça numa porta porque não estava totalmente acordado ou mijo nas minhas novas meias porque sempre acho que sou mais inteligente do que realmente sou, e decido que posso mijar na escuridão total e sair perfeitamente bem. Sei, com base em fatos, que comidas apimentadas destroem meu estômago e, mesmo assim, como vastas quantidades, apenas para sofrer as consequências, sentindo-me atordoadamente incrédulo. Sim... Se isso é ser um "gênio", só posso imaginar quantas vezes Einstein mijou em suas meias. Confiem em mim quando digo que não sou nenhum Einstein. Mas não sou um tapado.

Então, por que somos tão burros na maior parte do tempo?

Talvez seja parte do nosso DNA. Talvez seja uma contagem regressiva da espécie. Talvez, se acreditarmos nas teorias dos antigos astronautas (eu quero colocar essa frase em todos os livros que escrever), de que instalaram um sistema à prova de falhas quando estávamos sendo preparados e cultivados pelos *thetans* (isso é para os cientólogos excêntricos) ou por outros alienígenas que possam ter estado envolvidos. Tenho visto muitos filmes e lido muitos livros grossos e inteligentes. Eu sei que ninguém cria uma nova forma de vida, uma forma de vida que pode aprender e evoluir aos trancos e barrancos, sem ter total certeza de que ela não ficará grande demais para as próprias calças e atacará seus criadores. Não seria um Dia dos Pais muito agradável, seria? Não, não... Os criadores não teriam permitido isso. Então, eles certamente colocaram uma espécie de válvula de segurança.

Talvez a válvula de segurança possa ser ativada uma vez que atinjamos certa capacidade para a inteligência e a violência. Sabendo que uma coisa pode muito bem alimentar a outra, uma vez que atingíssemos nosso auge como espécie senciente... seríamos transformados num gene gigante. Como uma célula que pode ser programada para dividir-se ao receber o estímulo certo, nós, humanos, podemos estar diante de um enorme gatilho, pronto para disparar caso nosso intelecto se torne uma ameaça que vá além do nosso próprio sistema solar. Para protegerem-se desses mamíferos loucos, que eles ajudaram a se reproduzir descontroladamente, os supremos senhores alienígenas teriam desenvolvido um jeito para que o gatilho disparasse sem que sua interferência fosse descoberta.

Um gatilho para... dividir os átomos?

Essa é uma história legal, e, puta que o pariu, eu riria muito se fosse verdade! Porém, ela não muda o fato de que 99,99999% da população é uma massa amontoada de embutidos, quase tão inteligente quanto uma pedra de estimação. Vejo isso o tempo inteiro... Pior ainda, preciso passar por eles para viver uma vida que não envolva uma caverna, uma arma e um monte de placas de "Propriedade privada" e "Não se aproxime". Eu estaria mais nervoso se não sentisse o mesmo cheiro vindo das minhas próprias cavidades cerebrais. Para citar qualquer um que já assistiu ao filme *Fim dos Tempos*, de M. Night Shama-lama-ding-dong: É isso? É só isso?

Algum dia, e quando digo "algum dia" imagino que provavelmente não será enquanto eu ainda estiver vivo, talvez peguem esse navio de idiotas em que vivemos e procurem águas mais tranquilas, ventos mais frescos e climas melhores. Não é impossível sonhar. A porra da vida não precisa ser tão difícil e não é demais esperar que sejamos capazes de pensar e agir como seres humanos melhores. A seleção natural pode facilmente bater em nossas portas com um mandado para retomar o lugar. Porém, eu lhes digo uma coisa: podemos ser idiotas, mas, puta que o pariu, somos muito mais *teimosos*. Bastaria alguma força da natureza nos atacar, achando que somos burros demais para nos importarmos ou nos defendermos, e BAM! Tenho certeza de que entraríamos no modo de inteligência mais avançado que conhecemos apenas para provar que estamos com a razão. Quando queremos, somos obstinados, pretensiosos e assassinos comprometidos, e, se precisarmos de livros difíceis para manter os lobos a distância, nós estudaremos essa porra com prazer (com mostarda e ketchup, mas também com algum prazer).

Eu? Bem, se eu viver para ver a ascensão dos trogloditas, farei as pazes com os guerreiros idiotas que estarão lutando pela civilização... Posso até já ter perdoado vocês até lá. Sei que, apesar do ódio que vocês realmente me fazem sentir, minha paixão maligna não se sustentará por muito tempo. Vai ser Eu (Coração) e Vocês (essa frase foi para os mais novos). Mas, até esse glorioso dia, vou continuar odiando vocês, mesmo velho, buscando pisos menos frios para meus pés descalços e lutando contra a visão ruim. Na quietude do sol do meio-dia, esperarei calmamente pela explosão daquela bomba genética alienígena dentro das nossas cabeças, dando fim a mim, a vocês e ao meu sofrimento.

Obrigado por terem lido. Meu nome é Corey Taylor.

Vão para casa e fodam-se todos.

Este livro foi composto em Adobe Garamond Pro e Bliss Pro e impresso pela
RR Donnelley para a Editora Planeta do Brasil em abril de 2016.